闇からの贈り物 上

V・M・ジャンバンコ
谷垣暁美 訳

集英社文庫

闇からの贈り物（上）

【主な登場人物】

アリス・マディスン……………シアトル市警殺人課の刑事
ケヴィン・ブラウン……………部長刑事。マディスンのパートナー
マイク・フィン…………………警部補。マディスンの上司
クリス・ケリー…………………古参刑事
エイミー・ソレンスン…………鑑識課員
フレッド・ケイマン……………ＦＢＩのプロファイラー
ネイスン・クイン………………弁護士
ジョン・キャメロン……………クインの旧友。指名手配犯
カール・ドイル…………………クインの弁護士事務所の所員
トッド・ホリス…………………クインの弁護士事務所の主任調査員。私立探偵
ビリー・レイン…………………自動車修理工
クレア・マーティン……………判事
サラ・クライン…………………検事補
レイチェル・アブラモウィッツ……マディスンの親友
トミー……………………………レイチェルの息子
ハリー・サリンジャー…………警察官の息子

父クラウディオ・ジャンバンコと祖父ジュリオ・カルディに捧ぐ

　空の青さが目にしみる。長い年月を経た巨木が天を突くようにそびえている。レッドシーダーやイエローシーダーだ。その傍らにはポプラが立ち、ツタカエデが繁っている。木々の根がのたくる地面は深緑色のぬるぬるした苔に覆われ、朽ちかけた倒木がいたるところにある。その子ははだしで走っている。少し開けたところで足を止め、荒い息をつく。そして、耳を澄まし、黒い瞳を見開く。十一、二歳の男の子だ。ジーンズはあちこち裂けている。枯れ枝に引っかかったのだ。泥だらけの灰色のTシャツの背中には汗じみができ、細い腕に袖が貼りついている。Tシャツの破れ目から肌が見える。両腕とも指先まで血まみれだ。まるで血だまりに浸したかのように。

　少年は目の上に落ちる前髪を払いのけ、胃にわずかに残っているものを吐いた。木に寄りかかって体勢を整え、一気に傾斜を下った。重力に引っ張られて、転がるように、枯れ葉に埋もれた地面を走る。足元で、世界がぱりぱりと砕け、動いた。

前夜

真っ暗だ。波がうなり、小石の浜に砕ける。ジェイムズ・シンクレアはこれほど大きな音を聞いたことがなかった。その音は、彼の体全体を満たした。体の中に流れこんできたかのように。

いつの間に目を覚まし、芝生を歩いて栈橋(さんばし)まで出たのだろう？　冷たい風が顔をかすめたかと思うと、何か熱くて乾いたものが肺の中に広がりはじめた。彼はあわてふためき、目を覚まそうともがいた。だが、目は覚めず、口の中で血の味がして、自分自身が大声をあげているのが聞こえた。目隠しされてベッドに横たわり、首と手首にはコードが巻かれているのがわかった。彼は子どもたちと妻のことを考えた。

第一章

晴れた日の夜には、海のにおいがユニバーシティーヒルまで漂ってくる。アリス・マディスンは車のウィンドウを数センチ下げて、潮の香りを嗅いだ。寒い晩で、十二月の霧が家並みにも、葉の落ちた木々にもじっとりと垂れこめている。あと二週間でクリスマスだ。ユニバーシティーヒルのこちら側に住めるような学生はすでに皆、いなくなっている。休暇を過ごすために、ワシントン州のどこかにある親の家に戻っているのだ。

ダッシュボードの時計を見ると、午前四時十五分だった。マディスンの隣の黒っぽい人影はブラウン部長刑事だ。ブラウンは夜の張り込みについて以前、こんなふうに言ったことがある。

「コーヒーが飲み尽くされ、話題も尽きてしまうと、ほとんど何もすることがない長い時間がのろのろと過ぎていくのに耐えるだけ——それが、張り込みってやつだ。内心では、どこかほかの場所で、誰かほかの人と一緒に、何かほかのことをしていたいと思っているのにな」

これは、パートナーとしてのふたりの関係をもかなりよく言い表している、とマディスンは思った。

マディスンの息がウィンドウを曇らせた。黙って寒さに耐えるのと、張り込みの苦労話を聞くのとだったら、黙って寒さに耐えているほうがいい。

ブラウンが後ろをふりむき、短い通りの向こうの端を見た。アフターシェーブローションの香りがつんと鼻をついた。嫌なにおいではない。今夜のここでの張り込みで、容疑者が現れることはまずないだろうとマディスンにはわかっていた。ブラウンは運のいい男ではない。

ゲイリー・スティーブンズ、白人男性。二十三歳。前科なし。キャンパス内の寮に住む十九歳の女子学生が殺害された事件の第一容疑者だ。警官が発見したとき、被害者ジャニス・ヒラーは壁にもたれて床にすわり、手錠でラジエーターにつながれていた。頭を鈍器で一撃されてすでに死亡していた。彼女の右手近くには中身が半分残っているコーヒーカップがきちんと置かれていた。

四週間前にマディスンはシアトル市警の殺人課に配属された。その日、マディスンはベリアン市近郊にある祖父母のお墓にそのことを報告しにいった。白いバラの花束を墓に供えてから、しばらくそこにたたずんでいた。祖父母のいるところがどこであろうとも、きっとわかってくれていると感じた。ふたりのおかげで今のマディスンがいて、ふたりの無償の愛はマディスンにとって大事な恵みであり、目には見えなくとも肌身離さず携えているお守りだということを。その晩は家に帰り、自分で夕食を作った。冷凍食品でも缶詰でもない、ちゃんとした料理だ。それから十時間ぶっ続けで眠った。

　ブラウンは冷淡でも不親切でもないが、ただどこか近寄りがたい。最初からそうだった。彼はとても優秀な警官だ。誰よりも優秀だと言っていいぐらいだ。ブラウンと友人になることはありそうにない。それくらいはマディスンにもわかるが、きっと、どんな状況でも自分の命を預けられるくらい彼を信頼できるようになるだろう。たぶん、それで十分なのだ。

　ジャニス・ヒラーの手首にぐるりと肉の焼け焦げた跡があった。その焼け焦げは、一定の時間間隔で熱くなるラジエーターのせいで手錠が熱くなってできたものだ。それを見ても、ブラウンとマディスンは犯人の凶悪さを論じたりはしなかった。ふたりの関心事は次の犠牲者を出さないようにすることだった。冷静沈着かつ速やかに行動して、ハリケーンの通り道から罪のない人たちを救出しなければならない。

　通りの反対側の端には、黒いフォードのセダンが停まっていて、中にふたりの男がいた。コーヒーもきわどい冗談もとっくに品切れになってはいたが、彼らはお互いが眠気に襲われないようにがんばっていた。マディスンも彼らと一緒に夜を過ごすほうがよかったかもしれない。スペンサーとダンの両刑事はコンビを組んで三年になる。警察学校時代からの知り合いで、協力関係はうまくいっている。ふたりはおかしな組合せだった。スペンサーは日系二世で、結婚して子どもが三人いる。夜間の大学に通い犯罪学の学位を取った。一方、ダンは赤毛のアイルランド系で、フットボールの奨学金で大学を卒業した。ダンの歴代の彼女のスカート丈がもれなく短いことが、分署の伝説のひとつになっている。スペンサーとダンはお互いに何を考えているかよくわかり、相手の行動を予測することができた。

アリス・マディスンはじっとすわって待っていた。幸いにも自分は、ブラウンともほかの誰ともそこまでの仲になる必要はないだろうと思っている。ここにいる限り、ただ、前方の暗闇を見つめることだけが肝心で、ほかのことはどうでもよかった。

ブラウンが張り込みの本質について語ったことは的を射ていると思う一方で、マディスンは容疑者が現れるのを静かに待つ時間を、たしかに楽しんでいる自分に気づいていた。静まり返った世界に取り囲まれて、罠をしかけて、獲物が現れたら追いかける。そう思うとわくわくした。

警察学校では多くのことを学んだが、害意をもつ相手を全速力で追いかけるのはどんな気分がするものなのかは教わらなかった。それは実地で学ぶことだ。マディスンは、擦り切れた革のシートに落ち着いてすわっていた。スペンサーとダンと一緒にいるほうが楽しかったかもしれない。だが、今晩、自分がいたいのはまさにここだった。

風が強くなってきた。数ブロック先はもう海で、波が寄せては砕け、誰もいない桟橋に波しぶきが上がり、黒々とした水たまりをつくる。スティーブンズは今晩は家に戻らないだろう。二度と再び戻らないのかもしれない。きっとすでに州を出て、名前を変えてどこか別の大学で再出発しているだろう。だがマディスンはその点についてじっくり考えなかった。マディスンはまだ、殺人課のボードにある赤字の名前と、容疑者が検挙されて赤から黒に変わった名前、そして何よりも重要な検挙率を覚えるのがやっとの段階だった。

「シアトルの皆さん、おはようございます。外は心地よいマイナス一度。時刻は——」ダンの声が無線機を通してしわがれて聞こえる。

　ブラウンは運転席と助手席の間から無線機を取った。

「午前四時十五分ってとこか」

「こっちもそうです。あとどのくらい張り込めばいいですか？」

「もう十分だ」ブラウンはため息をついた。「諸君、これで引き揚げよう。行くぞ」

　マディスンはがっかりした。最初から何も期待してはいなかったが、ここを離れたらおしまいだという無念さに変わりはない。

「わたしはもう少しここにいてもいいですよ」マディスンは言った。

「夜の張り込みはまたあるさ」

「でも、スティーブンズ相手じゃありません」

「スティーブンズは逃げちまった」

「戻るかもしれません」

「われわれが張り込んでいるとわかっていて、家に戻ってくるか？」

「そりゃそうですけれども」

「だったら――」

「これでは自分の気がすまないんです」

　ブラウンは横にいるマディスンに顔を向けた。薄明かりの中、マディスンは通りの暗がりに視線を走らせた。スティーブンズを魔法で呼び出そうしているかのように。

「今引き揚げたら、ここまでの努力が無駄になってしまうでしょう?」とマディスンは言った。

「だから、夜の張り込みはまたあるさ」

再びダンの声が無線機から聞こえた。「二つ先の通りに、二十四時間営業の店があります。そこで落ち合いましょう」

「了解。そっちの車についていく」ブラウンはエンジンをかけ、車を滑(なめ)らかに発進させた。彼らがあとにした通りは、数時間前に来たときと同じ様子だった。

二十代後半のカップルが〈ナイト・アンド・デイ〉の店内の通路をのんびり歩きながら、電子レンジ調理用食品の小さな箱を店内カゴに入れている。パーティー帰りのように見える。はしゃぎ気味だが、ひどく酔っ払ってはいない。マディスンよりもずっと若いということはなさそうだ。

ダンはまっすぐコーヒーとドーナツのコーナーに向かった。スペンサーはミネラルウォーター、ブラウンはダイエットコークを取りにいった。三人は言葉を交わさなかった。店に入ったとたんに、車の中で張り込みをしていた時間の長さが実感をもって感じられた。ダンは体を伸ばし、あくびをした。

マディスンは牛乳のパックを取り、レンタルのビデオやDVDが並んでいる棚のほうに引き寄せられていった。ほとんどはアクションものとホラーだが、家族向けに、ディズニー映画も少し置いてある。マディスンはこの数週間、ビリー・ワイルダー監督の映画にはまっていた。深夜勤務を終えて帰宅すると、『お熱いのがお好き』の音声だけを聞きながら居間のソファーで眠りこむ。そうすれば余計なことを考えないですむ。というのは、マディスンが考えだすと、ロクなことがないからだ。支払いをすませて店を出た。

車に寄りかかって牛乳を飲んだ。まだ霧が立ちこめている。朝日が昇れば、霧は消えるだろう。海からの風は夜中よりずっと強くなっている。その風に乗って霧笛の音が聞こえてきた。マディスンは背を丸め、分厚いアノラックを着た自分の体を抱きしめるようにして、このあとの二十四時間で片づけたい山ほどの用件について考えた。そのとき、ひとりの少女が霧の中から現れた。

その少女がマディスンの目を引いたのは、子どもっぽく見えたうえに、デニムのジャケットと薄地のズボンが場違いだったからだ。体が冷えきっているに違いない。マディスンは少女に目を注（そそ）ぎ続けた。助けを必要としているのではないか。髪はごく淡い金髪で、ショートにしている。十四歳くらいだろうか。まさに家出の適齢期だ。小ぶりのリュックサックもいかにも家出娘っぽい。ピンクの口紅をつけ、アイラインを濃く引いている。頬が赤いのは寒さのせいだ。

アノラックを着て野球帽をかぶり、車にもたれているマディスンは、警官には見えないだろう。それならいい。怯（おび）えさせたくないから。少女はだいぶ近づいてきて、目の下の隈（くま）までわかった。

「こんにちは」

少女はマディスンの声で足取りを乱し、マディスンのほうを見て、小さくうなずいた。マディスンはあいまいな笑みを浮かべた。変質者だと思われないようにと思ったのだ。だが、そんな笑みを浮かべたら、かえってそう見えることに、すぐに気づいた。少女がおそらく戸外で寝ていて、食事もろくにとっていないのだろうと経験からわかった。もしかすると、呼吸器系をやられはじめているのかもしれない。

少女は店の前で立ち止まった。両手をポケットに深く入れたまま、大股の二歩で階段をのぼり、中に入っていった。持ち物が少ないことにマディスンは気づいた。背中の小さなリュックサックには大してものが入らないだろう。ジャケットの右側のポケットに白い薄手の布にくるまれた何かが入っていて、少女は布の下に手を入れて、それをずっと握りしめている。ついさっき、少女が目をそらして歩み去ろうとしたときに、マディスンの目はそれを捉えていた。寒いばかりで収穫のなかった情けない夜が、さらに悪いものに変わろうとしていた。マディスンの目に映ったのは、銃把の端だと思われるものだった。マディスンは少女を追って階段をのぼった。

少女は三メートルほど先で、頭を左右にゆっくり動かして、チョコバーの列を眺めていた。ブラウンがレジの近くにいた。支払いをするつもりなのだ。彼のいる場所はマディスンの右方、せいぜい一メートル半くらいしか離れていない。スペンサーとダンは店の奥にいた。若いカップルが箱入りの食品や紙パックの飲み物を積み上げたカゴを持って、レジに近づいてくる。ふたりはおしゃべりをやめていた。聞こえるのは店内看板のネオンサインと冷蔵庫のブーンという機械音だけだった。

マディスンはさっとアノラックの前を開き、右腰のホルスターに拳銃を固定している小さな革のストラップをはずした。間の悪いことに、殺人課の刑事の大部分は一度も拳銃を抜かずにすむことを思い出した。マディスンは少女から目を離さず、ブラウンに一歩近づいて肩に軽く触れた。ふりむいたブラウンに、少女を顎で示し、指で拳銃の形を作った。ブラウンは眉をあげ、自分のホルスターのストラップをはずした。

ジャケットのポケットの中で少女の手は汗ばんでいた。気持ち悪かったが、少女はポケットから手を出してズボンで汗を拭きはしなかった。それはもっといやだった。右側のポケットを下に引っ張っている、金属の重みもいやでたまらない。少女は銃を握る手に力を入れたり緩めたりしながら、ハーシーやマーズやリーセスのチョコバーに目を走らせた。銘柄が多すぎる。

若いカップルがレジのカウンターにカゴを置いた。安いバイト代でこき使われている店員が商品の値段を打ちこみはじめた。マディスンはカップルの後ろに回り、自分でも聞き取れないくらい小さな声で言った。

「警察です。店を出て」

「何で――」マディスンのジャケットの内側で警察バッジが光るのを見て、男のほうが、いったんあけた口を閉じた。

「早く。きょろきょろしないで。行って」

幸い、ふたりは指示どおりにしてくれた。ちらっとふり返りはしたが。

店員のほうはそうはいかなかった。

「何なんですか？」

そのとき、少女が体をこちらに向けた。両手でリボルバーを握り、目の高さで構えている。

「動くな」少女の声は震えていたが、はっきり聞き取れた。店員はすばやくレジカウンターの下に隠れた。

少女はマディスンとブラウンに向き合った。ぎくしゃくした動きで、ふたりに交互に銃口を向ける。スペンサーとダンは棚の陰に身を隠している。見えていなくても、マディスンには彼らの行動が手に取るようにわかった。すでに拳銃を抜き、少女に発砲されることなく近づく方法はないものかと考えているだろう。

「わたしたちは全身を耳にして聴いている。さて、次はどうしようか？」ブラウンは冷静で、主導権を取る術(すべ)を知っていた。こんなときだが、マディスンは現場でのブラウンはさすがだと感心した。

「あたしの言うとおりにして。床にうつぶせになるの。さあ早く」少女の声がうわずり、ひっくり返った。

少女の呼吸がますます荒くなっていくのがマディスンにはわかった。すぐに落ち着かせないと、心臓発作を起こしそうなぐらいに。

「早く！」少女は頭に血をのぼらせる一方だ。

「やめとけよ。骨折り損のくたびれ儲けだ」とブラウンが言った。「レジには五十ドルも入ってない。おまけにきみが銃を向けている相手は、ふたりとも警察官だ」ブラウンはマディスンを顎で指した。

　少女の目に「しまった」という表情が現れた。ほんの一瞬だったが、ブラウンとマディスンが彼女の心の動揺を見てとるには十分だった。

「銃を床に置いて、全速力で走れ」ブラウンが言った。

　少女は口をぽかんとあけたまま、必死に考えていた。一方、四人の刑事はどんな人間でも銃を手にすると強気になることをよく知っていた。だがそんなときでも、運のいいやつは冷静さを保つことができる。

　マディスンは心のざわめきを静め、頭を明晰にし、視界にあるものをしっかりと見定めようとした。少女の手がある。その手はブラウンの頭にリボルバーを向けている。そして少女の腕があり、心臓がある。マディスンにはわかっていた。三秒もあれば、ホルスターから銃を抜きだし、少女を撃ち倒すことができる、と。ブラウンの目の位置に向けられた銃口が小刻みに動いている。ブラウンはみじろぎもせず、まっすぐ少女を見返し、なおも穏やかに話しかけている。少女は爪にラメ入りのマニキュアを塗り、耳にはピアスをしている。左耳に二つ、右耳にひとつ。デニムのジャケットには擦り切れたシープスキンのライナーがついていた。ネオンの灯りの下、少女の青白い肌は透き通っているように見える。

「話しかけないで！」と少女が叫んだ。マディスンにはもはや少女が見えなかった。銃しか目に入らなかった。そして行動を起こす覚悟を決めた。心臓が一拍打つほどの時間に、マディスンは自分の中から善きもの、真実であるものがすべて消えていくのを感じた。

「やめとけ。そんなことをする値打ちはない」とブラウンが言った。誰に向かって言ったのかマディスンにはわからなかった。

「もういい。わかった」少女はうなずきながら言った。「あたしが何かもらっていく間、あんたたちはじっとしていて」

危機は去った。

「誰も動いていないよ」ブラウンは微笑んだ。「ただ二人でおしゃべりしているだけだ」

少女は、左手を後ろの棚に伸ばして、チョコバーを二本つかんでジャケットのポケットに入れ、さらに二本つかんでズボンの後ろポケットに突っこんだ。

「じゃあ、もう行く。銃は店の外階段に置いとくから。ついてこないでよ」

「待て。銃は今すぐ店の床に置いてくれ。きみが店を出てから三分間は、おれも相棒もじっとしているって約束する」

「わかった」

「約束だよ」ブラウンは念を押した。少女に銃を持たせたまま店の外に出したくないのだ。

「この人の言うとおりにしてね。面倒なことが起こらないように。銃を床に置いてから出てね」マディスンが口を挟んだ。

「言うとおりにしなかったら、どうなるの？」

ブラウンは少女の目を見つめて言った。「週末で少年裁判所が開廷していないから、きみは酔っ払いやあらゆる種類のごろつきどもと同じ留置場で二十四時間過ごすことになるだろう」少女は二度瞬きした。「そんなの嫌だろ？」

少女はごくりと唾をのみこんだ。今夜は何から何までついてない。

「わかった」

少女は目の前のふたりの警察官を見つめたまま、店のドアのほうに二歩移動した。そしてふたりから目を離さずに、屈んで銃を床に置き、走りだそうとした。

まさにその瞬間、スペンサーが少女の首に腕を巻きつけ、ダンが少女のほっそりした青白い両手首に手錠をかけた。あっという間の出来事だった。少女は悲鳴をあげ、逃れようとしたが、抵抗するだけの体力も気力もなく、すでに涙が頬を伝っていた。スペンサーは腕を離した。彼には少女と同じ年頃の息子がいる。マディスンは深呼吸をし、ホルスターのストラップを元に戻した。まだ心臓の高鳴りが治まらない。

「弾が入ってないぜ」ダンは信じられないという顔をして首をふった。「なんてこった」

店員がカウンターの下から頭をひょいと出すと、被害状況を見て、せこいひと言を口にした。

「チョコバーの代金は誰が払ってくれるんでしょうか？」

ブラウンがレジまで歩いていき、カウンターの上に紙幣を置いた。

刑事たちは少女を歩かせて、店の外階段をおりた。ブラウンとマディスンの車の後部座席にすわらせ、スペンサーが付き添うことになった。ダンは乗ってきた車を運転して帰る。

「あたしを牢屋に入れるの？」少女は誰にともなく訊いた。

「分署に連れていく。どうやってこれを手に入れたのか、話してもらわないとな」スペンサーが拳銃を示して言った。

車に向かって歩きながら、少女がふらついた。まるでエネルギーが切れてしまったかのようだ。もっとも最初からエネルギーはなさそうだったが。スペンサーとマディスンが少女を両脇から支えて歩いた。逃がさないようにするためではなく、倒れて頭をコンクリートにぶつけるのを防ぐためだ。

風が出てきて小雨が降ってきた。風が激しく木々を揺らし、濡れた葉を通りに敷きつめている。あたりはまだ真っ暗で、オレンジ色に輝く街灯と〈ナイト・アンド・デイ〉のネオンサインだけが明るかった。車に乗せようとしたとき、少女が顔を上げた。

「何か新聞みたいなもの持ってる？」

少女の声はささやき声よりも低かった。

マディスンは少女のズボンに大きなしみがあるのに気づいた。

「店で新聞を買ってくるわ」階段をのぼりながら言う。「何か温かい飲み物、ほしい？」

少女は少し間を置いて答えた。

「コーヒーを。ブラックで」

車内の暖房のせいで、尿のにおいはほとんど耐え難いものになった。車のウィンドウをあけて走った。少女はスペンサーとマディスンに挟まれてすわり、コーヒーの入った紙コップを指先でもって、ほんの少しずつ飲んだ。そしてとめどなくしゃべり続けた。こういう反応は珍しいものではない。名前はローズ。名字なんかない。十三歳。住所不定。パイク・プレイス・マーケットのゴミ箱に男が重そうな茶色の紙袋を落とすのを見て、食べ残しが入っていると期待して拾った。紙袋には、布巾に包んだ銃が入っていた。

「弾の入っていない銃をふたりの警官に向けるなんて、お馬鹿検定で十点満点が取れるね」とスペンサーが言った。

「弾が入ってないって知ってたんでしょ」と、マディスンが口を挟んだ。

「どう思う？」ローズがそう訊き返すまで、ちょっと間があった。

「知っていたにせよ、知らなかったにせよ」ブラウンは車のスピードを上げながら、鋭い目でバックミラーをちらりと見た。「困ったことになった。うちは殺人課だ。きみが誰も殺していないなら、うちの分署できみを預かるわけにいかない」ブラウンは一拍置いて言った。

「誰も殺してないんだよな」

「うん」

「そりゃあ、よかった。だが、きみを自由にするわけにもいかない。わたしの顔に銃を向けたんだから、わたしにはきみの身柄に対する責任がある」

ローズを震えあがらせようとしたのだったら、大成功だった。マディスンの見るところ、ローズは――どこの町から来たにしろ――家出して二週間から四週間ぐらい経っているようだった。

「これから役所の社会福祉課に電話して、きみを引き取りにきてもらう」ブラウンは淡々と言った。「連中、頭にくるだろうなあ。何しろ日曜の朝の五時だ。クソみたいな仕事を一週間たっぷりやったあとで、これだ。それにわれわれのうちの誰かがきみと一緒に残り、きみの家族に連絡したり、報告書を書いたりしないといけない。どうやって銃を手に入れ、店で何が起こったかを書きとめるんだ。それから、きみを引き取りにくるソーシャルワーカーを待たないといけない。わかってるかい？　きみは今頃はもう、死んでいてもおかしくないだけのことをしたんだよ」

「ああ、もうくだらないことばっか。うざすぎ」とローズはつぶやいた。

四十五分後。マディスンは殺人課の自分の机に向かって、報告書を書いていた。マディスンが残ると申し出ると、ほかの三人は感謝の言葉を口の中でつぶやきながら帰っていった。少女は、マディスンがロッカーに置いていた清潔なトレーニングウェアのパンツをはき、隣の部屋の冷蔵庫の中から救出されたチキンサンドを食べていた。「賞味期限」は単なる目安だということで。においを嗅いだが問題なさそうだったし。

マディスンが電話を二、三か所かけ、社会福祉課からショーナ・ウィリアムズが来てくれることになった。

マディスンは報告書をプリンターから取り、自分の机の脇に置いた。そして椅子から立ち上がり、伸びをした。真夜中から朝八時までのシフトの捜査員は皆、外に出ていて、ローズとふたりきりだった。

気のめいるような部屋だ。机も電気スタンドも椅子も書類ファイルのキャビネットもすべてが、黒に近い灰色という魅力あふれる色合い。ブラウンの机はマディスンと向かい合っている。彼の机の引き出しにはメルヴィルの『白鯨』のペーパーバックが希望の印として収まっている。いつか、『白鯨』を読む時間ができるぐらい、殺人事件が間遠になるときが来るかもしれないと、ブラウンはマディスンに語ったことがある。今のところ、そんなことは夢のまた夢だ。

ローズは部屋の様子には無頓着で、手に持っているドーナツとマグカップに入った熱いココアだけに注意を集中していた。このマグカップは刑事のひとりが家から持ってきたもので、〝レーニア山トレッキング記念〟と側面に書いてある。

くたびれはてていたローズが食べ物のおかげで少し元気を取り戻したのを、マディスンは見てとった。賢い子なら遠くまで旅することもできるだろうが、冬場は無理だ。街で犯罪に巻きこまれて死ぬことはなくても、寒さと雨で死ぬ。

「ほんとうに、電話をかけたい相手はいないの？　長距離電話でもかまわないわよ。名前だけしかわからないなら、番号を調べてあげる」

ローズは首をふった。ローズの目に自分がどう映っているか、マディスンにはわかっていた。ちゃんとした温かい服を着て、一日三回食事をし、アパートメントの鍵か、ひょっとしたら一戸建ての家の鍵を持っている大人。そんな相手にローズは打ち明け話をしたくないのだ。マディスンはその気持ちがよくわかっていたが、ローズは知る由もない。

「初めて警察署の中に入ったときのことを今でも覚えているわ」マディスンは机の中からリンゴを取り出し、ひと口かじった。

ローズは疲れすぎて、聞くふりをする余裕もないようだ。

「十二歳だった。家出よ。アナコルテスの北の、カナダ国境に近いところで郡警察に捕まった。家出して一週間だった」

「嘘ばっかり」

「ほんとうよ。一週間の家出。八月だったから、今とは違ってすごく暑かった」マディスンの口調は淡々としていた。「うちの家は島にあったの。で、ある日、わたしはフェリーに乗った」

「どうせ、あんたの作り話でしょ。捕まえた子みんなに聞かせてるんだ」

その瞬間ローズはとても小さく見え、怒って握りしめた小さな拳のように、自らを固く閉じていた。

「どうかな」

「おはよう、マディスン刑事」ショーナ・ウィリアムズが部屋に入ってきた。四十代前半のアフリカ系アメリカ人で、彼女に初めて会ったのは、マディスンがまだ制服警官の頃だった。ショーナはブロンドの少女を見下ろした。

「さて、このお嬢さんは何者かな。取調室を借りていい？」

「どうぞ、ご遠慮なく。コーヒーもどうぞ」

「コーヒーは誰が用意したの？」

「わたしです」

「あなた、いつもこれが一生の飲み納めみたいに、濃いコーヒーをいれるでしょ」

「いけませんか」

「四十過ぎまで生きたいなら、やめたほうがいいと思う」

「覚えておきます」

「そうしてね」ショーナはそう言うと、紙コップにコーヒーを注いだ。「行くわよ」

マディスンとローズは別れの挨拶代わりにうなずき合った。マディスンはローズのほうに手を伸ばし、名刺を差し出した。

「今度、銃を見つけたら……」

ローズはマディスンの名刺をポケットに入れると、暗い灯りのついた廊下に出ていった。

ショーナの温かみのある声が壁に反響しているが、何を言っているかはもうわからなかった。どこかの誰かが、ローズが銃を手に入れた経緯と、違法なことに使わなかったかどうかを調べることになるだろうが、それは明日になってからのことだ。

午前六時。マディスンはアノラックを着て、机の上の書類をきちんとそろえてから、電気スタンドを消して席を離れた。一階におりると、内勤の巡査部長のハワード・ジェナーが肩に受話器を挟んだまま、手をふった。分署の入り口の石段を、手錠をかけられた酔っ払いがふたりの刑事に引っ立てられてのぼってくるところに出くわした。酔っ払いはすれ違いざま、マディスンに言った。

「おやすみ、ねえちゃん」がらがら声だった。

雨がやんで、雲が高くなっていた。

早朝のアルカイビーチには人の気配がなかった。マディスンはいつもの場所に車を停め、後部座席に移動した。ズボンを脱いでスウェットパンツをはき、NBAのシアトル・スーパーソニックスの色あせたTシャツを着た。マディスンは車の中に銃を置いておく気にはどうしてもなれない。どこかのお利口さんが、買って四年になるマディスンのホンダに盗む価値があると判断しないとも限らない。マディスンはTシャツの上にスウェットシャツを重ね、拳銃の入ったホルスターを取って外に出た。スウェットシャツの下に手を入れてホルスターをつけながら、頭を左右に回転させた。肩甲骨(けんこうこつ)の上の筋肉がこわばりはじめている。寒くて湿っぽいので、手っ取り早く体を温めないといけない。マディスンは車に右手をついて、左手で左足をつかみ背中のほうに引っ張り上げた。反対の足も同じようにした。

始めは軽い駆け足で水際に向かい、二分後にはスピードを上げて、力強く走っていた。ほどなく世界は打ち寄せる波の音と足が砂にあたる音だけになった。

シアトルから車で三時間のところにあるホー川ハイキングコースの濃い闇の中、ひとりの男が森を駆け抜けている。男の姿は、木々の間に見え隠れするぼんやりとした影法師だ。男がこの経路を走るのはこれで三十七回目。闇の中を走るのは二十回目だ。必要な時間、生き延びられるだけの速さと、究極の目的に適うだけの遅さの両方の条件を満たさなくてはならない。川床に着くと、男は時間をチェックした。二十三分。男は顔を上げて広々とした空を見た。ふいに風が吹いて体が震えた。色がないと言っていいぐらい淡い色の彼の目に星が二つ三つ映った。うまくやれるようになるには、あとどれくらいかかるのだろう？

第二章

マディスンは朝の最初の光を浴びながら、自分の車を運転していた。車の中は爽(さわ)やかな香りがする。芳香剤を使っているのではない。単に徹底して清潔にしているからで、微(かす)かに革のにおいもする。マディスンは制限速度ぎりぎりで走った。カーステレオのスピーカーから、アーケイド・ファイアの『ノー・カーズ・ゴー』が大音響で鳴っている。コンビニエンスストアでの出来事を頭から追い出してくれるのに十分な音量だ。

マディスンが殺人課に異動になるというニュースが入ると、ブラウンとスペンサーはマディスンについてお決まりの調査をした。これは昔から行なわれている暗黙のしきたりだ。あちこちに電話をかけて聞き取り調査をする。必要とあらば、マディスンの母校のシカゴ大学から在学中の成績を取り寄せただろう。彼らは知る必要のあることをすべて嗅ぎ出した。調べなかったのは、放っておいても、おいおいわかってくる類(たぐい)のことだった。

アリス・エレノア・マディスンはロサンゼルスで生まれた。引っ越しをくり返し、六つの都市の六つの小学校に通った。十三歳のときにシアトルにやってきて、ここに落ち着く気になったらしい。シカゴ大学では心理学と犯罪学を専攻して学位を取り、優秀な成績で卒業した。警察学校でも、すべての科目を楽々とパスした。スペンサーがとりわけ嬉しそうに報告したのは、一分間、警官用のスミス&ウェッソンM19を片手で握って握力を測るテストで、右手でも左手でも、平均四十キロ以上の結果を出したことだ。

「適材だな」ブラウンが言ったのはそれだけだった。

アリス・マディスンは独身で、酒はほとんど飲まず、煙草は吸わず、請求書の支払いに遅れることもない。同僚の警官の集まりにたまに顔を出すことはあるが、たいていは人づきあいを避けている。

ダンもこの調査に寄与した。彼がつかんできた情報は、ほかの分署にいる彼の知り合いの、少なくとも七人が彼女をデートに誘ったが、妻帯者か独身男かを問わず、全員が丁重に断られたということだった。

異動してからのこの四週間、マディスンは見聞きするものをすべてを吸収しようとがんばってきた。刑事になってから数年経っているが、これまでの経験は、自分がやりたいことのほんの土台にしかならない。ブラウンとスペンサーとダンの刑事としての経験年数は合計四十年だが、そのうちの二十年が殺人課勤務だ。殺人課はほかの課とは違う。一から勉強をしなくてはならない。

マディスンの住むスリーオークスは、市域の南西の端にある緑豊かな住宅街だ。高くそびえるダグラスモミの間に見える住宅はすべて、手入れの行き届いた庭と二台用ガレージをもつ二、三階建ての家だ。家々の裏手の芝生はなだらかな坂になり、ピュージェット湾の静かな水面へと続いている。こぎれいな桟橋が延びて、ヨットが係留されている。それらの私有地をふちどって、小石の浜が細長く続く。眼前の深緑の帯は、ピュージェット湾最大の島、ヴァッション島だ。医師や弁護士などの知的専門職の人たちが家を買ったり、親の家を受け継いだりして住んでいる閑静で裕福な島だ。

日曜の早い時間なので、通りはがらんとしていた。ほんの時たま、張り切り屋の鳥たちがその静寂を破る。マディスンは角を曲がってメープルウッド通りを進み、ほどなく自宅の私道に入った。一瞬、二階の窓に人の姿が見えたような気がしたが、木の影だと気づいた。

マディスンは祖父のメルセデスの隣に車を停めた。メルセデスは誰にも運転されないまま一年以上経ち、あたりの木々や枯れ葉の下の石と同じくらいにしか、意識されなくなっている。もはや風景の一部と化していた。

大きなクッションの封筒が玄関のドアに立てかけられていた。どちらの面にも何も書かれていない。マディスンは微笑んだ。さわってみた感じは、柔らかくて、中味がいっぱい詰まっている。家の中に入り、封筒の裏にある小さなつまみを引っ張ってあけた。中のメモにこう書いてあった。〝正午からブランチ。来られる時間に来て。じゃあね。レイチェル〟

マディスンは封筒に手を突っこみ、チョコレートチップクッキーを取り出してひと口かじった。

ショーナ・ウィリアムズはマディスンが少女と一緒に待っていたことをねぎらったとき、その少女がマディスンに銃を向けたことを考えて、「ほんと、お人よしね」と言ったのだった。

　裏手の大きな窓から外に目をやると、ようやくぼんやりと物が見分けられはじめたところだった。マディスンはソファーにすわって、テラスの先の芝生と湾の水面を眺めた。ソファーの背に頭をもたせかける。これからの二十四時間は自由だ。

　必死に銃を握っている少女の姿が脳裏によみがえった。もし、あの少女、ローズがブラウンを撃とうとしたら、自分がどう行動していたか、マディスンにははっきりとわかっている。その場合、そうするのが当然だとわかっていても、重苦しく鈍い痛みが心に広がった。自分が考えていたことを、ショーナ・ウィリアムズが知ったら、どう思うだろうか。

　海辺を走ったことで、エネルギーの最後のひとしずくまで使い果たされていた――そうなることを望んで走ったのだ。マディスンは目を閉じると眠りに落ち、夢を見た。そして、十二歳のアリス・マディスンが、ワシントン州サンファン島フライデー・ハーバーの自分の部屋で、はっと目を覚ました。

　あけっ放しの窓から見える月は高い位置にある。いつもそうだ。暖かな風が吹いてきて、綿のシーツをなでる。マディスンの心臓が早鐘を打った。これから何が起こるのかはわかっている。脇のテーブルに置いたミッキーマウスの時計は午前二時十五分。これもいつもと同じ。暗闇に目がゆっくりと慣れていく。

　母さんが死んで五か月。マディスンは悲しみのあまり、生きているのがやっとだ。本棚に並ぶ自分の本。きちんと畳んで椅子の上に置いてある服。ベッド脇に脱いだウサギのスリッパ。これから何が起こるのかはわかっている。玄関ホールの床がきしむ音が聞こえ、マディスンは自分の部屋の閉まったドアに目を走らせた。家の中に誰かいる。父さんは夜の仕事だから、夜明けまで戻ってこないはずなのに。

マディスンは目をしばたたき、考えようとした。父さんかもしれない。ううん、違う。玄関の灯りは消えたままだ。父さんなら玄関の電気をつけるし、この部屋をのぞきにくるだろう。父さんが暗闇の中でこそこそ歩き回ったりするわけがない。部屋から部屋へと歩き回っているのは誰かほかの人だ。マディスンは掌(てのひら)に爪が食いこむほど強く、シーツを握りしめた。重い足音の持ち主ができる限り足音をしのばせて、両親の部屋に入っていく。ベッドの下に野球のバットが置いてある。マディスンはドアから目を離さず、バットに手を伸ばした。

そいつは玄関ホールに戻った。マディスンは動くのも、じっとしているのも怖くて、冷たい床に片足だけおろしたところで凍りついた。残りの体はまだ夜具の中だった。両手でバットをしっかり握っていた。足音がマディスンの部屋の前で止まり、時間が止まった。午前二時十八分。マディスンは音を立てず、瞬きもせず、みじろぎもせず、息さえとめた。そのとき、近くで犬の吠える声がした。マディスンは目覚めた。ほかには誰もいない自分の家で。ホルスターが脇腹に食いこみ、胸がまだどきどきしている。

マディスンはこの夢に慣れている。この夢は袖の下に隠れた醜(みにく)い傷痕(きずあと)、永遠に消えない秘密の傷痕のようなものだ。この夢は、いつも同じところで終わるわけではない。バットがふりおろされ、ガラスの割れる音で目が覚めることもある。今回はそこまで行かなかった。

　そこから八百メートルも離れていない場所で、ジェイムズ・シンクレアはもう何時間も前から動かなかった。体の上を動いていく朝の日射しも感じることはできなかった。影ができて長く延び、やがて光の中に消えた。静寂が、煙のように部屋の隅まで広がった。

第三章

シアトル市から遠く離れたところで、その男は目を閉じて川の流れに耳を澄ました。流れるような手首の動きとともに釣糸が投げられ、毛針(フライ)が水面に軽くあたった。彼の両手は冷たかった。釣りをするときは、手袋の感触が気になるので、はめないのだ。彼の右手の甲には十センチほどの浅い傷が三本交差し、白く光っている。空がだんだん明るくなってきた。森は静まり返っている。木々がその静寂によって、新たな一日を祝福しているかのようだ。

男はキャンプにきて釣りを楽しむ、ごく普通の人のように見える。髪型はきちんと整えられた短髪で、足元の地面においている釣り道具は上等なものだ。たまたまハイカーが通りかかっても、彼のことをじろじろ見ることはないだろう。そして五分もすれば、彼のことをすっかり忘れるだろう。だが、彼のズボンの下の右足首にはホルスターが装着され、小型のリボルバーが収まっていた。彼にとってその重みは慣れ親しんだもので、もはやまったく気にならない。この男は祝福というものについてほとんど何も知らない。

男はもう一度釣糸を投げ、フライがゆっくりと長い弧を描くのを目で追った。これが世界が自分に許してくれる唯一の平穏だと彼は知っていた。

山のほうでハンターたちが発射するライフルの音が聞こえたが、男はまったく動じなかった。

マディスンが目を覚ましたのは、昼の十二時四十五分だった。ソファーで寝こんでしまったので体のあちこちが痛い。だが、長めの熱いシャワーと濃いコーヒーで、痛みは簡単に治まった。チノパンをはき、黒っぽいデニムシャツと、綿の入った黄褐色のスエードジャケットを着た。張り込みのときのスニーカーを寝室のクロゼットの横に置き、代わりに黒のアンクルブーツをはく。拳銃はホルスターごとベッドの下の金庫に入れて、しっかりと鍵をかけた。

非番の日にレイチェルの家に行くときは、銃を携帯しない、というのがレイチェルとの取り決めだった。子どもたちが自分のうちのキッチンで、腰に銃をさした大人がコーヒーを飲んでいるのを見慣れてしまうのは健全なことではないと、ふたりとも考えたのだ。

レイチェルの家は歩いて七分のところにある。二十年に及ぶ交友の間、ふたりの住まいが徒歩十五分よりも離れていたことは一度もない。十三歳の少女にとって、親友にいつでも会えるのは、何よりも大事なことだった。

道沿いには、すでにクリスマスの飾りつけを終えている家もあって、窓のカーテン越しに豆電球が瞬いているのが見えた。マディスンはクリスマスの飾りつけのような類のことに熱心になったことはない。けれども、かつて祖父母が、孫と一緒に暮らすようになって初めてのクリスマスに、シアトルで一番大きいツリーを用意してやろうと考えてくれたときには、その気持ちが嬉しくてたまらなかった。

レイチェルの家は親戚でごった返していた。夫のニールの兄弟が妻と子どもを連れて来ていたし、おじさんやおばさんもいた。マディスンが長いこと会っていなかったレイチェルのいとこもいた。子どもが数人、テレビの前に陣取り、テレビゲームをしている。大人はソファーにすわっている者もいれば、料理が並んだテーブルの前に立っている者もいる。レイチェルの母のルースは、みんなが心ゆくまで飲んだり食べたりしているか、常に気を配っている。

レイチェルはマディスンの腕を取って、落ち着ける場所を探し、結局ふたりは二階に上がる階段に腰かけて、膝に食べ物の皿を載せた。

マディスンがまだ制服警官だった頃、行方不明になった九歳の少年の捜索に駆り出されたことがあった。少年の遺体が児童公園の茂みの下に埋められているのが発見された日の夜、レイチェルはマディスンの家にやって来て、電気をつけない真っ暗な部屋の中で、何時間もマディスンに寄り添っていてくれた。殺人課の刑事になった今のマディスンは、もはや暗い部屋の中にじっとすわっていることはない。

レイチェルはワインをひと口飲んでから、親友の顔を見つめた。

「元気？」

「元気よ。ぐっすり寝たし。そっちはどう？　どんな一週間だった？」

「まずまずよ。今学期もおしまい。とくに変わったこともなかった。クリスマス休暇中に、レポートを山ほど採点しないといけないけどね」

レイチェルはワシントン大学の心理学部で週に二日教えている。

「そっちは？　まだ夢を見るの？」

世界じゅうでレイチェルだけが、マディスンの夢のことを知っている。

「二、三か月に一度くらいだから、それほど悪くないわ」

「前に話した女性セラピストはかなり優秀な人よ。誰かに話したくなったら、会いなさいね」

「大丈夫。もう慣れた」

「そんなものをずっと抱えているなんてよくないと思う」

「どうってことないって」

「呆（あき）れた。心理学を専攻した人とは思えないわ」

「うん。驚き、よね？」

「ほんと。ところで、またトミーがスーパーマーケットで迷子になったの。見つけたときは、シリアルの棚の通路にすわりこんで、箱で遊んでいたわ。一か月で二回よ。で、昨夜の張り込みはうまくいった？」

「だめだった。代わりに十三歳の女の子を捕まえた。その子ったら、コンビニエンスストアで弾は入っていない銃を構えて、四人の警官を相手にしたの」

「もう少しで本人が撃たれるところだった。たった四本のチョコバーがほしかったばっかりに」

「あなたもその場にいたの？」

「もちろん。あとのことはソーシャルワーカーに任せたわ」マディスンはワインをひと口飲んでから、言い添えた。「その子の名前、ローズっていうの」

「あら、きれいな名前ね」

「あらまあ」


二時間後、マディスンはレイチェルの息子で六歳のトミーと一緒にソファーにすわって、本を読んであげていた。それはネイティブアメリカンの神話を集めた子ども向けの本だった。トミーはその本をとても気に入っていて、丸ごと暗誦できるほどだったが、読み聞かせてもらいたがった。

暖炉の火がはぜる音が聞こえた。ふたりはトミーのキルトを膝にかけていた。小さな声で口を挟んでいたトミーが何も言わなくなって五分経った頃、マディスンは彼が眠っているのに気づいた。

マディスンは暖炉の上の壁のほうに目をやった。そこは「家族の壁」と呼ばれていて、リーヴァー家とアブラモウィッツ家の何代もの家族写真が飾られている。マディスンには昔から、そのときどきのお気に入りの写真があった。レイチェルのロシア系の祖父母の結婚写真。

大学時代に一緒に住んでいたアパートメントのドアの前に立つレイチェルとマディスンの写真。誰だかわからない少年が、おめかしして写っているモノクロ写真。

　両親の写真を一枚も持っていないマディスンは、レイチェルの身内の写真と一緒に自分の写真がこの壁に飾られているのを見ると、嬉しくなる。

　隣の部屋で誰かがバッハの曲を弾いている。ピアノのレッスンが無駄に終わったようなへたな演奏だが、曲そのものの美しさは伝わってくる。

　マディスンは暖炉の火をしばらく眺めていた。それからトミーを起こさないように、ゆっくりと立ち上がった。トミーは身動きひとつしなかった。マディスンはみんなにお礼を述べ、別れの挨拶を交わして歩いて帰った。家に着くと、冷蔵庫の中をチェックした。それから、寝室の金庫をあけ、非番用の拳銃が収まったホルスターを身につけて、金庫を閉めるという一連の動作を無意識に行なってから、買い物に出た。

　スーパーマーケットに着くと、果物と野菜をカートに入れ、デリに行ってチーズを選び、焼き立てのパンも頼んだ。店内はすでにクリスマスムード全開で、クリスマスキャロルがひっきりなしに流れている。

　鶏肉と七面鳥のコーナーの近くにいたとき、デニムのジャケットを着た瘦せぎすの白人男性がマディスンの目にとまった。男は落ち着きがなく、体重をかける足を頻繁に変えたり、ふり返ってレジの女の子と話している警備員を見たりしている。

　男の服装に変わったところはなく、両手は人に見えるところにある。男がまた、出口のほうを見た。警備員はまだ女の子と話している。そのとき、幼い子どもを連れた女性が男のもとにやってきた。何だ、家族を待っていたのね。マディスンはほっとして鶏肉をカートに入れ、レジに向かった。人が大勢いるところだと、警官はつい気にしちゃうのよね、と苦笑した。例えば暖かい日にロングコートを着た男がいたりすると。

家に戻ると、スウェットの上下に着替え、近所を四十五分間走った。走りながら、ブラウンのことを考えていた。糊の利いたワイシャツとレインコートが頭に浮かんだ。やがて凍てつくような寒さで、鼻が痛くなってきた。ブラウンから学ぼうとマディスンは思った。ブラウンが好もうが好むまいが、彼のやり方を学ぼう。パートナーとして、いつも一緒にいるのだから、きっとできる。

マディスンはニュース番組をつけたまま料理をし、ひと昔前のテレビドラマ、『スポーツナイト』の再放送を見ながら、フライパンから直接食べた。寝る前に拳銃を取り出して、きれいに掃除して、数回空撃ちし、再び弾をこめてベッドの下に置いた。午後九時半に眠りに落ち、夢ひとつ見ず、朝まで眠った。

第四章

〈クイン・ロック・アンド・アソシエイツ法律事務所〉は、パイク通りと六番街の交差点に建つスターン・タワービルの九階フロア全体を占めている。

その日、ネイスン・クインは朝の七時半にオフィスに来て仕事を始めた。「キング郡対マロリー裁判」の書類に目を通しながら、メモを取る。机の上にあるのは書類とノートパソコン、電気スタンド、ブラックコーヒーの入った白の磁器のカップと受け皿――それだけだ。部屋の隅の窓がだんだん明るくなり、ピュージェット湾と港に降りそそぐ雨の筋が見分けられるようになった。

静かで上品なオフィスと窓からの美しい眺めは、ダークスーツと高級靴と同じようにクインにふさわしい。だが彼にもっとも似合うのは、電気スタンドがマホガニー製の机の上に投げかける光と手に持った書類だ。彼は法廷での闘いに備えている。だから、窓の景色が彼の目に入ることもなければ、コーヒーが口元まで運ばれることもなかった。

八時半になるとこの法律事務所の日常業務を切り盛りしているカール・ドイルが、郵便物と、前夜の留守電に入っていた伝言のリストを届けにきて、クインの今日の出廷予定を確認した。

　クインは郵便物をざっと見てから、そのうちの二つを開封した。ひとつは礼状で、もうひとつは彼の要請で証人喚問された人物からのやんわりとした脅迫状だった。次に手に取ったのはクリーム色の上質な封筒で、招待状のように見えた。開封すると、中味は封筒と揃いのシンプルなカードだった。そこにはわずか二語が黒い文字で印刷されているだけだった。裏返してみたが、ほかには何も書かれていない。もう一度文字に目をやった。

《Thirteen Days（サーティーン・デイズ）》

　十三日……。クインはその封筒を脇に置き、残りの郵便物の開封を続けた。匿名（とくめい）の手紙を受け取るのは今回が初めてではないし、最後でもないだろう。それに、さして独創的な手紙でもない。

　ずっと後になってから、クインはこのときを、取り返しのつかないことが起こったのを知らされた瞬間として思い出すことになる。

第五章

月曜日の朝の八時半。マリア・デイヴィスはいつもより遅れていた。ブルーリッジ通りを足早に歩きながら、傘をしっかり握って、風に立ち向かった。月曜は決まって道がこんでいるが、それでも、スリーオークスに来るのをいやだと思うことはない。マリアがシンクレア家で働くようになって七年になる。シンクレア夫妻に下の子が生まれたときからだ。彼らは気さくな若いカップルだし、家政婦としての仕事も楽だった。マリアは四十三歳。自分の子はふたりとも高校生だ。彼女は、この近くでもう一軒、家政婦の仕事をしている。

シンクレア家の私道を歩きはじめたマリアは、一階の窓のカーテンがまだ閉まったままなのに気づいた。玄関に着くと呼び鈴を一度鳴らしてから、ドアの鍵穴に合鍵をさしこみ、解錠して家の中に入った。

「おはようございます！」マリアは大声で言った。ドアを後ろ手で閉めると、耳を澄まして返事が返ってくるのを待った。玄関は暗く、唯一の灯りはクリスマスツリーの豆電球が点滅する光だった。

「来ましたよ！」マリアはドア近くのハンガーラックにコートをかけた。

木の枝が窓をこする音がする。マリアは居間に足を二歩踏み入れて立ち止まった。きちんと片づいていて、カーテンは閉まり、フレンチドアのそばにクリスマスツリーが飾られている。

「奥様、どこにいらっしゃるんです?」

マリアはキッチンをのぞいた。食器洗い機の電源はついているが、洗浄は終わっている。キッチンを見回した。朝のコーヒーを作った形跡がない。些細なことだが、なぜか胸騒ぎがした。寝室をのぞいてみなくては、と思った。

階段をのぼりきると、床のワックスのにおいにまじって、ひどくいやなにおいが鼻を刺激し、鳥肌が立った。

寝室のドアはあけっ放しになっていた。ベッドの上に並んでいる四つの体は、石に変えられたかのようにぴくりとも動かない。手は縛られ、目隠しをされている。枕についた血糊がぬらぬら光っている。両親の体の間に、ふたりの男の子の体がある。マリアは驚きのあまり、悲鳴も出なかった。突っ立ったまま、じっと見つめていた。やがてどうにか一階までおりると、九一一番に電話をかけた。オペレーターは救急・消防・警察のどれですかと尋ねた。

「子どもたちが……」と言いさして、マリアは受話器を両手でしっかり握った。やがて、パトカーがそちらに向かっていると聞いて受話器を置くと、玄関のドアをあけ、石段に腰をおろした。

　最初のパトカーが着いたのは午前八時四十七分だった。ジョルダーノとホールの二名の巡査は、マリア・デイヴィスをパトカーの後部座席にすわらせ、家の中に入っていった。マリアは目を閉じて座席にもたれた。

　月曜の朝の始まりとしては最悪の展開だな、とジョルダーノは思った。胃潰瘍が悪化しそうだ。

　ホール巡査が二階を指さした。ふたりは拳銃を構えた。犯罪現場の安全はまだ確認されてはいない。ふたりは一段ずつ階段を上がって、踊り場に並んで立ち、マリアが目にしたものを見た。

「何もさわるな」ジョルダーノがささやいた。

「わかってます」ホールがむっとして言い返した。

　ジョルダーノはこれまで、思い出したくもないくらいたくさんの遺体を見てきた。子どもの遺体を目にするといつも、その前では声をひそめねばならないような気がする。だが、ホールのほうは動くことも、目をそらすこともできず、ただ突っ立っていた。

　数分後にジョルダーノはパトカーに戻り、分署に報告を入れた。その声は明瞭だった。

「――大人、ふたり。子ども、ふたり。スリーオークスのブルーリッジ通り一一三五番地――」

　彼は両掌で顔をこすり、家の中に戻ると、手帳を取り出して書きこみはじめた。

午前八時五十八分、フィン警部補は自分のオフィスでその電話を受けた。彼は詳細を書き留めると、立ち上がって部下を集めた。フィン警部補は敏腕な警察官で、出世してゴルフを楽しむより、現場に留まり、部下と一緒に働くことを好むタイプだと、マディスンは知っている。

「みんな聞いてくれ。スリーオークスの住宅で四人の死体が発見された」

マディスンは書類仕事から顔を上げた。自分の声が動揺していないことを願いながら質問した。

「住所は？」

「ブルーリッジ通り一一三五番地だ」フィンは部屋を見渡した。「全員、現場に向かってくれ。ブラウン、指揮を執るか？」

ブラウンはすでにレインコートを着ていた。「任せてください」

マディスンはコートを着た。近所だが、ブルーリッジ通りには知り合いはいない。安堵（あんど）するべきことなのかもしれないが、そんなふうには思えなかった。自分の本拠地に仕事が入ってきたことに、逃げ場のない感じがあった。

マディスンとブラウンはクリス・ケリーと同乗した。ケリーは殺人課の古参だが、怒りっぽい性格のためにみんなから嫌われている。その上、嫌われ者の役割を喜んで引き受けている節（ふし）がある。ブラウンはケリーを許容し、マディスンはひたすら近寄らないようにしている。

「スリーオークスの住人なら知っているな？」ブラウンがマディスンに尋ねた。彼はどんな小さなことも見逃さない。

「同じ町内ですけれど」とマディスンは答えた。

ケリーが耳をそばだて、頭の中で不動産価格をはじきだしているのが目に見えるようだ。

列をなすパトカーが、サイレンの音で州間高速道路五号線の騒音を切り裂きながら進んでいく。マディスンはにわかに緊張が高まるのを感じた。

「現場で何が待ち受けているかはわからないが、マスコミが大騒ぎをすることだけは確かだ」ブラウンが言った。

それは間違いないとマディスンも思った。


ニュース専門局の白いヘリコプターが、木の多い丘の上でホバリングしている。悲劇の場所を知らせるのろしのようだ。シンクレア家の私道の入り口付近に、すでにやじ馬が集まっている。ブラウンは徐行運転し、道路沿いに配置されている三人の制服警官のひとりに警察バッジを見せた。

四台のパトカーが停まっていた。ライトは消えているが、無線機からノイズが聞こえる。マディスンたちのパトカーも制服警官に誘導されて敷地内に入った。ちょうどそのとき、検死局の遺体搬送用のバンが到着した。

車からおりたブラウンは玄関先に立つふたりの若い制服警官のほうに歩いていき、バッジを見せた。

「殺人課のブラウンです。最初に現場に来た警官は？」

マディスンはメモ帳を取り出し、やじ馬をちらっと見た。これからもっと増えるだろう。間違いない。お金のかからない娯楽ほど人を惹きつけるものはない。マディスンはコートを車に置いてきたので、シャツとパンツの上にブレザーを着ているだけだった。殺人課のバッジは胸ポケットのへりにとめつけていた。玄関先の警官のひとりがマディスンを上から下までじろじろ見た。マディスンがまっすぐ見返すと、警官は目をそらした。

ジョルダーノが刑事たちを全員、二階に案内した。「ひどいですよ」と彼は警告した。

刑事たちはその部屋に入っていった。マディスンは現場を見て、そのとおりだと思った。

「スペンサー、ミセス・デイヴィスのところに行って、話を聞いてきてくれ」ブラウンが命じた。「医者が必要かどうかも見極めてくれ」

スペンサーは一階におりていった。スペンサーなら持ち前の穏やかな声でミセス・デイヴィスに話しかけ、落ち着かせて、知っていることをすべて聞き出すだろう。

「ミセス・デイヴィスから四人の被害者の名前を聞いたかね？」ブラウンがジョルダーノに尋ねた。

「はい。こっちが父親のジェイムズ・シンクレアです。三十代後半だろうと言ってました。あっちは妻のアン。同じ年頃です。それから夫妻の子どものジョンとデイヴィッド。九歳と七歳。一家全員がやられました」ジョルダーノは手帳を閉じた。「無理やり押し入った形跡はありません。灯りは玄関以外はすべて消えていました」

「ご苦労でした」ブラウンは鉛筆の尖った先でスイッチを押し、主照明をつけた。

ジョルダーノは立ち去りがたいようすだった。かわいそうな一家のために何かしてやりたかったが、何をすればいいのかわからなかった。

「捜査が妨げられないよう、自分もよく気をつけています」

犯人は手間を惜しまず、観客のためにこの場面をこしらえあげたのだ。必要な道具を用意し、遺体の並べ方を決め、計画全体を慎重に練ったのだ。この犯罪がどういうものか、まだよくわからないマディスンにも、これだけはわかった。いかなる情熱がこのような惨事を生み出したにせよ、それを完遂した手は冷静沈着に制御され、その動きに少しの乱れもなかったのだ。禍々しく静まり返っているハリケーンの目のように。

マディスンは両手を深くポケットに突っこんだまま、目の前のものをひとつひとつ眺め、そのすべてを頭に入れた。

「さて、きみの目にどう映ったか話してくれ」ブラウンがマディスンに声をかけた。「まず父親から」

マディスンはしゃがみこみ、靴のかかとに体重をのせてバランスを取った。嗅覚が悲鳴をあげたが、無視した。

「少なくとも二十四時間は経っているように見えます」

「そうだ。なぜそう思う？」

「死斑からです。死後硬直については遺体を動かさないとわからないので、検死局の人たちが来るまで待たないといけません」

「続けてくれ」

「父親は黒のベルベットの布で目隠しをされています。布は引き裂いたのではなく、はさみで切ったものです。額に十字のようなマークがあります。血で描かれています。父親は縛られています……革のように見えます。細長い紐状です。首の周りと両手、両足に革紐がかかっています。手は後ろ手に縛られています。この状態で、仰向けに横たわっていたら、動くのは非常に難しいでしょう」

マディスンはそこでひと息ついた。続けるのがつらかった。だが頭に浮かぶ事実をそのまま口から出した。

「縛られている箇所に深紅の索条痕が見られます。殴られたようです、抵抗したのでしょう。目隠しはまだ取りません。外から見える創傷はなく、枕のしみは彼の血ではないようです。死因はおそらく窒息死でしょう。眼球に溢血点があるかどうか調べる必要があります」

「ほかの三人の遺体はどうだ?」

マディスンは鑑識課員たちが階段の踊り場で準備をしているのに気づいていた。検死官も到着し、二重になった手袋を装着しているのが気配でわかる。マディスンは黒っぽい髪の女性と、子どもたちの遺体に注意を集中した。

「三人とも目隠しされ、額には血で描かれた十字があります。手だけ縛られています。体の前で。しかし索条痕はありません」

「それで何がわかる？」

「縛られたのは死後だったということです。縛られたとき、三人はすでに死亡していました。頭部に近射創があります。射入口周囲に刺青暈（しせいうん）（銃弾の発射後放射状に広がった未燃焼火薬が皮膚に貫入したことによる赤褐色斑）が生じています。五十センチ程度の距離から撃たれたのでしょう。父親以外、全員そうです。一発の銃弾で殺されています。打撲痕は見られず、抵抗した形跡がありません」

　マディスンは立ち上がった。部屋は冷えきっていて、あけっ放しのドアから人が出入りしている。シンクレア夫妻と子どもたちはパジャマ姿だった。ブラウンはマディスンに軽くうなずいた。マディスンがこの四週間の間にブラウンから得た最高の褒美（ほうび）だった。

「やあ、調子はどうだい？」検死官のフェルマン医師がブラウンにいつもの挨拶を言った。

「絶好調でしたよ、ここに来るまでは」ブラウンが答えた。

「なるほどな」フェルマンは現場全体の状況を見てとり、父親の遺体のそばに膝をついた。

「シンクレア夫妻です。ジェイムズとアン」ブラウンが指さした。「それから息子のジョンとデイヴィッド」

　鑑識の現場写真係がブラウンたちのところにやってきた。家具の位置はすでに記録されている。

　スペンサーが戻ってきた。「家政婦は放心状態です。七年もこの家で働いていたそうです。いい家族で、何も問題はなかったとのことです。夫は税金専門の弁護士で、妻は地元の小学校でパートタイム教師をしていたそうです。家政婦の知る限り、誰からも恨（うら）まれていません。

家の中が険悪なムードになったことも、一度もないそうです」

マディスンはカメラのフラッシュがまぶしくて目をそらした。

ブラウンはスペンサーのもたらした情報を整理して、頭にしまいこんだ。そして写真係に言った。「もう終わりそうかな？　父親の目隠しを取りたいんだが」

「もう少し待ってください」

マディスンはフェルマン医師の予備検視の結果を聞きたかった。遺体のそばでそれを待ちながら、さっき自分がブラウンに報告した内容をメモ帳に書き留めた。これから、ジェイムズ・シンクレアとその家族の人生から、一切のプライバシーが手際よく剝ぎ取られ、すべてが白日のもとにさらされるだろう。写真係の手でフラッシュがたかれ、写真が撮られ、フィルムが詰め替えられた。そして、この家の上空ではヘリコプターが旋回し、遺体が運び出される映像を撮ろうと辛抱強く待っていた。

アンドルー・ライリーは警察無線を傍受していて、この事件を知った。迷っている時間などない。こんなチャンスは一生に一度あるかないかだ。彼はみすぼらしいワンルームの住まいを見回した。ブルーリッジ通りの四つの死体が、ここから脱け出す手助けをしてくれるかもしれない。

ライリーはクロゼットをあけ、フェデックスの配達員の制服を取り出した。三か月前にネットオークションで高値で落札したものだ。値段に見合うよい買い物だった。制服には、クリップボード、メモ帳、帽子、ブーツ、そして何よりありがたいことに、肩にかけて使える新品同様のフェデックスのバッグがついていた。その一式を手に入れた日、彼は友人のところにバッグを持っていき、細工を頼んだ。内側に超小型カメラを取りつけてもらったのだ。レンズはバッグの側面の留め具に隠れて目立たないし、ポケットに楽に入る小さなリモコンでシャッターを切るタイミングをコントロールできる。フラッシュがなくても室内で撮影できる高感度カメラだ。これは大事な点だ。死体があるのは室内だから。

ライリーはすばやく髭(ひげ)を剃(そ)った——見た目が肝心だ——が、頰を少し切ってしまった。住所から住人の名前を調べられるネット上のサービスを利用して、ブルーリッジ通り一一三五番地に住んでいるのは、ジェイムズ・R・シンクレアだとわかった。ライリーはフェデックスの封筒にその名前を書きこみ、でたらめの送り主の名前と住所も書きこんでから、きのうのシアトル・タイムズを入れて封をした。捜査関係者以外立ち入り禁止の室内で死体を——四つもあるのだ！——うまく撮影できたら、その写真は数千ドルで売れるだろう。

無線でブルーリッジ通りの殺人事件のことを聞いた十三分後、ライリーは家を出て車を運転していた。

鑑識の現場写真係は、被害者の遺体と殺害現場の部屋を、少しの見落としもなく細かく撮影し終えた。

「では、始めよう」フェルマンが言った。

彼はポケットからテープレコーダーを取り出し、父親の遺体に一番近いベッドサイドテーブルに置き、録音ボタンを押した。

「サム、暖房装置をチェックしてくれ。暖房がいつ入って、いつ消えたか正確な時間を知りたい」

フェルマンの助手は部屋を出ていった。マディスンはこの助手が言葉を発するのを聞いたことがない。フェルマンは被害者家族の父親の側頭部に指先をあてて首の筋肉の硬直の度合いを調べてから、顎に沿って指を走らせた。

「硬直は最強だ。死後二十四時間から三十六時間と思われる」フェルマンはブラウンのほうを向いた。「においがわかるかね？」

「何の？」

ブラウンは遺体の顔から五センチのところの空気を嗅ぎ、後頭部のほうまで嗅いだ。

「目隠しの結び目の写真を撮ったか？」フェルマン医師は、階段に向かっていた写真係に叫んだ。

「はい。全員のを撮りました」

フェルマン医師は父親の目隠しを結び目近くで手際よく切り、指先でつまんでブラウンとマディスンのほうに差し出した。

「クロロホルムだよ。鼻と口に水疱(すいほう)ができているだろう。数分で心臓麻痺(まひ)を起こすほどの量だったかもしれないな。解剖ではっきりするだろうが、窒息死じゃなさそうだ」フェルマンは今度は父親の両目のまぶたを、片方ずつ押し上げ、眼球をよく調べた。

マディスンは言われるまで、クロロホルムのにおいだとわからなかった。二度と同じ過ちをしないように、そのにおいをしっかりと覚えこんだ。

フェルマン医師は目隠しを紙袋に入れて、必要なことを書きこんだラベルを貼った。「体の向きを変えよう」

ブラウンはフェルマン医師が遺体を横向きにするのを手伝った。フェルマンは革紐を結び目近くで切り、別の紙袋に入れた。手首の革紐は血が固まって硬くなっている。フェルマンは肘と手首と指を調べてから、遺体を元に戻し、足首の革紐を取らずに両膝を曲げようとした。それからベッドをぐるりと回って、ほかの遺体でも同じことをくり返したあと、目隠しを結び目近くで切ってすべてはずし、銃創を間近で見た。

「二二口径かな？」ブラウンが訊いた。

「そのようだね。夫人はごく近くから撃たれているのに、射出口がない」

「子ども部屋の二段ベッド脇の壁に、二発の弾がめりこんでました」ドアのところに立っていたダンが報告した。

「少しは役に立ちそうか？」ブラウンが訊いた。

「すっかり押しつぶされています」

「ここでやることは、すべてやった」フェルマン医師はそう言うと助手のほうを向いた。

「手に袋をかぶせ、遺体を運び出そう」

ブラウンは目隠しをはずされた四つの顔と額の黒ずんだ十字を一心に見つめた。

制服警官のホールが部屋の入り口で、咳払いのような咳のような音を立てた。

「何かな？」ブラウンが静かに言った。

「下にフェデックスの配達員がいて、被害者宛ての封筒があると言ってます。誰かのサインが必要だそうです」

「マディスン、行ってくれるか？」

「わかりました」

きびすを返したとたん、ホール巡査は配達員にぶつかりそうになった。

「おい、下で待っていろと言っただろ」

「すいません」その男は背が低く、ずんぐりしていて、帽子の下の髪は短く、鳥の目のような、よく光る円い目をしていた。「これにサインをいただかないと」

マディスンは男の前に一歩踏み出し、開いているドアと男の間に立った。

「下におりてからサインします。ここは立ち入り禁止です」

男は動かなかった。マディスンはもう一歩近づいた。

「立ち入り禁止ですから。さあ行きましょう」

男の視線はマディスンを越えて部屋のほうに注がれている。

「あんた、ここの責任者？」とアンドルー・ライリーは言ってのけた。片手は外に出ていて封筒を持ち、もう一方の手はポケットの中にあり、指がカメラのリモコンに触れている。ライリーは自分の前に立ちはだかる女刑事からじりじりと離れて横にずれることに神経を集中させていて、マディスンの言葉をろくに聞いていなかった。「責任者のサインをもらわなきゃいけないいんだ。会社の規則でね」

マディスンはライリーの目を見た。目の表情が何となく気に入らなかった。ニュース専門局のヘリコプターが家の真上をゆっくりと通り過ぎる音がした。その瞬間、ぴんときた。

「おりなさい。今すぐ！」

ライリーはびくっとして後ろにさがった。急に哀れっぽい声になって言った。「すいませんね。邪魔するつもりはなかったんで」ライリーは階段をおりはじめた。マディスンとホールが脇についている。

マディスンはライリーの両手と封筒とショルダーバッグから目を離さなかった。

「バッグを見せなさい」一階に着くと、マディスンが命じた。

「何でだよ。サインをもらいに来ただけなのに」

マディスンは手を差し出した。「はやくバッグを寄越しなさい」

ライリーは警官にすっかり囲まれていた。後ずさりすると、部屋の入り口に立っていたふたりの警官がすぐ後ろにいて、目の前には女刑事がいる。ライリーは両手を上げた。「何だよ。よせよ」

「とぼけるんじゃない。さあ、そのバッグを」マディスンは低い声に凄（すご）みを利かせた。

ライリーはショルダーバッグを肩からはずし、マディスンに渡した。マディスンはライリーの目をにらみすえていた。マディスンがショルダーバッグの大きな垂れ蓋をめくると、内部の側面に取りつけた超小型カメラがあらわになった。

「ほかには？」

「これだけですよ」

ズボンのベルトにはバックルがついていなかったので、ほかに隠せそうな場所はなかった。

「身元を証明するものは？」

ライリーは運転免許証を出した。警官に偽物を見せても無駄だ。ライリーは没収されたショルダーバッグを未練がましく見た。まったくムカつく女だぜ。

マディスンはライリーの右の二の腕をつかみ、引きずるようにして歩きだした。

「わたしがあなただったら、うんとおとなしくするわ」マディスンは怒りがわき起こるのを感じた。「外にいる人たちがあなたがやろうとしたことを知ったら、ものすごく憤慨するでしょうね」

ふたりは私道を歩いて通りに向かった。心配顔の隣人も好奇心丸出しのやじ馬も皆、同じように黒っぽい傘をさしていた。人数は二、三十人というところだ。退屈していたマスコミは、ふたりの姿を見るやいなや、カメラを向けた。

「おれはただ自分の仕事をしていただけなのに」ライリーが小声で文句を言った。

マディスンはライリーの右腕をつかんでいる手に力をこめた。ふたりは、やじ馬と報道陣の誘導や整理をしている制服警官の列のところまで来た。マディスンは報道陣に背を向け、ライリーの耳元でささやいた。「今度、犯罪現場であなたを見かけたら、ただではすまないわよ。じゃあ、ごきげんよう」

マディスンは群衆をちらりと見ると、マスコミが質問を投げかけるのを無視して家の中に戻っていった。

「くそっ、いまいましい女だ」雨に濡れながら、ライリーがつぶやいた。

「おい、ライリー！」カメラを構えて一列に並んだカメラマンの中から顔見知りの男が手招きした。また、フラッシュがたかれた。

貸してもらったレインコートを頭からかぶったライリーは、マディスンが家の中に入るとすぐ、一部始終を語りだした。

収納袋に収められた遺体が次々と家から運び出され、検死局のバンに乗せられた。その行列の映像は数分のうちにオンラインニュースで流されるだろう。検死局のバンが出発すると、検死医の車が続いた。

取り残されたやじ馬の中には、家に帰るために歩きだす者もいたが、主役がいなくなった今、何をすればいいのかわからず突っ立っている者もいた。雨はしとしとと降りつづけた。スペンサー刑事とダン刑事はその雨の下を、人から人へ、家から家へと歩き回り、集められる限りの情報を集めた。


子ども部屋の二段ベッド上段近くの壁に弾丸がつくった穴を、ブラウンの指先がそっと突ついた。

マディスンは怒りを押し殺した。怒りは何の役にも立たない。犯人は殺害という手段によって、何かを伝えようとした。残酷で歪んだ醜いメッセージを。そのメッセージを発したのはどういう人間なのか探り出さなくてはならない。

ふたりは家の中をくまなく歩くことで、この家になじんだ。ここでどんな暮らしが営まれてきたかを肌で感じようとした。ブラウンは両親の寝室と子どもたちの寝室を行ったり来たりしていた。白い光沢のあるドア枠の、床から一メートル半くらいのところで血痕と何かほかのもの、たぶん毛髪を見つけた。

マディスンは部屋から部屋へと歩き回った。一見して、両親の部屋と子ども部屋以外には、殺人犯が足を踏み入れた形跡がなかった。窓には何の異常も見られず、割れたガラスがはき集められてカーペットやソファーの下に隠されているようなこともなかった。一階のキッチンは細長い部屋になっていて、左手には庭に面した窓があり、右手には白いキッチンユニットがあった。キッチンユニットはぴかぴかだった。マディスンは手袋をはめたままの手で、食器洗い機の扉をあけた。中の皿とグラスはきれいになっている。だがシンクの横に背の高いグラスとコーラの缶が置いてあった。缶の中をのぞくと空だった。鑑識課員のひとりが窓の下の部分の指紋を採取していた。

「これもお願いします」マディスンは缶とグラスを指さして言った。

「ああ」彼はふり返らずに答えた。

マディスンは自分のメモ帳に書き留めた。〝最後に家の中を歩いたのは、夫、妻、ふたりの子どものうちの誰だったのかを突きとめること〟。何もかもきちんと片づいていることから判断すると、誰かがグラスを使ったときは食器洗い機はすでに動きだしていたに違いない。そうでなければそのグラスも食器洗い機の中に入っていただろうから。

二階に上がってからもマディスンは自分の考えに没頭していたので、もう少しでブラウンの質問を聞き逃すところだった。

「なぜ犯人は父親を撃たなかったんだ？　家に侵入して悪事を働くとしたら、最大の障害は何だ？」

「父親です」マディスンもそれが引っかかっていた。

「目隠しの下の痣を見たか？」

「はい。抵抗したんでしょう。だとしたら犯人はなぜ父親を撃たなかったんでしょう？」

「わからん」

「犯人が侵入したとき、誰もそれに気づかなかったんだと思います」マディスンはあたりを見回した。「犯人はこの家の勝手がよくわかっていたんです。入ってきて、さっさと事を進めた。やってのける自信があったので、まず父親の命を奪って抵抗を予防しようとはしなかったのでしょう」

ブラウンは長いこと黙っていた。部屋を出ていったかとマディスンが思うほど長い時間だった。マディスンが目をやると、ブラウンは食い入るようにドアの上枠を見つめていた。白い光沢のあるドア枠に二つの語が彫(ほ)ってあった。文字の高さは五センチあり、荒々しく角張った字体だが、完全に読みとれる。

《Thirteen Days(サーティーン・デイズ)》

「鑑識に見てもらわなくてはな」ブラウンが言った。

力をこめてきっちりと彫られていることに、彫った者の凶悪さが感じられ、見るのがつらかった。装飾のつもりか、文字の終わりを少しカールさせている。

「こういったものを、これまでに見たことがありますか?」

「ない」ブラウンは答えた。

「警告かもしれません」

「多くの可能性が考えられるが、どれもろくなことじゃない」

階段をおりている間もまだ、ワックスのにおいがしていた。手すりはオーク材で、よく磨きこまれていた。美しい家にすてきな家族が住んでいたのだ。

玄関前の石段に出て、ブラウンは残っているマスコミとやじ馬を見た。

「あの連中の写真を撮った者はいるかな。誰か動画を撮ってくれ。あの連中の顔が見たいんだ」そう言いながら、ブラウンは傘の群れを指さした。フラッシュがたかれ、テレビカメラが動いて撮影を開始した。

第六章

フランク・ローレンはシンクレア家の二階にある書斎の中央に立ち、部屋を見渡した。パートナーのメアリー・ケイ・ジョイスは新しいゴム手袋をはめた。ふたりは証拠品を集めていた。窓ガラスにも光沢のある白い窓枠にも指紋採取用の粉がついている。机の前に置かれた革の肘掛け椅子には、ハードカバーの本が開いたまま伏せてあった。アイザック・ディネーセンの書簡集『アフリカからの手紙』だ。ジョイスは本をもちあげ、ページを開いたまま、ビニール袋にそっと入れた。それから袋のファスナーを閉めた上で、中で本が動かないよう小さな留め具で両側を押さえ、ラベルを貼り、それにサインした。そしてその下にローレンがサインした。ふたりは声も音も立てず、完全な静寂の中でこの部屋の検分を進めた。

机の前の椅子の座面と袖の間に何か挟まっていないか、と探っていたジョイスの指が、淡い緑色の薄っぺらい紙片に触れた。彼女はその紙片をピンセットを使って取り出し、光にかざして見た。

ブラウンが運転している間、マディスンは自分のメモを見ながら頭の整理をした。ふたりはジェイムズ・シンクレアの札入れに入っていた控えと家政婦の便宜のためにキッチンの壁に貼ってあったメモから近親者の名前を突きとめていた。今回のような事件の場合はとくに、できるだけ早く最近親者に連絡を取る必要がある。おそらくシンクレア邸はすでにニュース番組の画面に映しだされ、事件のむごたらしい内容が伝えられているだろうから。

「迅速に正義をまっとうする」という声明がフィン警部補から出されたが、被害者や犯罪の詳細はまだ公表されていない。マディスンはメモ帳に〝父親の死亡時刻は残りの三人の前なのかあとなのかをドクター・フェルマンに尋ねること〟と書きこんだ。

「また何か起こるのではないでしょうか」マディスンはブラウンに言った。「今回の犯行から十三日後でしょうか。だとしたら、二十四日になります。あと十一日しかありません」

「細かく言うと、二百六十時間もないだろうね」ブラウンが言い直した。

ブラウンは車を縁石に寄せて停めた。道路は渋滞し、買い物客の流れが車の周りにまであふれていた。マディスンは車道にはみだした五歳くらいの男の子を、母親がぐいっと引っ張って自分のそばに引き戻すのを見た。

「きみはこの人に会ったことがあるかい？」スターン・タワービルの入り口で、ブラウンがマディスンに尋ねた。

「ありません。法廷で見たことはあります。証人に鋭い質問を浴びせる弁護士です」

「そうだな。たいていの警官はやっこさんの前で証言台に立つぐらいなら、何も見ないですむように、両目を針で突き刺すだろうな」ブラウンは左手の掌でネクタイをなでつけた。

ふたりは九階でエレベーターをおり、〈クイン・ロック・アンド・アソシエイツ法律事務所〉に入っていった。

ブラウンは受付で、ネイスン・クインとの面会を求めた。ふたりは待合室に案内され、お飲み物でも、とすすめられたが、遠慮した。クインは数分で手があくとのことだった。マディスンはあたりを見回した。壁に絵が飾られていた。クインがチャリティーイベントに参加している写真を新聞で見たことがあったのを、マディスンは思い出した。

やがてクインのオフィスに案内された。ネイスン・クインは立ち上がって出迎えた。四十代だと思われた。黒い目をしていて、威厳があった。マディスンが法廷で見かけたときに感じた威厳とまったく同じだ。だが、間近で見ると、企業を顧客に持つ成功した法律事務所の共同経営者（パートナー）に見られがちな、いかにも富裕階級らしいよそよそしさはなかった。彼は法律的な知識を武器に人をこてんぱんにやっつけるようなタイプの人間に見えた。それがうまくいかなければ、素手を使ってやっつけそうだ。

「ブラウン部長刑事。マディスン刑事。どういったご用件でしょうか？　おすわりください」

いかにも警官の扱いに慣れている感じだった。自分が弁護士としてかかわっている事件のことでふたりがやってきたと思っているに違いないと、マディスンは気づいた。

「ミスター・クイン。ジェイムズ・シンクレアさんはこの法律事務所の雇われ弁護士（アソシエイト）ですか？」ブラウンが尋ねた。

　クインは悠然と椅子の背にもたれた。

「違います。彼は四年前から共同経営者(パートナー)です」

「どれくらい前からの知り合いですか？」

「いったい何のお話ですか」

「申し上げにくいのですが、とても悪い知らせです」とブラウン。

　クインがたじろいた。

「単刀直入に申します。けさ、ジェイムズ・シンクレアさんが自宅で死体となって発見されました。ご家族も……」ブラウンはそこで口ごもった。「奥さんとお子さんたちも一緒に」

「アンと子どもたちも、だって？」

「はい」

「何があったんですか？」

「何者かが侵入しました。土曜の夜だと思われます」

　ネイスン・クインは机に両肘をつき、両手を見下ろした。あたりは静まり返り、一分ほどの間は、近くで誰かがパソコンのキーボードを打つ音くらいしか聞こえなかった。ふたりのほうに目を戻して口を開いたとき、彼の声はしっかりしていた。

「彼らに会えますか？」

「もちろんです。お引き受けいただけるなら、正式な身元確認をお願いしたいです」

「わかりました」

「あなたを始め、ミスター・シンクレアの同僚の方にお尋ねしなければならないことがあります」

「何なりとどうぞ」クインはためらいがちに言った。「しかし、ジェイムズたちはどういうふうにして――」

「時間が経てば、もっと詳しいことがわかります」ブラウンは「解剖」という言葉を避けて答えた。

「強盗の仕業ですか？」

「まだはっきりしません」

「お尋ねになりたいことがあれば――」

「ありがとうございます。シンクレア一家がどういう人たちだったか、全体像を思い描くのに十分な情報を得たいと思っています。彼らとは親しかったんですか？」

「ええ」

「最後にお会いになったのは？」

「金曜日にこの事務所でジェイムズに会いました。彼は五時か五時半に退出しました。わたしが出たのは、そのしばらくあとです」

「ここ数週間で、彼の行動におかしな点や、変わった点がありませんでしたか？　悩み事や心配事がありそうだったとか？」

「ありません。何もかもいつもどおりでした」

「シンクレア夫人のことはよくご存じでしたか？」

「よく知っていました」

「仕事以外でも彼らに会う機会がありましたか？」

「ええ」

「シンクレア家を訪問されたことも？」

「はい」

「彼らには敵がいたと思いますか？　人に恨まれるようなことはありませんでしたか？」

「まったくありません。ジェイムズは税金分野専門の弁護士ですし、アンは小学校の教師です。彼らは感じのいい、親切で、思いやりのある夫婦です――そういう夫婦でした。敵はいなかった」

「昔、扱った事件のしがらみも？」

「ありません」

「ミスター・クイン。おわかりと思いますが、これからする質問は捜査上必要があってお尋ねすることです。仮に個人的な内容に触れるとしても」

「どうぞ」

「ジェイムズ・シンクレア、あるいはアン・シンクレアに婚外の交際相手はいませんでしたか？　そのせいで、誰かから恨みを買った可能性は？」

「ありません」

「ふたりのいずれかがそういうことをしていたら、あなたの耳に入ったと思いますか？」ブラウンは穏やかに尋ねた。

クインはブラウンの顔を見据えた。クインの目を見て、マディスンにはわかった。警察の捜査に役立つことを教えるのはよいが、友人たちの私生活の詳細をあらわにして、禿鷹のような他人につつかせるつもりはない、とクインが考えていることが。

「ふたりはお互いだけを愛していました」

「今日のところは、質問は以上です。ご協力、ありがとうございました」ブラウンはそう言うと、立ち上がった。

クインも立ち上がりながら、尋ねた。「近所の人たちは、何か見聞きしなかったでしょうか？」

「聞き込みをしています」

「無理に押し入った形跡は？」

「いいえ。はっきりした形跡はありません。もちろん、結論を出すのは早すぎますが」

「犯人は複数だと思いますか？」

「まだ現場を調べているところです」

クインは両手の人差し指でこめかみをさすった。

「ブラウン部長刑事、昨年シアトルで起こった殺人は二十件。一昨年は十九件。ほかの大都市と比べると、ここはかなり安全な街です。殺人事件の検挙率の高さから考えてもそう言えます。この事件は強盗目的の侵入ではありません」

クインはブラウンとマディスンの顔をかわるがわる見た。ふたりを値踏みしているのだ。

さきほど彼らがクインを値踏みしたように。「では、三十分後にあちらで。これからシカゴにいるアンの姉に連絡します」

エレベーターのドアが閉まる間際、クインの周りに寄って来た三、四人の人が、彼の話を聞いて、驚きから苦痛へとみるみる表情を変えていくさまがマディスンの目に映った。


車に戻り、無線連絡があったかどうかチェックすると、メアリー・ケイ・ジョイスからの伝言が残されていた。ジョイスに無線がつながったが、声が割れて聞き取りにくい。彼女は鑑識課のバンの中にいるようだ。

「二万五千ドルの小切手を半分に切り裂いたものが見つかりました。片方は書斎で、もう片方はキッチンのゴミ箱の中です。はっきり聞こえていますか?」

「聞こえてます。どうぞ」

「サインは途中までしか書かれていません。真ん中で終わっていますが、はっきり読めます。印刷されている振出人氏名はジョン・キャメロン。J、O、H、NにC、A、M、E、R、O、Nです」

「了解」

マディスンは自分の手帳から顔を上げた。束の間、聞こえるのは、無線のパチパチというノイズとフロントガラスを打つ雨音だけになった。

「ペインを呼び出しました」とジョイスが続けた。「非番だったので、ご機嫌斜めです。調べなければならないものが山ほどありますが、小切手を最優先させます」

ペインは潜在指紋の採取、検出の第一人者だ。誰かがその小切手に触れていたら、必ず指紋を見つけ出すだろう。

ブラウンはあけっぴろげな人柄ではなく、自分の考えを胸の内にしまっておく。マディスンはそれが気に入っていた。彼は車内の空気が急に淀んだかのようにウィンドウを少し下ろし、二度大きく息を吸った。

「ジョン・キャメロンについて、きみは何を知っている？」ブラウンがマディスンに質問した。

この数年、マディスンはジョン・キャメロンについて多くのことを耳にしてきた。明確な事実だけでなく、推測や伝聞や伝説でふくれあがった噂話を。

「ノストロモ号事件について知っています」マディスンが答えた。

「それを知っていれば十分だ。もし彼がこの事件に何らかの形で関与しているなら、われわれがもっている証拠はどれも砂金だ」

「どういう意味ですか？」

「ノストロモ号事件では五人殺害された。警官が二名と前科のある者が三名だ。やつは喉を切り裂いて彼らを失血死させた」

「覚えています」ノストロモ号事件は、マディスンが警察学校を出たばかりの頃、何週間もニュースで取り上げられていた。その船と積荷は、サンファン諸島のなかのオーカス島の近くの海域で発見された。甲板の血をすべて洗い流すことは不可能だった。板材が血で黒く染まっていた。誰もこの殺人事件で逮捕されなかった。

「こちらには何もなかった。証拠もなければ、目撃者もおらず、立件はできなかった。やつの名前を口にするのを恐れて、誰も情報を提供しなかった。だがやつが犯人だ」

マディスンは新聞に載っていた写真を思い出した。警官たちのは身分証明証用の写真で、前科のある者たちのは刑務所収監時の写真だ。マディスンが記憶をたぐっている間、ブラウンは検死局の死体安置所に向かって車を走らせていた。

「二年後、警察に知られている売人の死体がワシントン湖に浮いた。両手が切り落とされ、両目がえぐり取られ、首はほとんど切断されていた。信頼できる情報源によれば、キャメロンの仕業だということだった。密売人たちが恐怖に駆られて街から逃げ出した。ところが、その情報源が考えが変わったと言いだし、われわれはまたもや、キャメロンをしょっぴく根拠がなくなった」

「キャメロンのような人間が、どうやってシンクレア家の人たちと知り合ったんでしょうか？　どういうつながりがあるんでしょう？　シンクレアは弁護士です、それも税金分野専門の。きちんとした企業が顧客で、危険な世界とは無縁のはずです」

「これがあのキャメロンだという確証がないことを忘れるな。単なる同姓同名かもしれない」

「そうかもしれませんね。キャメロンのファイルはあるんですか？　逮捕歴は？」

「殺人容疑では、そこまで迫れなかった。だが、ガキの時分に飲酒運転をして、指紋をとられたことがある。その後は何もない。今でも警察に指紋があるのは、やつが十八歳のときにビールを少々飲んだからだ」

「じゃあ、写真もあるんですね」

「役に立つかな。二十年前の写真だ」

「コンピューターで加齢変化をシミュレーションしてもらいましょう。二十年経った今、どんな顔になっているかわかります。それを近所の人に見せましょう」

「キャメロンの名前なんか出してみろ、大騒ぎになるぞ。キャメロンとシンクレアの間に、ひとつでもはっきりしたつながりが見つけられればそれでいいんだ」

「わたしにやらせてください。まず、キャメロンのファイルと指紋を手に入れてきます。検死局で落ち合いましょう」

「マディスン、他言は無用だぞ」

ブラウンはしぶしぶ、混雑している街角で車を停めた。車をおりたマディスンはすぐに人ごみに紛れて見えなくなった。

検死局と科学捜査ラボが仮住まいしているビルの中では、技官たちが行ったり来たりして仕事をしていた。ブラウンはビルの玄関でクインを待っていた。クインは何を考えているかわかりにくい男だ。ブラウンはクインが遺体確認というつらい仕事をどうやり抜くか見たかった。クインのような種類の人間について何かを学びとれるのではないか、そして、いつかその知識が役立つのではないかと期待した。

遺体確認の時が来た。ネイスン・クインはガラス窓のきわに立っていた。ブラウンがガラスをノックすると、ブラインドが上がって四体の遺体があらわになった。クインは顔から顔へと目を移した。そして、ふりむくと、一度だけうなずいた。

駐車場の自分の車に戻ったクインは、しばらくじっとすわっていた。それから車を出し、スピードを上げて帰っていった。ブラウンは建物の中からクインの車があった場所を見つめながら、遺体確認のとき、彼の右手がどんなふうに震え、それをコートのポケットにどんなふうに入れたか、記憶を反芻（はんすう）した。

ブラウンは廊下の冷水器の水を紙コップに入れ、ビタミンCの錠剤を飲んだ。頭をはっきりさせてから手帳を取り出し、解剖室の清潔な冷気の中に入っていった。

第七章

　マディスンは通信センターにあるプリンターのそばに立って、記録部写真課から送られてくるキャメロンの若き日の写真を待ちながら、初めて見るキャメロンの写真が、鮮明なものであることを願った。キャメロンを手配することになったら、鑑識は二十年前のその写真をもとに、コンピューターで加齢による変化を加え、今の顔をつくりあげなくてはならない。

　車の中でキャメロンの名前が出た瞬間から、取り除くことができない微かな雑音のように、その名がマディスンの頭の中に響き続けていた。そしてブルーリッジ通りの目隠しされた遺体がまぶたに浮かんだ。

　昔の狩人のように、マディスンはキャメロンのことを知るためにはその目を見る必要があると感じた。そしてノストロモ号事件の詳細を思い出そうと努めた。

　事件がどのように起こったかについて、確かなことはほとんどわかっていない。語りたがる人ごとに、お気に入りのバージョンがある。おおまかに言うと、ロサンゼルス市警のふたりの刑事が前科のある三人と組んで何か不正なことをしていたようだ。そこにジョン・キャメロンがどう絡(から)むのかわからない。だが、何らかのかかわりがあったことは確かだ。五人の男はキャメロンを陸に戻さないことに決めていたのだから。

八月のよく晴れた暑い日だった。太陽の光が反射して甲板をきらめかせ、海からは気持ちのいいそよ風が吹いていた。

五人がキャメロンを始末するつもりだったことを、キャメロン自身が出帆のときに知っていたのかどうかはわからないが、いつ知ったとしても、そのとき、彼は逃げなかった。

警察は五人の遺体のそばで、九ミリ口径のグロック二丁とリボルバー三丁を回収した。どれからも多くの弾が発射され、ふくらんだ薬莢が転がっていた。だが船に残っていたのは被害者五人の血液だけで、それ以外の人間が船にいたという物的証拠はなかったし、ほかの人間がいたとしたら、どのようにして船から去ったのか説明がつかない。

桟橋にいた漁師は六人の男がノストロモ号に乗りこむのを見ていたが、詳しい説明はできなかった。キャメロンが男たちを薬で眠らせて、ひとりずつ殺したのだと言う者もいれば、男たちに殺し合いをさせたと言う者もいたが、いずれも憶測に過ぎない。唯一わかっている事実は、それだけの弾丸が発射されたにもかかわらず、男たちが首を切り裂かれて死亡していたことだ。

事件後、キャメロンは姿を消した。ごくわずかな人間しか彼の容姿を知らなかった。わかっていることがほとんどない一方で、噂がささやかれた。カウンターの端にすわっているあの男がキャメロンかもしれないとか、カードゲームですっからかんにされた愚痴を聞いてくれた相手がキャメロンだったかもしれないとか。

プリンターが動きはじめた。

知り合いの巡査がふたり、こちらに向かって廊下を歩いてきた。マディスンはキャメロンの写真と名前が印刷された紙を切って取り、ろくに見もせずに建物を出て、駐車場の自分の車のところに戻った。

車に乗りこむと、紙を表に返してジョン・キャメロンの写真を見た。六人を殺害したと考えられている男だ。だが、その写真の彼はティーンエージャーの少年で、年相応に見えた。穏やかそうな顔で、髪は長めだ。二十年前はそういう髪型が普通だったのだろう。罪状は飲酒運転だが、酒気を帯びているようには見えない。しらふのように見える。マディスンは写真の顔をじっと見つめた。身長百八十センチ。黒い髪に黒い目。識別に役立つ特徴は、両前腕と右手の甲にある傷だけだ。

マディスンは十指の指紋票が入った封筒に写真を入れてから、車を発進させ、小雨の中を進んだ。ジェイムズ・シンクレアとその家族を最後にもう一度見るために。

事件がテレビで最初に報道されてからの四時間に、警察の交換台は自分が犯人だと名乗る男女の電話を二十七本も受けた。二十二本が男、五本が女からの電話で、もっとも近いのがワシントン州スポケーン市、もっとも遠いのがフロリダ州マイアミ市からだった。そのひとつひとつに対応し、事件と無関係であることを証明しなければならない。まったく無意味な仕事で時間と労力の無駄だが、そういった電話はこれから増える一方だと誰もが知っていた。

シアトル・タイムズは事件を第一面に載せた。美しいシンクレア邸の写真と公表されたわずかばかりの事実を報道するだけで、憶測は最小限にとどめられていた。

一方、ワシントン・スターのほうは「クリスマスの虐殺(ぎゃくさつ)」という見出しのもとに、マディスンがライリーの肘をつかんでいる写真を載せるとともに、この殺人の本質を推測し、数年前にブルーリッジ通りで起こった殺人事件について見当違いの言及をしていた。それは、少女が誤って隣人を撃ってしまった事件だった。

小雨がぱらつく中、人々は売店まで歩いていって新聞を買ったり、インターネットのニュースを読んだりした。やがて、まるで嵐が近づいているかのように、家々の窓の錠が確認され、裏口に鍵がかけられ、子どもたちは外で遊ぶのを禁じられた。

第八章

マディスンが死体解剖室に入っていくと、フェルマン医師は被害者一家の父親の死体にY字切開を施したところだった。

フェルマン医師と助手のサムは外からの詳細な検視をすでに終えており、死体はパジャマを脱がせられていた。死斑、つまり血液の沈下による死体の変色の様態から、死後に死体が動かされなかったことは明らかだった。検査用に血液、尿、毛髪の標本が採られ、口腔と肛門の粘膜が採取された。性的暴行が加えられたことを示すものは何もなかった。この種の殺人事件ではどんなこともありうる。経験豊富なフェルマンはそれをよく知っていて、万全の検査を行なっている。

ブラウンは奥の壁に寄りかかって、解剖台の上を眺めていた。フェルマンはぶらさがっているマイクに向かって所見を口述していた。あとで録音をもとに報告書をまとめることになる。詳細を述べ、サムに指示を与えるフェルマンの声は落ち着いて、淡々としていた。サムもフェルマン同様、緑色の手術着を着て、保護眼鏡をかけている。

「――臓器は鬱血し、軽いチアノーゼを呈する。虫垂切除の古い傷痕あり。あらかじめ行なわれた死後画像診断では、脳に浮腫と鬱血が見られた。両肺も同様に鬱血しているように見える。外見の特徴は長時間吸入した場合のそれと一致する。以上の観察結果は薬物検査により裏づけられるだろう。目隠しの項を参照のこと」

マディスンは封筒を軽く叩いて、ブラウンの注意を引いた。

「手に入れました」

「何か問題はあったか?」

「ありません。写真と筆跡比較用のサインと指紋を手に入れました。小切手はもう見ましたか?」

「ああ。文書係が上で保管している。相当皺くちゃになっているが、使えるだろう。指紋採取用の薬液に浸す前にサイン自体を調べなければならない。連中、きみを待っているよ」

「これまでにわかったことは?」

「クロロホルム」ブラウンはフェルマン医師の口述を聞きながら取ったメモをざっと見た。「父親の左目下の頬骨に打撲痕があった。たぶん銃把で殴られたんだろう。数分間、気絶するほど強く殴られたようだが、骨が折れるほどじゃなかった。わたしの考えでは、犯人は父親を気絶させておいて、母親と子どもたちを殺害する仕事にとりかかった。父親が意識を取り戻したときには、手足を縛られ、目隠しされていた。そして、すでにクロロホルムを嗅がされはじめていた」

「父親はもがいたのですね」マディスンが立っているところから、解剖台の父親の手首と足首の周りに深紅色の痣が見えた。

「どれもほぼ骨に達するほどだ。父親は心臓が音(ね)をあげるまでもがいたんだ」

「ドクター、父親はどれくらいの間、意識があったんですか？」マディスンはフェルマンに質問した。

死の宣告がどのように下されたかが、父親とほかの家族とで異なっているのが、マディスンは最初からずっと気になっていた。

「そうだな。クロロホルムが効くまで最大十五分かかると言われているが、この量と吸入のさせ方から考えると、意識があったのはきっと数分だっただろうと思う。痙攣(けいれん)と激痛を伴う数分だが」

マディスンはブラウンのほうを向いて言った。

「シンクレアはベッドの上で数分間、のたうち回った――」

「だが、発見されたときは、遺体の下の夜具は乱れていなかった」ブラウンがうなずいた。

「犯人は、部屋を出る前にベッドをきちんと整えたんです」マディスンは自分の考えを最後まで言った。

犯人の姿がようやく見えてきた、とマディスンは思った。犯人は被害者が動かなくなるのを待ちながら、彼の命が尽きるのをじっと見ていたのだ。それから、遺体や夜具を少しずつ動かし、遺体の下のベッドの乱れを正して、自分の作品である絵を完成させたのだ。マディスンはその場面を想像してもたじろがなかった。心の中で、マディスンは部屋の入り口に立ち、侵入者が作業を進めるのを見つめた。そして、その顔を見ようと努めた。フェルマン医師が胃の内容物を調べるのにとりかかった頃、マディスンは死体解剖室を出た。

指紋照合係と文書鑑定係は、この殺風景なコンクリートの建物の二階にある。マディスンは強盗課に配属されていた時期によく訪れていたので、技官たちと親しかった。

ボブ・ペインはワイシャツ姿で、ローズヒップティーを飲んでいた。マディスンは大学で科学捜査の特設講座に参加し、優秀な成績を収めたので、そのとき得た知識が、ペインと話すときにとても役に立っている。

「元気かい、マディスン刑事？」

「はい、元気です。比較用のサインと十指指紋票をもってきました」

「小切手はまだ文書係にある。わたしの出番が待ち遠しいよ」

マディスンは封筒から十指の指紋票を取り出して、ペインに渡した。ペインは書類の最上段にある名前をじっと見つめた。

「了解。家族の指紋についてしたのと同じように、除外するための並列照合をしよう。いつものように、開始点を用いて」

マディスンはふと思い出して言った。「ノストロモ号事件を担当されましたか？」

「役には立てなかったが。指紋について言えば、あざやかな手際の現場だった。完全に拭き取られていた」

酢酸アミルの熟しすぎたバナナのようなにおいと、ニンヒドリンのきつくて不快な金属臭が混ざったにおいがマディスンの鼻をついた。だがその溶液は紙を浸すには最適な溶液であり、そうしておけば、インクが消えることもない。長居したい部屋ではなかったので、マディスンは早々に切り上げた。

「ブラウンに会ったら、非番の日なのに駆り出されてえらい迷惑だと伝えておいてくれ」ペインがマディスンの背中に言った。


文書係のウェイド・グッドウィンは眼鏡を押し上げた。

「ほんとうのところ、小切手のサインと比較するには本物のサインがたくさんあると、ぼくとしてはとても助かる。きみが持ってきてくれたものだけじゃ、ここで照合するのに不十分だ。この小切手のサインは、法廷でものを言う証拠にはほど遠い。文字の上端と下端を見る比較法について知っているかい？」

「ええ」マディスンが答えた。

グッドウィンが不完全なサインに引いたばかりの二本のジグザグ線を、マディスンは彼とともに見つめた。

「前置きが長かったが、この小切手のサインは偽物だと思う」

「ありがとうございます」マディスンは礼を言った。これが出発点だ、五分前には何もなかったが、今や動機の候補になるものが見つかった。小切手を偽造した人間がいて、殺された人間がいる。

ブルーリッジの住人たちは協力的で、事件のことを気にかけていたが、土曜の夜やその前日に何かふだんと違うことがあったと、記憶している人はまったくいなかった。キング郡検察局が目撃証言だけで、評判の悪い人間を吊るしたりしないことをブラウンは承知していたが、それでも目撃証言は必要だった。

ペインと部下は何十点もの物から指紋を採取し、一家や家政婦の指紋と照合していた。その作業には時間がかかり、いくらせかされても、それ以上早くすることはできなかった。

フェルマン医師は射殺された被害者たちの射入口の角度と銃把でできたと思われる父親の頬の痣とをかわるがわる見た。

「どう思います?」解剖台から離れたフェルマンにブラウンが尋ねた。

「考えていることはあるが、役に立ちそうなことはほんのわずかだ」

「聞かせてください」

「襲われたとき、被害者たちは横たわっていた。ドア枠に毛髪と血がついたのは、犯人が子どものひとりを両親の部屋に移動させたときだろう。犯人の身長は百八十から百八十五センチ、そんなところかな。右利きで、体力がある」

「どこにでもいるような男ということですね。だが、それで話は合う。ドア枠の上部に彫りこまれた字の角度から判断すると、右手で彫られたようだから」

「いかなる種類の性的行動も見られない。従って体液はない」

内線電話が鳴り、フェルマンが受話器を取った。二言三言話すと、受話器を置いた。

「シンクレアの両手首の革紐の結び目に体毛が数本挟まっているのを見つけた」フェルマンは手袋を脱いだ。「それを検査してもらった」

「誰の体毛です？」

フェルマンは微笑んだ。「身元不明の成人男性のものだ」

「その男のＤＮＡが手に入った、ということですか？」

「体毛は完全なものだ。毛根も何もかもある。願ってもないことだ」

フェルマン医師は疲労困憊（こんぱい）していた。緑色の手術着のせいで、顔色の青白さがきわだち、幽霊のようだった。ブラウンはフェルマンと握手をしてから解剖室を出た。

四時間前からブラウンはネイスン・クインの携帯電話に何度も電話しているが、まったくつながらない。ブラウンは、シンクレアがキャメロンの名前を口にしたことがあるかどうか、訊きたかった。車に乗りこんでから、もう一度かけたが応答はなかった。相手の電源は切れたままだ。

ブラウンは疲れていて腹も空（す）いていた。雨はすでに小雪に変わり、車の中の空気は刺すように冷たかった。

分署に戻る途中でチキンサンドとコーヒーを買い、運転しながら食べた。

第九章

マディスンはブラウンに小切手のサインは偽物だったと報告してから、シンクレアの同僚に話を聞くためにスターン・タワービルに向かった。ネイスン・クインは数時間前に法律事務所を出ていた。カール・ドイルに案内され、会議室に身を落ち着けた。そこには毛足の長い水色の絨毯（じゅうたん）が敷かれ、二十人はすわれそうな大テーブルがある。窓からはピュージェット湾の灰色の海面が見える。テーブルには水差しと数個のグラスが載ったトレイが用意されていた。

「わたしにできることがあれば、おっしゃってください」ドイルはそう言うと、若い女性弁護士を促（うなが）して、マディスンの前にすわらせた。その女性は嗚咽（おえつ）を必死にこらえ、ティッシュでしきりに目を押さえていた。ティッシュに黒いマスカラがついている。

「お話しできることがあればいいんですが、あんなひどいことをした人がいるなんて想像できなくて……。なんて恐ろしいことでしょう」

何の収穫もない数分を過ごしたのち、マディスンは彼女を退出させた。「ご協力に感謝します。今のところは、これで十分です」

マディスンはさらにふたりの弁護士から話を聞いた。ふたりともショックから立ち直っておらず、捜査の役に立ちそうなことはほとんど聞けなかった。

最後にカール・ドイルから話を聞いた。マディスンの向かいにすわったドイルは、目のふちを赤くしていたが、冷静さを保っているように見えた。彼が同僚を慰めようとしている様子に、マディスンは好感をもった。彼の物腰には意識的な気取りがわずかに感じられるが、その下に芯の強さが隠されているのがわかった。ドイルは髪をかきあげ、目をこすった。

「何をお知りになりたいですか？　マディスン刑事」

「まず、こちらで働くようになってどれくらいになりますか？」

「約十年です」

「ジェイムズ・シンクレアとほぼ同じですね」

「はい。わたしが働きだして二か月後に彼が入りました」

「彼をよく知っていましたか？」

ドイルは水差しから自分のグラスに水を注いだ。マディスンの質問の意味を考えているようだ。

「はい、と答えていいものかどうかわかりません。一緒に食事にいくことも、ビールを飲みにいくこともありませんでした――あなたの質問の意味がそういうことでしたら。でも、毎日顔を合わせていましたから、彼が扱っている案件がうまくいっていないときや、逆に何かいいことが起きたときはわかりました」

ドイルの目は冴えた青だ。その目がマディスンの目をじっと見つめた。

「彼に最初の子どもが生まれたときのことを覚えています」

マディスンは身を乗り出して尋ねた。

「ここ数週間のことで何か記憶に残ったことはありませんか？　彼の様子はどんなでした？」

「クリスマス休暇までに片づけておきたい面倒な裁判がありましたが、すべてうまくいっていました。ジェイムズは疲れていたでしょうが、気持ちは明るかったはずです。年末年始に遊びに出かけると言っていました」

「何かいつもと違う点に気がつきませんでしたか？　毎日の行動に変化はありませんでしたか？」

「いいえ」

「不審な人物が訪ねてきたことは？」

「ありません」

マディスンはがっかりした。苦い飲み物をくり返し飲まされているような気分だ。

「あとひとつだけお尋ねします。ジェイムズ・シンクレアの顧客や友人に、ジョン・キャメロンという名の人物はいませんか？」

ドイルは長いことマディスンを見つめ、薄い色のまつげをしばたたいた。

「います。ジェイムズの昔からの知り合いです」

「何ですって？」

「子どもの頃からの仲です」

「あなたはどうしてそれをご存じなんですか？」

「ホー川ですよ。彼らはホー川の少年たちです」

ホー川の少年たち。その呼び名を聞くのは久しぶりだったが、マディスンはすぐに思い出した。その事件から何年経っても、レイチェルの家に遊びにいくマディスンを祖母が必ず送っていったことも。祖母はほんのわずかな時間でも、ひとりで歩かせたくなかったのだ。

「ジョン・キャメロンに会ったことがありますか？」

「ありません」

「ありがとうございました。今のところはこれだけです」

ドイルは会議室を出てドアを閉めた。マディスンはブラウンの携帯電話の番号を押しながら、すぐに連絡が取れるようにと願った。ブラウンが電話に出た。

「シンクレアは、キャメロンをずっと前から知っていました。彼らは特別な友だち同士でした。どちらもホー川事件の被害者です」

ブラウンはしばらく沈黙していたが、自分から話しだした。

「DNAが手に入った。革紐の結び目に体毛があった。予備検査で、被害者のものではないという結果が出た」

「犯人の身体的特徴として推定できることが、何かありますか？」

「大してないな。身長は百八十センチくらい。右利きで体力がある。見つかった体毛から、黒っぽい毛髪の男と思われる。人口の少なくとも四分の一は該当するだろう」

「クインに話を聞きましょう。シンクレアと親しいのですから、キャメロンと友人だったことも知っているはずです」

「午後に何度もクインの携帯に電話をかけた。電源が切られたままだ」

「彼だって、いつかは家に帰ります」

「きみは勤務時間を三時間オーバーしているぞ」

「わかってます。でも署に戻って、ここで聞いた話の報告書を作ります。ホー川事件のファイルは記録部に保管されていますよね？」

「こんな遅い時間には無理だ。かなり昔の事件だし」

「そちらこそ、いつまで署にいるつもりですか？」

「わたしはこれからＶＩＣＡＰ（バイキャップ）に連絡を取らなければならない」

ＶＩＣＡＰ、つまり凶悪犯逮捕プログラムは、加害者と犯罪の特徴を網羅（もうら）したＦＢＩのデータベースだ。例えば、アーカンソー州で起きた殺人事件とメリーランド州で起きた殺人事件に同じ特徴があることがわかったら、捜査機関は報告書を比較し、二つの事件が同一人物によって引き起こされたものかどうかを見極めることができる。そのデータベースはこの上なく貴重なツールだ。ブラウンはシアトル市警におけるＶＩＣＡＰの連絡要員を務めている。

マディスンは会議室の椅子から立ち上がり、天井の灯りを消した。灯りのついた室内を窓ガラスが映していたせいで見えなかった外の景色が、目に飛びこんできた。真っ暗な海から点滅する街の光の中へと風が粉雪を運びこむ。マディスンは無意識のうちに窓ガラスに掌をあてていた。雪に触れることができるかのように。このガラスの向こうに、血で十字を描いた怪物が生きていて、呼吸している。わたしにはおまえが見えている。マディスンは心の中で言った。

第十章

アンドルー・ライリーはバーのカウンターのスツールにすわっていた。手元には空になったショットグラスと、飲みかけのバドワイザーの瓶が置かれていた。早く空にしたいのにビールはなかなか減らない。ライリーはしばらくの間、酔っ払うという仕事に専念した。そのおかげで腹立たしさがいくらか治まった。

それでも、フェデックスのバッグ——二度と目にすることはないだろう——にしかけた小型カメラのことや、ワシントン・スターの第一面に間抜け面をさらされた屈辱を考えると、腸（はらわた）が煮えくり返った。その新聞は、こんだバーの中で手から手へと渡った。常連客の中には彼に酒を奢（おご）って背中を叩く者もいた。

ここ、〈ジョーダンズ〉はエリオット街から横丁に入ったところにあるスポーツバーだ。壁にはマリナーズやシーホークスの選手たちのサイン入り写真が張られ、時折この店で見かける新聞記者たちの書いた記事が額縁に入って飾られている。

ライリーはマディスンに腕をつかまれてシンクレア家から引っ張り出されたあと、家の前にいた仕事仲間に泣き言を言っていた。やがて遺体が運び出されると、爪先立って眺め、検死局のバンが混雑している道路に消えていくのを見送った。

　家に戻ると、すぐにフェデックスの制服を脱いで着替え、ライカとオリンパスとそれぞれのさまざまな種類のレンズが入ったバッグをつかんで、文字どおり家から走り出た。家にいるのが耐えられなかったのだ。市の中心に向かって車を走らせながら、自分のエージェントとワシントン・スターにいる友人に電話をした。

　車の中でかっかしながらも、シアトルに映画撮影に来たハリウッド女優の写真を撮るために数時間も張り込んだ。とうとう彼女が姿を現したので、ライリーは彼女の写真を撮り、それをエージェントにメールで送った。だが張り込みをしている間ずっと、ブルーリッジ通り一一三五番地にいた三分間の出来事が頭を離れなかった。それで〈ジョーダンズ〉に来たのだ。

　ライリーの右隣にすわっている男がしきりに話しかけてくる。だが、ケーブルテレビでアメフトの試合を見ている人たちの歓声とライリー自身の頭の中のとりとめのない考えに紛れて、男の声はたまにしか耳に入らない。

「何が肝心かというとだ、タカのように鋭く目を光らせて、強気で勝負するということだ」

と男は言った。

　うん？　タカが何だって？

　ライリーは子どものように両の拳で目をこすった。右隣の男はライリーよりも二十歳ぐらい年上で、上等なスーツを着て、高級時計をしていた。彼は自分の飲み物のお代わりを注文するときに、ライリーにも奢ってくれた。

ライリーはショットグラスの酒を一気に飲み、左の肘をカウンターについてスーツ姿の男のほうを向き、注意を集中させて相手の言葉を聞き取ろうとした。だが、何を言っているのか、さっぱりわからなかった。

バーのドアが開いたのも、ひとりの男が入ってきたのも、ライリーは見ていなかった。その男はごった返す店内を歩いてカウンターまで来るとコーラを注文し、ライリーの後ろで、カウンターに寄りかかって試合を見はじめた。

人は何が自分の安全を守ってくれるのか、わかっていないことが多い。それがわかっていればアンドルー・ライリーだって、自分自身を危険へと導く状況にこんなふうに無防備に近づいていくことはなかっただろう。だが、このとき彼はただ、悲しくて情けなくて、バーの喧噪のなかで見知らぬ人に話しかけていたのだ。

「ウィージーって知ってるかい？」ライリーはスーツの男に尋ねた。ウィージーは一九四〇年代に活躍した写真家だ。意図的に、残酷な場面やスキャンダラスな場面、そしてそれに群がる人々を撮った。

「誰だって？」

「忘れてくれ」

ライリーはアルコールのせいで感傷的な気分になっていた。こんな気分になるくらいなら怒っているほうがまだましなのに、と彼は思った。鋭い視線が試合を見ている人たちに注がれ、ライリーにも注がれ、試合へと戻ったが、ライリーはその視線にまったく気づかなかった。大きな歓声と拍手が起こった。どこかのチームの誰かがフィールドでいい働きをしたようだ。


カウンターの中の電話が鳴った。バーテンダーが受話器を取り、掌で反対の耳を覆った。

「ライリー」と声をかけ、バーテンダーは受話器を彼に向けた。

このバーにライリー宛ての電話がかかってくることが時にある。

「ライリーです」

返事はないが、騒音やばりばりいう音は聞こえる。それが電話から聞こえるのか、目の奥でずきずきしている頭痛のせいなのか、ライリーにはわからなかった。

「もしもし？」

電話が切れた。

「ちぇっ！」ライリーは受話器を返し、残っていたバドワイザーをごくごくと飲んだ。自分が着ているフリースのシャツにしみついた汗と煙草のにおいが鼻をつき、吐き気がした。

「話ができてよかったよ」ライリーは右隣の男に言うと、カウンターの上に紙幣を二枚置いた。それから、袖口に面ファスナーのストラップがある、ダウンライナーつきのずっしりしたアノラックを着こむと、内ポケットを軽く叩いてオリンパスがちゃんと入っているのを確かめた。非番の警察官と同じで、ライリーは常に武器を携行している。

こんだ店内を通り抜けて店を出ると、凍るような寒さだった。車はバーが入っているビルの脇の路地に停めてある。従業員用の駐車スペースだ。ちょいと車を走らせて、うちに着いたらすぐにベッドに倒れこんで、ぐっすり眠ろう。

「ライリー」背後の暗闇から声がした。

「何だよ」とふりむいた瞬間、何かで頬を強く殴られた。あまりの激痛に息が止まった。膝をついて両手を上げる暇もなく、もう一度殴られた。息はできないし、目も見えない。両腕で頭を抱えた。掌で体を軽く叩かれ、調べられているのを感じた。顔は、濡れたコンクリートの舗道にうつぶせになっていた。血まみれの頬に、ざらざらした路面が痛かった。

その男はライリーの内ポケットからカメラを取り出すと、自分の手にカメラの革紐を巻きつけて振り上げ、ライリーの頭のすぐ上のレンガの壁にカメラを叩きつけた。

一回、二回。ガシャン、ガシャンという音とともにプラスチックの小さな破片が降ってきて、金属が飛び散った。三回目が終わると、革紐の先にはほとんど何も残っていなかった。

ライリーは、ひと息ついた男が、あえいでいる自分を見下ろしているのを感じた。

もうだめだとライリーは思った。そして意識を失った。

十分後、〈ジョーダンズ〉のウェイターが、倒れているライリーを発見し、九一一番に電話した。そして救急車が来る前に冷えきってしまわないよう、ライリーの体に毛布をかけてやった。

第十一章

　ブラウンの机の上には、きれいに三つの山に分けられて書類が載っていた。彼は電話で話しながら、必要に応じて書類を参照していた。ワイシャツの袖をまくり上げているが、ネクタイはきちんと結んだままだ。

「いや。そうではないと思う。血液検査の結果はまだだ」

マディスンが手帳を脇に挟み、ふたり用のカップ・ホルダーをもって部屋に入ってきた。

彼らが陣取っているのは第三取調室だ。いつも使っている大部屋には、時折、一般市民が刑事に話をしにくる。間仕切りもないので、犯罪現場の写真を置くには不向きだった。

　マディスンはブラウンの机の隅にカップを置き、クインの法律事務所で事情聴取したときのメモを手に取った。

「ありがとう」ブラウンは受話器を手で覆って言った。「ケイマンだ」

　フレッド・ケイマンは、バージニア州クワンティコにあるＦＢＩアカデミーの捜査支援課――かつては行動科学課と呼ばれたセクション――の精鋭のひとりだ。シカゴ大学で教えていたことがあり、マディスンは彼の講座を取っていた。ちょうどグールデン＝マッキー誘拐事件が起きた時期で、授業を終えて大学を出るケイマンが、常にＦＢＩのほかの捜査官に伴われていたのを覚えている。ケイマンはその十代の少年を家族のもとに返すために、大学で教えている時間以外をすべて捜査にあてていた。そのため、授業にも緊迫感がみなぎり、受講生たちは自分も事件にかかわっているような気がしていた。四週間にわたる交渉の末に、少年が無事に無傷で発見されると、マディスンはクラスメートと一緒に歓声をあげた。

「うん、そうだね。それはホットラインの電話のそばに掲示しておくよ。明日にでも。じゃあ、また」

　電話を切るとブラウンは、鼻筋に沿って読書用眼鏡を押し上げた。聞き込みの報告書の山の上に四枚の写真が載っている。現場で四遺体を個々に撮ったものだ。部屋の窓台には、読んだ形跡はおろか、触れた形跡もない『白鯨』のペーパーバックが置かれていた。マディスンはふと、ブラウンが別世界のオフィスで働いている事務員であるような気がした。彼にはどこか浮世離れした部分がある。

「ＶＩＣＡＰからの回答には数時間かかるだろう。だがケイマン自身は、こういう演出をした現場に遭遇したことがないそうだ。カルト教団の仕業とも思えない、と言っていた。だが《十三日(サーティーン・デイズ)》は、彼も気に入らないそうだ。われわれには見当もつかないスケジュールがあるってことだからな」

「指紋係からは何か言ってきましたか？」

「これといったニュースはない。ペインが三十分前に電話をくれた。今日の仕事は終わりだそうだ。指紋係は家族の大量の指紋と家政婦の指紋を見つけた。それから、子ども部屋では小さな指紋がいくつか見つかったそうだ。子どもの友だちのものだろうな。だがキャメロンの指紋は見つかっていない」

　マディスンは話を聞きながら、パソコンで報告書を打ちはじめた。

「キャメロンの指紋が見つかったとしても、腕のいい弁護士なら、別の機会についたものだと主張するだろうな」

　マディスンはキーボードを打つ手を止めて顔を上げた。

「キャメロンのことは、何人が知っているんですか？」

「わたしときみとフィン警部補、そしてペインとローレンとジョイス」

「ええとですね、これが単なる偶然の一致で、小切手のジョン・キャメロンが、例えばタコマ市に実在する医師で、彼の税金をシンクレアが扱っていたのだとわかるという可能性はどれくらいあるでしょう？」

「限りなくゼロに近いだろうな」

「ノストロモ号やワシントン湖の売人の死体には、何もメッセージが残されていなかったように記憶しているんですが」

「なかった。今回が初めてだ」

　マディスンは報告書の作成に戻った。さくさくと書けたが、頭では別のことを考えていた。

「今日はよくやった。マディスン」ブラウンが言った。

　マディスンは顔を上げた。だがブラウンは血液の飛沫痕の図を灯りにかざして見ていて、マディスンとは目を合わせなかった。ブラウンは話を続けた。

「この事件について今後何が起ころうとも、わたしたちはこの事件の全体像を土台から築き上げていく。レンガをひとつずつ積んでいくんだ。小切手はレンガのひとつに過ぎない。それにこだわるあまり、ほかの可能性を否定してはいけない」

「何をおっしゃりたいんでしょう？」

「先入観を持つなということだ」

「そのつもりでいますけれど」

「わかってはいても、事件の捜査というものは勝手に弾みがついてしまうことがあるんだ。この事件はすぐにめまぐるしく展開するだろう」ブラウンはまだ飛沫痕を見つめている。

「影響されて判断を誤るな」

　人によっては、ブラウンのそういう言い方に、先輩面して、と反発を覚えたかもしれない。だが、マディスンはそうではなかった。マディスンはブラウンの言ったことについて考えた。彼は教えようとしてくれているのだ。考察のふたつにひとつは見当違いだということを。マディスンは書類を仕上げて、ブラウンの机の書類の上に載せた。

「明日は一番に、ホー川事件のファイルを見つけ出そう」とブラウンが言った。「彼らがその事件を契機に親しくなったなら、そこが出発点だ」

「それをすぐに調べたいので、これから図書館に行きます」マディスンはハーフコートを着た。

ブラウンが窓の外を見やった。真っ暗だ。

「図書館に知り合いがいるんです」マディスンは机の上の二本の鉛筆を片づけながら言った。「新聞に、あの事件の記事が載ったはずです。何か見つかるかもしれません」

マディスンは四番街に向かって北進し、終夜営業の食料品店のそばに車を停めて、携帯電話をかけた。

「ミスター・バートン、アリス・マディスンです。これからうかがってもいいですか？」

その店はケーキの品揃えがよくなかったが、礼儀上、手ぶらで訪問するわけにもいかない。マディスンは最後に訪れたときのことを思い出し、濃厚なチョコレートケーキを選んだ。道路はがらんとしていた。これといった理由はなかったが、マディスンは車で図書館の前を過ぎ、そのまま六番街を走り続けた。〈クイン・ロック法律事務所〉の入っているスターン・タワービルの九階は闇に紛れていた。マディスンは建物を見上げてからその角を曲がり、一周して図書館に戻った。そして通用口から数メートルのところに駐車し、通用口のブザーを軽く押した。すぐに金属のドアが開いた。

数年前、アーニー・バートンの当時十六歳の娘がちょっとしたことで警察の厄介になった。マディスンはその問題をうまく解決した縁で、シアトル中央図書館のダウンタウン分館に二十四時間いつでも入館できる終身有効の顔パスを使えるようになったのだ。バートンは図書館の「夜の親分」すなわち、夜間警備主任だった。彼はマディスンにそういう特別待遇をすると単刀直入に申し出て、同僚にも話を通しておくと保証した。

バートンは三人の同僚とともに、カードゲームの真っ最中だった。みんな、ほかの仕事を勤め上げてから警備員になった人ばかりで、給料もさることながら、退屈さと口やかましい妻から逃れられる機会として、この仕事を歓迎していた。マディスンは彼らのテーブルを見て三秒もしないうちに、誰が勝ち、誰が負け、誰が休憩したがっているか、わかった。

「おや、誰かと思ったら――」

「おお、刑事さん。二度とあんたに会えないんじゃないかと思ってさ、寂しくてしかたなかったよ」

「ロニー、奥さんはお元気?」マディスンはにっこり笑った。

「まだ生きてるよ。あんた、まだ結婚しないのかい?」

「あら、結婚なんかしたら、ここに来て皆さんと遊べなくなっちゃう」

チョコレートケーキを切り、恐ろしくまずいインスタントコーヒーとともに、みんなで食べた。

「仕事があるんだろう?　邪魔はしないよ」バートンがそう言った。

「ええ。そろそろ始めるわ」

四人の男はカードゲームに戻り、マディスンは歩き慣れた建物の中を進んだ。閉館後にここを訪れるのは、必要な情報を手に入れるためだけではなかった。

バートンは、マディスンの親切に対して自分ができる精一杯のお礼として、この特権を与えてくれた。彼は思いもしなかっただろうが、マディスンにとって、彼の贈り物は、自分がした親切の何倍もの値打ちがあった。上司と社会福祉課を説得するのに十五分もかからなかったのに、その見返りとしておもちゃの国に入る鍵を手に入れたのだから。

以前は、たいてい、何か調べることがあって来ていたが、祖父が亡くなってからは、ほぼ一か月に一度の割りで訪れるようになった。真夜中過ぎから清掃人がやってくるまでの間の二時間ばかりを、そのだだっ広い部屋で読書をして過ごす。

マディスンはまず、一階の「人文科学」部門のカード目録でホー川事件の記事が地元紙に載った日付を調べた。それから二階に上がり、マイクロフィルムリーダー兼プリンターのある「新聞」部門に向かった。目当ての情報を集めるのに五十分かかった。

事件は多くの新聞で大きく扱われていた。マディスンはすべての記事を印刷し、日付順にざっと並べ、きちんとした報道記事にタブロイド紙のセンセーショナルな記事より高い優先順位を与えた。広い長方形の部屋の照明は薄暗かった。階下でカードゲームに興ずる男たちの声もここまでは届かない。図書館司書の机には〝図書館内では飲食禁止〟という札が立っている。

午後十一時ちょっと過ぎに、マディスンはいつものテーブルにすわり、バッグからコーラの缶と黄色い用箋綴り（リーガルパット）を取り出すと、コーラをひと口飲んでから記事を読みはじめた。まずはシアトル・タイムズ。冷静な筆致で書かれた記事で、むごたらしい詳細は最小限にとどめている。マディスンはその記事を最初からもう一度読んだ。

一九八五年八月二十八日に三人の少年が誘拐された。シアトル市北西部の町バラードの森林公園で釣りをしていたときのことだ。少年たちの名はデイヴィッド・クイン（十三歳）、ジェイムズ・シンクレア（十三歳）、ジョン・キャメロン（十二歳）。

デイヴィッド・クインですって？

青いバンに乗った四人組の男がジャクソン池で釣りをしていた少年たちに近づいた。彼らは布に染みこませたクロロホルムを使って、少年たちを車に押しこみ、走り去った。目撃者はいなかった。

午後、三人の少年が帰宅しないので、親たちが心配し、捜索が始まった。池の底で少年たちの自転車が見つかると、三家族はパニック状態になった。親戚や友人たちがジャクソン池の周辺をくまなく探し、近所の家を一軒ずつ訪ねて情報を集めた。だが夜になっても、何のニュースも入ってこなかった。少年たちは忽然と消えてしまった。

八月二十九日の午前五時三十分。オリンピック半島のアッパー・ホー・ロードでトラックを運転していたカールトン・グレイは、森からいきなり走り出てきた少年――のちにジョン・キャメロンと判明――を危うく轢きそうになった。少年は状況をうまく説明できなかったが、グレイは彼が取り乱していることと、どこかに案内したがっていることを理解した。

そのときグレイは、少年の両腕に血がべっとりついていることに気づいた。Tシャツの袖が何か所も切り裂かれている。グレイと少年は十五分くらい森の中を歩いて、ようやく開けたところに出た。

グレイは空き地のアラスカトウヒの木に縛られているジェイムズ・シンクレアを見つけた。ぐったりしているが生きていた。グレイは縄をほどいて、ふたりの少年を自分のトラックまで連れていき、無線で助けを求めた。州警察と救急隊員がすぐに到着した。だがこのとき、三人の少年が全員、無事に発見されたという誤解が生じ、親たちにはそう伝えられた。

その前の二十四時間に少年たちの身に起こったことについては、完全に解明されたわけではなかった。警察が聞き出した事実は次のようなことだった。子どもたちはその空き地に車で連れていかれ、それぞれ木に縛られた。そのあと起こったことははっきりしていない。ジョン・キャメロンとジェイムズ・シンクレアのふたりの少年は、目隠しされたまま、デイヴィッド・クインが苦しげにあえいでいる気配を耳にした。しばらくすると静かになった。その数分後には四人組はクインを連れて去り、ふたりの少年は置き去りにされた。

デイヴィッド・クイン……。マディスンは立ち上がって窓のほうへ行った。コーラを飲み干し、司書の机のそばのゴミ箱に缶を捨てた。腕時計を見た。ブラウンはこの事実を知りたいだろう。マディスンは彼の携帯電話にかけた。

「三人目の少年——森の中で死んだ少年は、ネイスン・クインの弟でした」

「これで結びついたな」

「はい」

「もう、帰るんだろうね？」

「はい、あと少しでここは終わりにします」

　マディスンは濃いコーヒーが猛烈に飲みたかったが、一階にある自動販売機のコーヒーは薄くて苦い泥水のような代物なので、氷のように冷たい水で顔を洗い、席に戻った。

　ポスト・インテリジェンサーはシアトル・タイムズとほぼ同じ内容の記事だった。両紙とも残念ながら誘拐の動機が見当たらず、容疑をかけられる人間がいないと、締めくくっている。

　タブロイド紙の各紙にもそれ以上の事実は書かれていなかったが、写真が載っていた。マディスンはそのページを灯りに近づけた。それは学校アルバムの写真で、三人の少年がそれぞれ単独で写っていた。マディスンはキャメロンの写真を見た。三人の中で最年少の彼は、体格も一番小さそうだ。ジェイムズ・シンクレアは笑顔だ。デイヴィッド・クインはマリナーズのシャツを着ている。金髪の巻き毛は、写真撮影のために櫛（くし）を入れたばかりのようだ。

　マディスンは記事の束（たば）をさらにめくった。デイヴィッド・クインの葬儀のあとの参列者の写真があった。目的のためには手段を選ばぬカメラマンが、墓地に忍びこんで撮ったに違いない。アンドルー・ライリーが犯罪現場に入りこんだように。

　墓を去りかけている参列者を逃すまいとして撮ったのだ。深い悲しみに暮れている人々のプライバシーを乱暴に踏みにじる行為だ。それは衝撃的な写真になっていた。

　モノクロ写真。その日は一面雲に覆われていたのだろう。どこからも誰からも影はのびていない。写真の中心は、喪服姿のひと組の男女。家族や友人に囲まれたそのふたりの顔は、悲しみを通り越して茫然としているように見える。五十人ばかりの人が固まって写っている。大部分は大人だが、子どもも何人かいた。

男は全員、ユダヤ教徒が儀式のときにかぶる縁なし帽――ヤムルカをかぶっていた。ひとりの男が、亡くなった少年の父親の肩に手を置いて話しかけている。その隣には、生き残ったふたりの少年がいる。キャメロンはまだ腕を肩から吊っている。少年たちは途方に暮れたような顔をしている、その隣に立っているのはネイスン・クインで、たぶん、もう大学生になっていたのだろう。クインは母親のほうを向き、左手を伸ばしている。母に触れようとしているかのように。

急に気温が下がったように寒気がし、吐き気に襲われ、めまいを覚えた。マディスンはファイルを閉じて、その上に掌をのせた。

陰鬱な静寂の中に一分間じっとすわっていた。それから荷物をまとめて部屋を出た。

車のエンジンをかけると、どこからともなく、三月のあの日の甘い香りがした。母の葬儀があったあの日だ。桜が咲いて、そよ風が吹いていた。マディスンは手首の甲で涙を拭った。両肩に感じる重みで、背後に立っている父が手を置いたのがわかった。

マディスンはエンジンをかけっ放しにし、目を閉じたまま車が温まるのを待った。

マディスンはその葬儀をくり返し体験している。ほとんど面識のない殉職警官の葬儀に何度か出たが、棺にかけられていた星条旗がしきたりどおり三角に折り畳まれている間、正式な制服に身を包んだマディスンの傍らにあるのは、なぜか母の墓だ。

マディスンの祖父母は、母の葬儀の朝にフライデー・ハーバーに着いた。葬儀が終わるとすぐに帰ることになっていた。マディスンがふたりに会うのは数年ぶりのことだった。祖父母は深い悲しみの中で、亡き娘によく似ているのに、他人同然のこの少女をじっと見つめた。

それから五か月が経った頃、マディスンは夜中に目を覚ました。ミッキーマウスの時計は二時十五分をさしていた。あけ放たれた窓に満月が輝いている。その青白い光に照らされたマディスンの部屋は、きちんと片づいている。それはマディスンの十二歳なりの努力を示している。大勢の学校カウンセラーから束になるほど電話番号のカードをもらったし、部屋のボードには死別の悲しみを分かち合い、支え合うグループ活動のお知らせが何枚も張ってある。だが、マディスンはどちらにも連絡を取ったことがなかった。

マディスンは自分でランチを作って学校にもっていき、成績もよかった。事情のある子どもには一年間、個人指導教官がつくが、マディスンの指導係は、「あの子はがんばり屋さんだから、自分で困難を乗り越えるわ」と言った。マディスンは、教科書に無地の茶色の紙でカバーをかけ、寝るときにはウサギのスリッパをそろえて、どうにか毎日を過ごしていたが、心の中ではもがき苦しんでいた。

玄関ホールで足音がした。父さんじゃない、とマディスンにはわかっていた。父さんは朝まで戻ってこないはずだ。マディスンは野球のバットをつかんで、耳を澄ました。どきどきして胸が痛い。

侵入者の足音は遠のき、家を出ていった。マディスンはほっとした。緊張のあまり唇を嚙(か)んでいたのだろう。血が出ていて鉄のような味がした。マディスンは一分だけ待ってからベッドを抜け出し、窓から外を見た。侵入者がほんとうに出ていったのかどうか確かめようと思ったのだ。薄暗い道路を足早に歩いて遠ざかっていく男の姿がぼんやりと見える。その男が街灯の下を通り過ぎたとき、その距離からでも、父だとわかった。マディスンはバットを捨て、ぽかんと突っ立っていた。父さんたら、どうして灯りをつけないのよ。もう少しで心臓麻痺を起こすとこだったわ。

　マディスンは家の中を歩きながら順々に灯りをつけていき、キッチンに入った。まだ胸騒ぎが残っていて落ち着かない気持ちのまま、水道の栓を開いてコップに水を入れて飲んだ。自分の部屋に戻る途中、両親の部屋――今は父の部屋――の半開きのドアから、ドレッサーの一番上の段の右側の引き出しが数センチ開いているのが見えた。母の引き出しだ。今はもうめったにあけない。中には母の宝石箱が入っている。マディスンは母の持ち物になるべく触れないようにしていた。懐かしすぎて、心が痛くなるから。

　マディスンはドレッサーの前に立っていた。わずかに開いている引き出しをきちんと閉めて、ベッドに戻ろうと強く思った。引き出しをあけても、何もいいことは起こらない。微かな疑いを抱いたことに後ろめたさを感じ、何日間も父さんの目を見られなくなるだろう。ドレッサーの鏡に額をくっつけて考えた。やはり確かめずにはいられなかった。

　マディスンは引き出しを引き、黒いベルベットの宝石箱をもちあげた。鉤形(かぎがた)の小さな掛け金がはずれていた。マディスンは赤い絹布で裏打ちされた箱の中に手を入れ、そのすべすべした布に指を走らせた。母の指輪がない。耳飾りも、S字形の留め金がついたダイヤモンドの蝶(ちょう)のペンダントもない。

　母の宝石がどのくらい価値のあるものなのかは知らなかったが、それがなくなっていて、しかも父は灯りをつけなかった。マディスンはしばらく立ちつくしていたが、やがて箱をそっと戻し、自分の部屋に帰って、バットを拾い上げた。

　かつてないほど頭が冴え、何もかも明らかになったと思った。まばゆいほどに強烈な感覚だった。最初の一撃は本棚に。バットを激しく振ったので、本棚が壁から離れて前に出た。次の一撃は机に。マディスンは自分の部屋のものに、ひとつひとつ打撃を与えていった。腕が疲れてバットをもちあげられなくなるまで。その頃には、自分のバスルームの鏡で怪我(けが)をしていて、息も切れていた。父さんは夜明け前に帰ってくるだろう。マディスンは足の踏み場を探してベッドに戻り、上掛けの上に身を横たえた。バットは握ったままだった。ほんのちょっとだけ、目をつぶっているつもりだった。ほんの少しだけでいいから休みたかった。父さんが帰ってきたら、母さんの形見をもっていった先へ案内させよう、と思った。いつの間にか、マディスンは眠りに落ちた。頬には乾いた涙の筋がついていた。

　はっと目をあけてミッキーマウスの時計を見ると、六時四十七分だった。部屋を見回し、身震いした。何もかもが破壊されていた。素足にスニーカーをはいて、ドアまで歩いていき、少しあけてみた。父の部屋からは大きな寝息が聞こえた。

父はシーツをかぶり、うつぶせになって寝ていた。服はベッド脇に脱ぎ捨てられていた。マディスンはシャツとジーンズのそばに膝をつき、ポケットを探った。小額紙幣であわせて十二ドル、そして見たことのない象牙の柄の飛び出しナイフがあった。マディスンは両方ともポケットに戻した。

父親の寝息は深くて規則正しかった。マディスンは宝石箱の中を見るために、ドレッサーのところに行った。引き出しの中に手を入れるときには、一瞬、希望を抱いた。それは裏切られたが、今度は何も起こらなかった。涙も出ず、怒りもわかず、心の痛みも感じなかった。朝の冷たい光の中で、マディスンは世の中のことがよくわかった気がした。失ったものはもう戻ってこない。そういうものなのだ。マディスンは籐椅子に腰をかけ、父親の背中が上がったり下がったりするのを見ていた。父親との楽しい思い出が消え去るまでそうしていた。たいして時間はかからなかった。

飛び出しナイフの柄の先端が父のジーンズの尻ポケットから突き出ていた。マディスンはそれに手を伸ばした。刃の飛び出したナイフをもって、マディスンは父を見下ろした。父の背中とナイフの刃との間に、まったく何も存在しないかのように思えた。マディスンの心は空っぽだった。かろうじて浮かんだ考えは、こいつに次の息を吸いこませてはいけない、ということだった。ほかのことは重要ではない。教科書に茶色の紙でカバーをかけることも、オールAの成績も。殺っちゃったあと、カウンセラーたちがどういうふうに手を差しのべてくるか見物だね、と。マディスンの心の中で、暗く沈んだ細い声が言った。

そのときマディスンを驚かせたのは、隣家の庭の犬の吠え声だった。犬はふた声鳴いて静まった。父の部屋とそこにいる自分。ふいに認識したその状況の細部があまりにも鮮明だったので、マディスンはそれがそのまま自分の肌に描かれているような気がした。

やがて遅く目を覚ました父は、蒸し暑い八月の空気の中で気づくことになる。家から娘の姿が消えたことに。そして、脇のテーブルに、飛び出しナイフの刃が五センチもめりこんでいることに。

一週間後、州警察がアナコルテス市の北部をひたすら歩いている少女を発見し保護した。父親が一刻も早く連れ帰ろうとしなかったことが、警官たちには驚きだった。それどころか、祖父が少女を引き取ることになったとき、父親は明らかにほっとしたように見えた。「いい子に見えたが、ほんとうのところはわからんな」と、のちにある警官が同僚にもらした。

マディスンはシアトルにある祖父母の家で暮らしはじめた。外にすわって、ピュージェット湾とヴァッション島を何時間も眺めているマディスンを、ふたりはキッチンの窓から温かく見守った。三人でレーニア山に登ったときも、言葉少なくマディスンを見守っていた。「あの娘の好きなようにさせよう。大事なことはただひとつ、あの娘がやっと居場所を見つけたということだ。あの娘もそれを知っている」と祖父は言った。

今もマディスンにはわからない。自分がシアトルという街を選んだのか、街が自分を選んだのか。わかっているのは、街の周りにある暗い森が自分たちの一部としてマディスンを受け入れてくれたことだけだ。山も川も、マディスンが父親をもう少しで殺すところだったことなど意に介さず、マディスンが森の中を安全に通り抜け、いくらかでも心の安らぎを得られるように見守ってくれた。

刑事アリス・マディスンは助手席に新聞記事のファイルを置くと、車を走らせて家路をたどった。うちに入ると、留守番電話のランプが赤く点滅していた。「アリス、元気？　マーリーンよ。今度の同窓会に出席しないなんてことないわよね。あなたが殺人課の刑事になったお祝いをするんだから。それから信じられないでしょうけど、ジュディーが交通課から抜け出せたのよ。それも祝わないと。折り返し電話ちょうだい。さもないと指名手配するからね」

十五分後には、マディスンは寝室から持ってきた白い掛け布団にくるまり、ソファーで眠っていた。食べかけのツナサンドをコーヒーテーブルに置き、『お熱いのがお好き』のＤＶＤをつけたままで。

第十二章

フレッド・タリーの仕事ぶりはもう長いこと精彩を欠いていた。彼はワシントン・スター紙の編集局の自分の席にすわり、片手にこれから校正する記事を、もう一方の手に硬くなったピザをもっていた。奥の壁にかかっている丸い時計を見た。午前零時だ。どこかほかの場所にいたかった。ここ以外ならどこでもいい。ここにいると自分の人生が日ごとにくすんでいくような気がする。家にいる妻のことをふと思った。今頃は、夫のことなど考えもせず、ケーブルテレビを見ているだろう。

実習生(インターン)が彼の机の上に封筒を落とした。タリーはびっくりして椅子から転げ落ちそうになった。

「靴をはけよ。でないと、足音がわからないだろ」タリーはインターンのほうを見もせずに、ぴしゃりと言った。

それは背面に厚紙が使われているタイプの白い封筒だった。表面の小さなラベルに新聞社の住所とタリーの名前が印刷されているだけで、差出人の名も何もなかった。タリーはオフィスを見回した。彼は真夜中に手渡しの郵便物を受け取るような記者ではない。少なくとも、ここしばらく、そういうことはなかった。

タリーは人差し指で封を破った。いたずらだったら承知しないぞ。封筒の中には紙が一枚と封筒が入っていた。

タリーはその紙の短いメッセージを読んだ。ピザの残りを口にくわえて、入っていた封筒をあけ、中から一枚の写真を取り出した。

それはカラー写真で、家の中でフラッシュをたいて撮られたものだった。写真の前景に電気スタンドがあり、ベッドのヘッドボードの一部と思われるものも写っていた。それを別にすると、タリーは自分が見ているものが何なのかよくわからなかった。メッセージを読み直して、写真を見た。もう一度読んで、また写真を見た。

ワシントン・スターの編集長、グレッグ・サロモンは、タリーが編集長室に駆けこんできたとき顔も上げなかった。

「何だ？」

タリーはドアを閉めた。それから編集長の机の上にその写真を置いた。サロモンは眼鏡を額に押し上げて、写真を手に取った。

「何の写真だ？」

「ブルーリッジ事件の殺害現場です」

一瞬の沈黙のあと、編集長は言った。

「どうやって手に入れた？」

　タリーは口元をほころばせた。

「答えろ。どうやって手に入れたんだ？」

「社外にぼくのファンがいるらしくて。もらったんです」

「金を払ったのか？」

「いいえ。一ドルたりとも払っていません」

　山積みされた書類の下に虫眼鏡があった。サロモンはそれを見つけて出し、写真を拡大して見た。

「あまりよくは見えないが、何が写っているかは十分わかる。本物だよな？」

「間違いありません。これが一緒に入っていました」タリーは例の紙をサロモンに渡した。

〈また連絡する〉

「どう思う？」

「それは公表できない写真なんですよ――公表したら、われわれは警察や郡の検察局にこっぴどく叱（しか）られます。ということは、送り主はその筋に近い者なんでしょうね。警官だと思います」タリーが言った。

「そうだな。そいつはわれわれの興味を引こうとしている。次は、金を要求してくるだろう。公務員の安月給に感謝だな」

「まったくそのとおりです」タリーはメモ用紙に走り書きをした。「主任捜査官に電話します。確認できますよ、死体の配置とか、目隠しとか……」

タリーは写真に目をやった。黒っぽい十字はぼやけてはいるが、はっきりわかる。彼に見分けられたのはそれ——枕の上に並ぶ頭部を横からとったもの——だけだった。

「送り主は、きみが日頃使っている連中のひとりじゃないのか？」

「違うと思います」

「クレイマーに電話をしないといけないな。彼がこの事件の担当だから」

「これはぼくのものですよ」

「わかっている。分担を考え直そう」

当然だ、とタリーは思った。


午前五時四十五分。マディスンはふと目を覚ました。デジタル時計がベッド脇のテーブルの上で光っている。一階のソファーで目を覚ましたのは、ほんの三時間前だった。映画はとっくに終わっていた。ぼうっとしたままテレビの電源を切り、足を引きずって二階に上がり、ベッドにもぐったのだった。

五時四十六分。マディスンはベッドから起きた。灯りをつけながら、キッチンまではだしで歩いていった。ガスレンジ用のイタリア製パーコレーターの下部に水を注ぎ、コーヒーの粉を計って中央部のフィルターに入れ、上部を回しながら閉めて、ガスレンジに載せた。

この作業なら、何も考えず、半分眠りながらでもできる。二時間睡眠で起きて、丸一日働くことも、これまで何度もあった。きょうも六時半にはもう、家を出て運転していた。

マディスンはブルーリッジ通りに至り、シンクレア家の玄関前のパトカーの隣に車を停めた。

パトカーの中にいたふたりの制服警官が顔を上げた。寒い夜中に車の中で長時間過ごした疲労がにじんでいる。どちらの顔もマディスンには見覚えがなかった。マディスンは自分の車の窓を下げて、バッジを見せた。

「殺人課のマディスンです。いかがですか？」

年長のほうが黙ってうなずいた。

「静かな夜でしたか？」

「おかしなやつがふたり、立ち入り禁止のテープを盗もうとしました」彼は勝手口近くの地面に落ちている黄色いテープを指さした。

シンクレア邸はすでに空き家の雰囲気を漂わせていた。その家で人が眠ったり、料理したり、歩き回ったりすることが途絶えて久しいかのようだった。

マディスンはダウンタウンに向かう通勤者の車の渋滞に引っかかってしまった。弱々しい朝日を浴びて、ビルのガラスや金属、ピュージェット湾の水面がきらきら光るのが遠くに見える。

ラジオをつけたが、わずらわしく感じてすぐに消した。シンクレア家に寄るというのはあまりいい考えではなかった。あの家を見ると、中に入って屋根裏部屋から地下室までくまなく歩き回ることができないのが、はがゆくてたまらなくなったのだ。そういった捜索をするには何時間も待たなければならないのに。殺人者はあの家を自分の仕事の舞台に選んだ。警察に対して自分自身を見せつける仕事の舞台に。

ネイスン・クインが歓迎はしなくとも、警察は令状を取って、シンクレアの財務状況、仕事のファイル、扱っている訴訟を詳しく調べることになるだろう。シンクレアはおそらく仕事を家に持ち帰っていたはずだ。書斎で小切手が見つかったのだから。

そう、そういうことなのだ。たかだか二万五千ドルのせいで四人の命が奪われた。そして、たかだか二万五千ドルのせいで、巧みに逮捕を免れてきた人間が、とうとう捕まることになるだろう。

分署の娯楽室は手狭だったが、全員が何とか入れる部屋で、部外者が立ち入る可能性のないところといえば、ここしかなかった。刑事たちはテーブルの周りにすわった。発泡スチロールのカップや各人の手帳に囲まれて、テーブルの真ん中に置かれたこの事件のファイルはすでにかなりの厚みがある。

ブラウンがざっと状況を説明し、マディスンが補足した。ブラウンが腕時計を見た。スペンサーとダンが持ちこんだボードには、シンクレア家の間取り図が描かれている。フィン警部補は各社の朝刊を小脇に挟んでもってきていた。フィンは二時間後にシアトル市警広報部の女性と会うことになっている。歯医者で根管治療を受けるほうがまだましだと思うぐらい、彼は気が重かった。

スペンサーとダンとケリーは、あと四十八時間はこの事件を捜査する。その後はブラウンとマディスンだけで捜査し、彼ら三人は新しい事件に移ることになるが、可能な限り、手助けをしてくれるはずだ。

マディスンはケリーが濃紺のスーツを着ていることに気づいた。彼は元アメリカンフットボールのラインバッカーだったので逞(たくま)しい肩のあたりがややきつそうではあるが、なかなか恰好がいい。おまけに、派手な紫色のネクタイを締めている。これはケリーの法廷用の服装だ。一年前の強盗殺人事件の裁判が始まったところで、ケリーは検察側証人として出廷するので、午後は捜査から抜ける。

ここに集まった面々は、犯罪現場に行き、自分の服にしみつく死後長時間経過した遺体のにおいを感じとった者ばかりだ。ブラウンは前置き抜きで要点に入った。

「検死官から解剖所見についての速報が来ているが、それについてはすぐあとで触れる。諸君が報われない聞き込みで足を棒にしてくれている間に、ローレンとジョイスが書斎の椅子の隙間からで、半分にちぎられた小切手の片割れを発見し、残りの半分をキッチンのゴミ箱で発見した」

マディスンはテーブルの下で両脚を伸ばし、コーヒーを飲みながら、ブラウンが爆弾発言をするのを待っていた。フィン警部補はその報告をすでに受けていた。

「だが小切手はいんちきだった」ブラウンは続けた。「サインが偽物だった。小切手についた指紋はシンクレアのものだが、偽造サインの名前はジョン・キャメロンだ」

紙のかさかさいう音や、足を動かしたり、メモを取ったりする動きがぴたりと止んだ。ケリーのボールペンが落ちた。

ダンはにやりとした。「これは、いわゆる解決への〝手がかり〟ってやつじゃないですか」

ブラウンがもう一度、腕時計を見た。「今のところは、いい感じだ。シンクレアとキャメロンは昔からの知り合いだった」みんながてんでにその事件を思い出したのが表情でわかった。ふたりはホー川の少年たちだ。「彼らが知り合いだということをわれわれはつかんだ。もしシンクレアがキャメロンから金を盗んだとしたら、どんなことでも起こりうるだろう」

「おれは、あのクソ野郎が再び姿を現すのをずっと待っていた。きっと姿を現すとわかっていた」ケリーはネクタイの結び目をいじりながら言った。

「ほかに何がわかった？」フィン警部補が尋ねた。

「シンクレアの手首の革紐の結び目から体毛が見つかりました」ブラウンがフィンに答えた。

「フェルマンが調べています。ＤＮＡが得られそうだということです。その体毛は侵入者のもののようです。それから、薬物検査で父親の目隠しからクロロホルムが検出されました」

みんなが一斉に事件に対する認識を改めたのをマディスンは感じた。冷たい風がさっと吹いたかのようだった。五分前にはジェイムズ・シンクレアは残虐な人殺しの犠牲者だった。だが今や、報復に家族を殺されるようなことをした貪欲な悪党である可能性が高まったのだ。

ブラウンは眼鏡をはずして、目をこすった。

「ここでちょっと問題点を整理しよう。ひとつ——凶器が見つかっていない。だが銃器係の分析で二口径と判明した。二つ――侵入経路がわかっていない」

「ドアや窓は？」スペンサーが尋ねた。

「施錠されていて、異状はなかった。家の周りに足跡もなければ、無理やり押し入った形跡もない」

「どういうことだ？　瞬間移動（テレポート）したってことか？」思わずダンが言った。

「そう見える」

「《十三日》のほうはどうですか？」スペンサーが尋ねた。

「確かなことは何もない。メッセージだとしても、誰に宛てたものなのかもわからない。警察宛てのものだと考えることもできるが、意味についてはまだ何もわからない」

電話が鳴って、ブラウンが出た。鑑識のボブ・ペインからだった。ふたりが話していたのは一分足らずだったが、ブラウンは電話を切ってから、同じぐらいの時間、受話器を見つめていた。

その間、ダンはマディスンにクインと会ったときの様子を聞き、フィン警部補とスペンサーは各紙の見出しをざっと見ていた。

マディスンとブラウンの目が合った。ブラウンは「今から太陽は西から昇る」と言われたような顔をしていた。

「どうしたんですか？」とマディスンは声を出さず、唇だけ動かして言った。

ブラウンは二回、目をしばたたき、自分を取り戻した。

「ペインからの報告だ。キッチンのシンクのそばにグラスがあったんだが、指紋が一致した。ジョン・キャメロンの指紋と。指紋は三つ。十二の特徴点が一致した」

指紋の特徴点の一致が十二点より少ない場合でも、陪審が有罪判決を下した例がある。部屋が一瞬、静まり返った。シアトル・スーパーソニックスの試合に何度も足を運んだことのあるマディスンは、自分たちが、ハーフタイムイベントでボールをシュートすることになった観客のように思えた。それはビッグチャンスだ。うまくシュートを決めたら、すごくいい景品がもらえる。だが、知り合い全員が見ている中で、コートの真ん中からシュートするのだ。失敗したら、のちのちまでの語り草になるだろう。

フィン警部補は広報担当の女性との打ち合わせを切り抜けられるだけの材料が得られたようだ。席を立って、ブラウンに何かささやいてから、立ち去った。あとはそれぞれ自分の思うように捜査を進めろということらしい。だが、この場合、それは、ダンの言葉を借りると「ゼリーを壁に釘で打ちつける」ような難事業だった。

仕事は山ほどあったが、マディスンはアン・シンクレアの勤務先の小学校の同僚にまだ話を聞いていないことをぼんやりと思い出した。奇妙なことに、犯罪現場に足を踏み入れた最初の瞬間から、犯人のエネルギーはすべて父親に向けられたように感じられたのだ。あれから二十四時間が経ったが、その間に手に入った証拠を考えに入れても、あの最初の印象をくつがえす要素は何もない。

「クラインを見かけたか？」ブラウンがマディスンに尋ねた。

「分署にいます。さっき見ました」

「彼女を呼び出そう」

サラ・クラインはキング郡検察局の当番検事補だ。彼女はマディスンのお気に入りの検察官ではない。マディスンのお気に入りは司法取引をせずに裁判にもちこむのが好きな三十代半ばのジョージア・ウルフ。狼という名にふさわしい気性の持ち主だ。

マディスンは州の車両管理局の記録システムを用いて、そこからかき集められる限りのキャメロンの情報、つまり彼がこれまで所有したすべての車両と、これまで住んだすべての住所を求めて、検索を始めた。二十年前の逮捕記録に記載されていた住所よりも新しいものが見つけられるとは思っていなかったが、その予想は当たった。キャメロンという人物についてどう考えるにせよ、彼の用心深さは大したものだと思わずにはいられない。

サラ・クラインがマディスンの机に寄りかかった。クラインは艶のある黒髪をボーイッシュな短髪にしていて、絹のブラウスに垢抜けたグレーのスーツを着ている。クラインが常に一分の隙もなく決めているので、寄りかかる前に机のへりを拭うのではないかと、マディスンはいつも思う。だが、そういうことは一度もなかった。

「金鉱を掘り当てたって聞いたけど」クラインが言った。

マディスンは捜査の進展を詳しく伝えた。クラインは黙って聞いていた。

「体毛については、フェルマンがＤＮＡを採取してくれれば、使えるわね」クラインは話を聞き終えると言った。

「できると言っていました」とマディスン。

「彼に期待しましょう。小切手とグラスを合わせれば、証拠として強力だけれど、それでもまだ、薄氷を踏んでいるようなものよ」

「どういう意味ですか？」

「グラスから指紋の主がわかり、小切手の存在が指紋の主と殺人の動機を結びつけた。ならばふたりの個人的な関係を忘れて、金の流れを追いなさい。金銭的な不正があったと信ずるに足る根拠があるのだから」

「今すぐ国税庁に電話します」

「それが出発点ね。シンクレアがキャメロンの税金専門の弁護士だったのなら、そのファイルを調べるための令状が取れるでしょう。ただし、彼の弁護士だった場合だけよ。クインの法律事務所が、そうやすやすと調べさせてくれるとは思えない」

「ブラウンが今、令状の請求書に添える宣誓供述書を準備しています」

「どの判事に提出するつもり？」

「ヒューゴー判事です」

「今日はやめときなさい。さっき会ったけど、ご機嫌が悪かったわ」

「それじゃあ、マーティン判事は？」

「いいんじゃない。ほかに何かある？」

「キャメロンを見つけたら」きっと見つかると、マディスンは思いたかった。「現場の体毛と比較するためにＤＮＡ採取をしたいんですが、その裁判所命令はどれくらいの確率で出そうですか？」

「今現在の証拠だけだったら、限りなくゼロに近いわね。キャメロンが怒って嚙みついたり、唾を吐きかけたりするように、仕向けられたら別だけど」

「最高のアドバイスです。じゃあ、あの家はどうです？」

「家がどうかしたの？」

「シンクレア邸全体を『犯行現場』と考える必要があります。侵入者があの家のどこにいたかわれわれは知りません。すべての部屋の、すべての引き出しの、すべての紙切れを手に入れる必要があります」

「問題ないでしょう」

「ガレージのすべての釘も。屋根裏部屋のすべての箱も」

「問題ないでしょう」

「書斎にあるシンクレアのパソコンのすべてのファイルも」

「問題ないわ。仕事以外のファイルなら」

「それじゃあ、役に立ちません」

「わたしが規則を作ったんじゃないわ」

「ところで、最近親者はネイスン・クインなんです。おそらく遺言執行人でもあると思いますが」

　クラインはため息をついた。

「ブラウンに伝えて。令状は完璧なものを手に入れるようにって。細かく品目を明記した漏れのない緻密（ちみつ）なものをね。クインは自分の事務所の税金専門弁護士が横領をしていたなんて知ったら、嬉しくないでしょうね。顧客が憤慨するから」

「クインとシンクレアは昔からの友人でした」

「そんなの関係ないわ。カポネが捕まったのもそれよ」

「税金ですか？」

「そう、脱税よ」

　クラインが去り際にふり返ると、マディスンはすでに受話器を取って、番号をプッシュしていた。クラインは右手の親指と人差し指の先をくっつけんばかりに近づいて言った。

「薄氷よ。気をつけて」

「はい」とマディスンは答えた。

　ふたりの頭にあったのは、令状のことではなかった。

　十分後にマディスンは車両管理局の記録システムで得た情報のプリントアウトをもって席に戻った。まず免許証の写真を見た。逮捕記録の写真と同じくらい昔のものだ。シープスキンのコートを着たまじめそうな若者が写っている。

住所が書かれていたが、すでに入手したものと同じだった。二十年経って、それがどの程度役に立つかは、すぐわかるだろう。そしてどうやら、ジョン・キャメロンはまったく同じ型の黒いフォードのピックアップトラックに何代にもわたって乗り続けてきたらしい。すごい忠誠心だ。

マディスンはブラウンの机の上にそのプリントアウトを置いた。ブラウンは電話中だった。彼の前に、ほぼできあがった宣誓供述書があった。

国税庁の職員がマディスンに折り返し電話をくれた。話が終わるまでに、マディスンの手帳への書きこみは三ページに及んだ。

「事態は、わたしたちが考えていたよりもちょっと複雑なようです」マディスンはブラウンに説明しはじめた。

「国税庁と連絡が取れたのか？」

「ええ。話を聞いてわかったことより、新たに湧いた疑問のほうが多いのですが」

「続けてくれ」

「シンクレアはキャメロンの税金担当の弁護士でした。そしてとても几帳面(きちょうめん)な仕事ぶりでした。ずっと昔から毎年、キャメロンのために確定申告をしていました」

「適任だったというわけだな。ところで、キャメロンの収入源はいったい何なんだ？」

「それが意外なことに、彼らの父親たちがレストランのオーナーだったんです。キャメロンの父親は、同時にシェフでもありました。アルカイビーチにある〈ザ・ロック〉という店です。ほかにもあの周辺に不動産をいくつか所有していました。それを息子たちに残したんです」

「キャメロンとシンクレアに残したのか」

「違います。キャメロンとシンクレアとクイン
に、です。彼らの父親たち、三人が一九七〇年代に一緒にレストランを始めたんです。州の役所に問い合わせましたが、確かに営業許可をもっています。今はほかの人間がそのレストランを切り回していますが、オーナーは彼らです」

「そして税金を払っている」

「きちんと払っています。納税記録のコピーを送ってもらうよう手配しました」

「へえ、そうなのか」ブラウンは立ち上がり、宣誓供述書を手に持った。「マーティン判事は裁判所の判事室にいる。さあ、彼女の一日を台無しにしにいこう。ところでクインは今どこにいる？」

「午前中はずっと法廷です」

ふたりが一階におり、内勤の巡査部長ハワード・ジェナーの前を通り過ぎようとしたとき、ジェナーが受話器を押さえてブラウンに合図した。

「ワシントン・スターのフレッド・タリーから電話だ」

ブラウンは首を横にふった。

「悪いな、フレッド。彼は今署内にいない」ジェナーはやれやれ、困ったもんだという顔をして言った。「いや。戻らないと思う」

「朝からこれで三回目の電話だ」とブラウンが言った。

外に出ると、微かに日が射していた。石段で誰かほかの人間を待っていたカメラマンが、テレビの映像を思い出したのだろう、ブラウンとマディスンだと気づいて、ふたりの写真を撮った。フラッシュがたかれ、日光よりもまぶしかった。

第十三章

クレア・マーティン判事は、シンクレアの税金のファイルを調べるための令状に麗々しくサインし、へまをしたら承知しないわよ、という表情を浮かべた。

判事室を出たブラウンとマディスンはエレベーターが来るのを待っていた。ブラウンはレインコートのポケットに両手を深く突っこんだまま、マディスンを見た。

「科学捜査ラボで、わかったことがあるんだ。さっきの電話はそれだ。無意味なことかもしれないが、重要なことかもしれない。今、フェルマンが調べてくれている」

「DNAのことじゃないですよね」

「革紐だ。結び目のあった革紐。父親の手首をきつく縛っていたやつだ」

「手首が深く切れていて、痣ができていました」

ふたりの弁護士が冷水器のところにいた。ブラウンはふたりがそこを離れ、タイルの床に靴音を響かせて立ち去るのを待った。

「そこが問題なんだ。紐の血液と細胞は、シンクレアの傷と矛盾する」

エレベーターが開き、乗りこんだ。ありがたいことに、下りのエレベーターには誰も乗っていなかった。

「どんなふうに矛盾するんですか？」

「傷は筋肉組織に達するほど深いが、紐の血は比較的少ない。激しくもがいたにしては少なすぎる」

「発見されたとき、きつく縛られていました。それも後ろ手で」

「わかっている。だとしても、手首がひどくこすられていることを考えると、革紐にもっと血がついていないとおかしいんだ」

ふたりはキング郡裁判所ビルをあとにして、四番街とジェイムズ通りの交わる交差点に出た。霧雨の中に立つと、近くを通っている州間高速道路五号線の車の轟音が聞こえてきた。雨が降っているというよりは、空気に湿気が満ちているという感じだ。

マディスンは乗ってきたフォードのセダンの屋根に両肘をついて考えた。

「犯人はシンクレアが死んだあとで革紐を取り替えたということですか？」

「はっきりとそう言えるかどうかはまだわからない。だが、そういうふうに見える」

マディスンは助手席にすわった。ブラウンが人に運転させることはない。

「犯人は革紐を取り替えた」マディスンがくり返した。

「ついてるな。もし取り替えなかったら、犯人のDNAは採取できなかっただろう」

「死んだあとで……」マディスンはブラウンにというより自分に対して言った。何となく引っかかっていたことがあって、それがふと心によみがえったが、まだ質問の形にすらなっていない。ただ、頭の中のどこかで、小さな丸い小石が水たまりに落ちたような感じだった。

チェリー通りにカフェがあったので、そこに車を停めた。

ブラウンはマディスンをこの数週間ずっと観察してきた。初日に殺人課に入ってきたときの様子やさまざまな犯罪現場でのふるまい方。ふた晩前にはコンビニエンスストアであの少女の事件があった。マディスンは少女がブラウンをほんとうに撃つかどうかを、すばやく見極めなければならなかった。彼女の判断は正しく、そのおかげで、その場にいた全員が今も生きている。

マディスンはコーヒーをゆっくりと飲んでいる。とくに会話をしたがっている様子はない。ブラウンは彼女のそういうところも気に入っていた。マディスンが殺人課に加わってからの四週間にどんなことが起こったにせよ、それはこれから起こること――防弾チョッキを車のトランクに入れ、クリスマス前の渋滞の中をジョン・キャメロンの家に向かうこと――への序章に過ぎない。

彼らは四番街を北に進んでからユニバーシティー通りを東に進み、コンベンションセンターでほかの車と同じように渋滞で足止めされたあと、ようやく州間高速道路五号線に入れた。それからはスピードを上げ、キャピトルヒル地区を通り過ぎ、ユニオン湖の東側の新興商業開発地区を通り抜けて、ワシントン大学のキャンパスのあるユニバーシティー地区に入った。

しかしマディスンは何も見ていなかったし、何も聞いていなかった。彼女の思いはブルーリッジにあった。マディスンは死んだ人間の手首の紐を替えなければと考えた男、十字を描くために被害者の血に指を浸した男の気持ちを推し量ろうとしていた。

被害者から殺害の動機へ、物的証拠から被疑者へは直線で結ぶことができる。まさに単純明快だ。しかし殺害現場の夫婦の寝室に入り、子どもたちの遺体が両親の遺体に挟まれて横たわっている姿を見た人は茫然として言葉が出ないだろう。

それは単なる仕返しなどではなく、非人間的としか言いようのない残酷な復讐だ。父親の罪を子どもにあがなわせるとは。これからその男に立ち向かう者たちは、また同様のことが起こるのではないかと恐れ、かつ覚悟しなくてはならない。

彼らが向かっているローレルハーストの住所は、キャメロンの運転免許証と所得申告書の住所だ。それはキャメロンが子ども時代に誘拐されたのちに家族とともに引っ越した先であり、その後長い年月を経て、両親から相続した家だ。

その家はキャメロンの唯一の法的住所だった。けれどマディスンは確信をもって言える。彼の名で登録された黒のピックアップトラックを彼が実際に運転していないのと同様に、そこには住んでいないと。とはいえ、そこは彼が所有している家だ。手がかりをつかむことができる場所だ。言うまでもないが、マディスンたちはその敷地内に入るための令状をまだもっていない。

制服警官だった頃、マディスンはペアを組んだ警官が玄関のドアをノックしている間に、家の裏手の窓から這い出てくる被疑者を何人も逮捕した。だが、今回はそんなふうにはいかないだろう。

ローレルハーストは富裕層の住む住宅地で、どの家も手入れが行き届き、芝生も美しい。PTAの会合でも、地域の会合でも活発に意見が飛び交う。それがここの住民たちのやり方なのだ。

ブラウンとマディスンの車は大通りから並木道に入っていった。家々はそれほど大きくはなく、家と家の間もそれほど離れてはいない。クリスマスの飾りつけは控えめだ。車が置いてある家が結構多い。誰もが仕事に出ているわけではなさそうだ。

キャメロンの家はその並木道の中ほどにあった。木とレンガの家だ。表からは見えないが、傾斜した屋根にはおそらく天窓があって、屋根裏部屋に光が射すようになっているのだろう。私道に車はなかった。ブラウンは縁石に寄せて車を停めた。

カーテンはすべて閉まっていた。家の中は暗いようで、玄関ドアのガラスの部分からも内部は見えなかった。ブラウンは車のエンジンを切った。しばらく、ふたりは車の中でじっと静かにしていた。祖父の家とさほど変わらないとマディスンは思った。だが、右腰につけたホルスターの重みが心強く感じられた。

「これ以上、車の中にすわっていると、警察に通報されてしまうだろうね」ブラウンはそう言って車から出た。

マディスンも車から出て、芝生に足をおろした。凍った土に少しひびが入ったのを足の下で感じた。深呼吸をした。空気は冷たく澄んでいる。数本の煙突から細い煙が出て、渦を巻きながら薄い水色の空にのぼっていく。絵のような美しさだ。それを見ながら、マディスンは無意識にホルスターの銃を指先でなでた。

ふたりはコンクリートの私道を歩いていった。ガレージは、ピックアップトラックのほかに、必要ならばもう一台、車を置けるほど広かった。

玄関ドアの前に着くと、ふたりは顔を見合わせた。おかしなことに、マディスンは一瞬、そのドアが開くのではないかと思った。ブラウンがベルを鳴らした。昔からの友人の顔を見に立ち寄ったかのようにごく自然に。ふたりはじっと待った。家の中からは返事はおろか、動く気配も感じられなかった。さらに一分ほど待って、ブラウンはもう一度ベルを鳴らした。何の反応もない。

「周りを見てきます」マディスンはそう言って石段をおり、家の正面を調べた。家の二階には窓が三つあったが、クリーム色のカーテンがちらちら動くようなことはなかった。ガレージは家の右手についていて、そのさらに右手には建物の側面を守るようにベニカエデが並んでいる。左手には高さ二メートル近い木製のフェンスがあり、裏庭に入る木戸がついている。マディスンは右手に行った。

数時間前にシンクレア家を通り過ぎたとき、人が住まなくなって四日にもならないのに、荒れ果てた感じがした。ところがこの家からはまったく違う印象を受けた。ここは、飲酒運転での逮捕より前に、そして、ノストロモ号事件やそのほかの常人の想像を超える所業よりもずっと以前に、ジョン・キャメロンが学校から帰ってきて、宿題をした家だ。この通りに住むほかの子どもたちと同じように。マディスンはそういうキャメロンの姿が目に見えるような気がした。

ガレージとベニカエデの間には、肩の高さぐらいまでの茂みがある。葉のない枝が広がっていて、ガレージの側壁近くまで伸びている。マディスンは体を枝と壁の間に押しこみ、狭い窓から中を覗こうと爪先立ちになったが、窓はきちんと施錠されているうえ、ガラスが汚れていてよく見えなかった。マディスンは壁際を歩き続けた。ハーフコートが枝に引っかかり、枝がぽきりと折れた。

いきなりマディスンの斜め上方でバタバタという音がした。一本のベニカエデの木の後ろだ。体がすくんだ。ひどいにおいが鼻をついた。それが何のにおいなのか、マディスンにはすぐわかった。

マディスンは前に進んだ。茂みを通り抜けるとガレージは終わり、マディスンは家の側面のレンガ壁の脇に立っていた。この壁面には窓がひとつもない。家の角の壁が終わるところから木製のフェンスが延びていて、裏庭を囲っている。家の側面のレンガの壁とベニカエデは三メートルぐらい離れている。

腐臭は冬の冷気のせいで、いっそうひどく感じられた。ベニカエデの後ろの地面にカモメの翼が見える。カモメはマディスンから見えないところでももぞもぞ動いているらしく、翼があたって枯葉ががさがさと音を立てている。マディスンは木の後ろに回って、カモメを見た。カモメがけたたましい声をあげた。そばに死んだ猫がいた。車にはねられ、ここまで這ってきたのだろう。あるいは老齢か、病気で弱って死んだのかもしれない。それはわからない。とにかく、カモメはしばらく前から、その猫を食べていたらしい。猫は無残な有様だが、かつては灰色と黒のブチだったことがうかがえる。

「こらっ」マディスンは当のカモメにさえ聞こえないような小さな声で言った。マディスンが近づくと、カモメはちょんちょんと後ろにさがったが、大事な獲物を諦める気はないようだ。

マディスンはしゃがんで、猫が身を隠すためにもぐりこんでいた枝をもちあげた。後ろ足の一方に深い切り傷があった。猫は体を丸めたままだった。カモメは顔の柔らかな肉をかなり食べたようだ。マディスンは細い枝を拾って、猫の首をそっと調べた。首輪はなかった。枯れ葉や枝を拾って、小さな体の上にかけ、完全に覆った。カモメはまだそばにいた。マディスンが立ち上がって、ぐいと一歩を踏み出すと、カモメは飛び去った。

近所の人たちにあからさまにつっけんどんにすることなく、つきあいを拒むためには、これだけの高さのフェンスが必要だったのだろう。キャメロン夫妻は息子がホー川事件のつらい体験から立ち直ろうとしている間、息子に安全とプライバシーを与えたかったのだ。

マディスンは左右をうかがった。誰の姿もなく、通りからは完全に死角になっている。両手でフェンスの先端をつかみ、一気に体をもちあげ、フェンスの上で両腕を伸ばした。上半身がフェンスの内側に入るようにして、腰の部分で体を支え、中をのぞきこんだ。

裏庭は広かった。サンルームの向こうにテラスがあった。横にはレンガを積み上げたバーベキュー用の炉もある。だが、芝生が霜にやられて枯れ、裸の地面が目立つ。サンルームのガラスのドアに枯れ葉が吹き寄せられているところを見ると、ここしばらく、誰もドアをあけていないのだ。

場所というものは、そこで起こったことの記憶のようなものを担っていることがある。だがこの家の場合にはそういったものは何もなく、がらんとした空間に過ぎなかった。

カモメがマディスンの上を飛んで屋根にとまり、マディスンを見下ろしている。マディスンはフェンスから手を離し、外側の地面に軽やかに着地した。

「じゃあね」とカモメに小声で言い、家の正面に戻っていった。

同時にブラウンが反対側の角から出てきた。

「何もなかった」

「こちらも」とマディスンが言った。

「どうかしましたか？」彼らの背後で人の声がした。ブラウンとマディスンはふりむいた。そのふりむき方は少々迅速過ぎたかもしれない。

声をかけてきたのは七十代と見える男性で、白髪を短く整え、ゴアテックスのしゃれた赤いジャンパーを着て、食料品の入った紙袋を片腕に抱えている。通りを挟んだ向かいの家の玄関ドアが開いていて、お揃いのジャンパーを着た女性がもっと大量の紙袋を運んでいた。

「こんにちは」マディスンが返事をした。「わたしたちはシアトル市警の者です」ふたりはバッジを見せた。

「クライド・フィリップスです」男が微笑んだ。「すぐそこの家に住んでいます。ジョンを探しているのなら、今は家にいませんよ」

「ミスター・キャメロンのことですよね」ブラウンが言った。

「ええ。彼は仕事で街を離れています。サーバー街道で起きた泥棒の件ですか？」

「違います。個人的なことです。ちょっといいですか？」

「もちろん」フィリップスは足元に紙袋を置いた。年の割には体形を保っている。彼のウォーキングブーツはかなりはきこまれているようだ。

「ジョンにいったいどんな用があるんですか？」誰の目にもブラウンが上司とわかるにもかかわらず、フィリップスはむしろマディスンのほうに顔を向けて訊いた。「何か問題でも？」

マディスンが答えた。自分が訊かれたのだと思ったからだ。

「至急、彼と連絡を取りたいんです。今どこにいるか、あるいはいつ戻ってくるかご存じですか？」

「あなた方は――」

マディスンは彼を安心させるように微笑んだ。

「ブラウン部長刑事とマディスン刑事です。シアトル市警の殺人課の」

フィリップスはぎょっとしたようだった。ローレルハーストでは、「殺人」は上品な言葉とはみなされない。

「なんと」と彼は言った。やがて思い出したようだ。「スリーオークスの一家のことですか？」

　マスコミはまだその事件を盛んに報道し、同じ映像がくり返し流されていた。

「はい。あの一家はミスター・キャメロンの知り合いでした。それで、できるだけ早く彼と連絡を取る必要があるのです」

「ジョンが何らかの危険にさらされているのですか？」

　ジョン……。

　どう言えば、有益な情報を得られるのだろう？　少なくとも四人を殺害した容疑がジョンにかかっていると伝えて、この人の協力を得られるとは思えない。

「そうかもしれませんが、まだ何とも言えません」

　嘘つきチームに一点。

「ジョンは帰ってきたと思ったら、すぐに出ていくんです。そうだ、家のことで何か緊急なことが起きたら連絡することになっている、彼の友人の電話番号を聞いています。彼ならジョンの居場所を知っているでしょう。待っていてください。その電話番号をメモしてきますから」

　フィリップスは一枚のメモを持ってきた。几帳面な字だ。

「これがお役に立つといいんですが。ジョンの身に何事も起こらないことを祈っています」

「きっと大丈夫ですよ」

「どうか彼によろしく伝えてください」

「会えたらすぐに伝えます」マディスンはフィリップスと握手をした。詐欺師になった気分だ。「ありがとうございました」

マディスンはきびすを返し、車のほうに歩きだした。ブラウンはすでに車に乗りこんで、無線で話をしている。マディスンは受け取ったばかりのメモを見つめた。字間の開いた赤インクの数字は、紛れもなくネイスン・クインの法律事務所の電話番号だった。

ブラウンとマディスンの車は車線変更をくり返し、州間高速道路五号線を南に急いだ。

「なるほど、例えばキャメロンの家が火事になったら、九一一の次に電話するのはネイスン・クインというわけだ」ブラウンが言った。

「そういうことですね」

「そしてクインはキャメロンにいつでも連絡が取れる」

「そのとおりです」マディスンは落ち着かない気持ちになり、無意識にダッシュボードを指で叩いた。「クインは何か後ろ暗いことをしているのでしょうか？　これまで、そういう噂を聞いたことがありますか？」

「もしそうなら、話は簡単なんだが。いやな男だが、わたしの知る限り、クリーンだ」

「ところで、ちょっと、シンクレア夫妻のことを調べてみました。ふたりとも前科はまったくありません」マディスンは自分の手帳をぱらぱらとめくった。図書館でホー川誘拐事件についてメモを取った手帳だ。「昨晩、図書館で目を通した新聞のひとつに、デイヴィッド・

クインの葬儀の写真が出ていました。そこに、みんな写っていました」

「不幸な事件だった。手がかりは何もないし、少年たちは事件について何も語ろうとしなかった。捜査を進めたくてもまったく何もなかった。警察は遺体の発見さえできなかった。何ひとつわからず終わった事件だ」

「覚えています。多くの親は、連続誘拐事件の始まりではないかと不安に駆られました」

「だが違った」ブラウンがハンドルを軽く叩いた。「その事件はそういう類のものではなかった。三人の少年とその家族だけを狙ったものだった。もっとも、彼らのうちの誰も、何も話そうとしなかったから、はっきりしたことはわからない。それに、当時は今日のような科学捜査はできなかった。あの現場からは、誰も何も見つけられなかった」

「クインはユダヤ系です」マディスンはひと呼吸してから言った。「ユダヤ教の習慣では、死後できるだけ早く葬儀をしなくてはならないのです」

ユニオン湖の波のない灰色の水面が、ぼやけたしみのように、マディスンの視界の隅を通り過ぎた。

「家族はクインの弟が死んだと思われる場所の土を少しとってきて埋めたそうです」マディスンが教えた。

「最悪だ」

マディスンには、ブラウンがその言葉をコメントとして言ったのか、感情をあらわにしただけなのかわからなかったし、わからなくてもいいことだったが、どちらにしてもぴったりの言葉だった。

「クインについて言えば、キャメロンが長年してきたことを知らないか——それはありそうもないが——知っていて、かつ関与しているかのどちらかだ」ブラウンが言った。

「別の可能性もあります。クインは知っているけれど、関与はしていない」

「彼は弁護士だ。法廷に立つ身だ。犯罪行為を知っているだけで関与したことになる」

「わかっている限りでは、キャメロンに共犯者はいません。徒党を組んだことも、手下を使ったこともありません」

「賢いやつだな」ブラウンはスピードを上げた。「そろそろミスター・クインに電話しようか」

最初の雨粒がフロントガラスに落ちてくる頃には、車はエリオット湾へ、そして水に囲まれたシアトルの中心地へと向かっていた。キャメロンの家に火がついたのだ、とマディスンは思った。

第十四章

　ブラウンとマディスンが〈クイン・ロック・アンド・アソシエイツ法律事務所〉に赴き、初めてネイスン・クインに面会するために待合室で待たされたのは、ほんの二十四時間前のことだった。あのときと同じように、法律事務員たちは忙しく歩き回り、封筒が宅配業者によって配達され、絵画が壁に飾られている。だが、前と同じように感じられるものは何ひとつないし、これからもそうだろう。クリスマスの飾りは片づけられて代わりに花が置かれている。顧客や同じビルの会社から弔意とともに贈られたものだ。ブラウンとマディスンが足を踏み入れたときには、人々が一斉にこちらを見た。

　ふたりはビルの入り口で、財務省から派遣されてきたトミー・サルツマンと合流した。彼にはシンクレアが提出したキャメロンの確定申告書をチェックしてもらうことになっている。

　サルツマンはひょろっとして青白い顔の、貧相な四十代の男で、日常業務から離れて、目新しい仕事をするのを楽しみにしているようだった。彼が聞いたのは、被害者のひとりが税金専門の弁護士だったので、仕事の一部に不備がないかどうかを調べてほしいということだけだった。彼は二つ返事で引き受けた。

カール・ドイルが三人のほうに歩いてきた。ダークグレーのスーツに黒の絹のネクタイという非の打ちどころのない装いで、三時間くらいしか眠っていないように見えた。ブラウンはドイルと握手した。ドイルはマディスンと目を合わせ、会釈した。

最初にここに来たとき、ブラウンとマディスンはつらい知らせを届けにきた。今日は、法的な調査をするために財務省の職員を連れてやってきた。

九階に行くエレベーターの中で、サルツマンが矢継ぎ早に質問を浴びせた。ブラウンはその応対をマディスンに任せた。ブラウンには、もしクインを味方につけられなかったら、令状はなまくらな武器にしかならないことがよくわかっていたので、そちらのほうが気になったのだ。第一級謀殺の犯人を挙げる大仕事がかかっているときに、経済的不正を暴くなど、取るに足らないことだ。

クインは自分のオフィスに彼らを招き入れ、ドアを閉めた。彼はもっぱらブラウンに注意を集中し、あとのふたりは眼中に入っていないようだった。クインは三人に椅子を勧めはしなかった。

「何かわかりましたか？」クインが尋ねた。

「手がかりをつかみました。犯行現場で、殺害とジェイムズ・シンクレアの依頼人のひとりとを結びつける証拠が発見されました」ブラウンは単刀直入に言った。

「誰のことです？」

ブラウンはその質問を無視した。

「その証拠から考えられることは、ミスター・シンクレアに金銭的な不正行為があったかもしれないということです」

「ありえません」クインの口調は抑制されてはいたが、きっぱりしていた。マディスンは、横にいるサルツマンが身を縮めるのを感じた。

「令状があります」ブラウンはクインに令状を差し出した。クインは見もせずに受け取った。

「わかってください。ジェイムズは何につけても真っ正直な人間でした。そんなことを手がかりだと言うなら、あなたのしていることは時間の無駄です。結びついたという、その依頼人は誰ですか？」

「わたしにわかっているのは、精査すべき証拠があるということです。これは令状です。今、この問題を明らかにするために協力してください。そうすれば事態は進展します、ずっと早く。ここにいるミスター・サルツマンがファイルをチェックします」

　クインの目はブラウンしか見ていなかった。

「証拠か……」クインがつぶやいた。

「分署までわたしたちと一緒に来ていただけますか。そこでお話ししましょう。それが彼らのためにあなたができる最善のことです」

　クインは陪審員、判事、相手側の弁護士を相手に長年、活動してきた弁護士だ。一秒たらずでその令状に目を通すと、内線電話でドイルを呼び、サルツマンが必要なファイルを見つけるのを手助けする弁護士を手配させた。

ドイルはシンクレアのオフィスのドアの鍵をあけ、灯りをつけた。そこは繁盛(はんじょう)している法律事務所の共同経営者(パートナー)にふさわしい広さだった。彼の机はクインの机よりも大きく、きちんと分けられた書類の山がたくさんあった。ドアの左手の壁一面が書棚になっていて、どの棚にも大判の法律書が並んでいる。

机の後ろの、革の椅子の右手には年代物の小さなテーブルがあった。その上には妻と子どもたちの額入り写真が三つ置かれていた。ひとつは家族勢揃いの写真、あとの二つは学校アルバム用に撮られた写真だ。花瓶には、きれいに開いた白いフリージアが活(い)けられている。水色の絨毯の机の周辺に足跡が残っているのがマディスンの目にとまった。夜間に掃除をした人のものかもしれないし、シンクレア自身のものかもしれない。

窓際には会議用のテーブルがあった。ドイルがサルツマンに何か入り用なものはないかと尋ねている。その声には敬意がこめられ、まるで自分の家に招待した客に話しかけているようだ。礼儀正しく、しかも一月の寒い朝に浴びるシャワーのように温かい。マディスンはドイルに好感を抱いた。

「さあ、行こう」ブラウンが声をかけた。

ふたりはガラスのドアの外側、エレベーターのそばでクインを待った。

ドイルが彼らをシンクレアの部屋に招じ入れたとき、クインは友人の部屋に足を踏み入れることも、覗くこともしなかった。マディスンは、クインが事件以来一度もあの部屋に入っていないのではないかと思った。

「令状をちゃんと見ませんでしたね」マディスンが小声で言った。

「ああ」

　それは悪い兆候だった。警察が何も発見しないだろうとネイスン・クインが心の底から思っていることを示しているからだ。もしシンクレアの良心に一点の曇りもなかったら、キャメロンの良心にも曇りがないということになる。だが――マディスンたちにはよくわかっているが――それはありえない。

「腹は減っているか?」ブラウンが尋ねた。

「ぺこぺこです」マディスンは答えた。

　二十分、時間があった。クインは、共同経営者（パートナー）に午後の打ち合わせを代わってもらうために、要点を伝える時間が必要だった。それで、クインとは分署で落ち合うことになった。四番街沿いに行ってセネカ通りを渡ってすぐのところにデリカテッセンがある。急いで食べれば、十分間に合う。

　マディスンは朝食をとったのかどうかも思い出せなかった。店に入ると、サラダバーに並んでいるものから、キュウリの薄切りとビーツ以外のすべてをプラスチック容器に入れ、ロールパンをひとつとり、金を払って、窓際のボックス席にすわった。

　ブラウンはスモークサーモンとクリームチーズを挟んだベーグルを買って、むしゃむしゃと食べはじめた。

　どちらもひと言もしゃべらなかった。ランチを食べ、ドリンクバーのジュースを飲んだ。マディスンが殺人課に配属されてから、ふたりはほとんど毎日ランチを一緒にとっている。だからマディスンは、ブラウンがチキンは好きだがビーフは嫌い、魚は好きだがエビやカニは嫌いだということ、そして自分に劣らずコーヒーをよく飲むことを知っている。その一方でマディスンは、ブラウンがたくさんいる刑事の中から自分を選んで、この事件を一緒に担当させてくれる気でいるとは、そう言われるまで、どうしても信じられなかった。

　ブラウンは紙ナプキンで指を拭いた。彼はけさ早く、打ち合わせの前にフィン警部補にオフィスに呼ばれた。ブラウンが部屋に入ると、フィンはドアを閉めた。フィンはブラウンに、この事件を捜査するパートナーはアリス・マディスンでよいのか、それとももっとベテランの刑事に補佐してもらいたいかと尋ねた。単刀直入な質問だった。この事件で新入りの実地研修（オン・ザ・ジョブ・トレーニング）をするほどの時間的な余裕はない。マディスンには、もっと地味な仕事をさせたらどうか。そういう提案だった。

　ブラウンはナプキンを丸めると皿の上に置いた。

　マディスンはちゃんとやってのけますよ、とフィンに答えたことを思い出していた。

　四十五分後、ブラウンとマディスンは分署に一緒に入っていった。マディスンは内勤の巡査部長から伝言の束を受け取り、その一部をブラウンに渡した。車の中でマディスンはブラウンに、もしこの一回目の事情聴取でクインを味方につけることができると考えているのなら、どんなふうに話を進めたいかと尋ねた。ブラウンの答えは簡単明瞭だった。

「彼が知っていると思っていることを忘れさせたい」

そのためには自分の縄張りで戦うということが大事になってくる。クインの事務所で質問するという選択肢もあったが、それではまずいのだ。どんな場合にせよ、証人を警察に呼び出すべきだ。正式な手続きの重要性とそれにのっとった事情聴取の堅苦しさを思い知らせるために。いわば、それが事情聴取のコツだ。もっともクインにはそんなものは通用しない。彼はマジックミラーのある鉛色の部屋に入れられても、ビビったりしない。場所を変えたからといって、彼の答えが変わるとも思えない。それでも、自分の縄張りに引きこむことがこのゲームのやり方であり、誰もがこのゲームのルールを知っていた。

ブラウンとマディスンは内勤の巡査部長がすわっている台の近くに立ち、ネイスン・クインを待っていた。彼が署に入ってくると、ふたりは彼を長いことじっと見つめた。だが、クインがそのまま通り過ぎたので、背中を目で追うはめになった。クインは一階には親しい人があまりいないのか、声をかけることもかけられることもなく、どんどん歩いていく。わざとブラウンとマディスンを無視したわけではあるまいが、ふたりは、彼のレーダーには捉えられず、スクリーン上の輝点（ブリップ）にすら、ならなかったのだ。

二階に空いている取調室があった。マディスンがドアをあけて言った。

「どうぞお入りください」

クインは中をのぞいた。四角い部屋にテーブルと椅子が数脚。マジックミラーの向こうには刑事や検察官のための観察用の小部屋がある。クインはマディスンをふり返った。

「今日わたしは、何人の人間を相手に話すことになるのかな？」彼はマジックミラーを顎で示しながら言った。

「わたしたちふたりだけです」マディスンが答えた。

「それは結構。わたしはそのほうがいい」クインは言った。「別の場所にしよう」

彼は自分の判断で分署に来た。だがそのあと、不機嫌になるだけの時間はたっぷりあった。彼らはクインを娯楽室に案内した。

ブラウンは伝言があるかどうかを調べてきますと言い訳をして二分ほど中座した。フィン警部補に状況を知らせるために彼のオフィスに向かったのだ。

「気に入らないな」フィン警部補が言った。「やつは何者だ？　重要参考人で、被害者と最重要被疑者の両方の最近親者か？」

「彼自身、決めかねています。今は様子をうかがっていますが、いずれどれかに決めなければならなくなるでしょう。どの立場に決めるかで、明白になることがいろいろあるでしょう」

「そう思うか？」

「そう願っています」

このとき、マディスンは初めてクインとふたりきりになっていた。きのうクインに初めて会ってから二言三言しか――もっと少ないかもしれない――話していなかったことに、ふいに気づいた。

ネイスン・クインはテーブルを挟んでマディスンの向かいにすわっていた。コートはきちんと畳んで椅子の背にかけてあった。右手近くに、水のコップがある。彼は目に見えないほど小さなゴミを袖からはたいた。マディスンを注意深く眺める彼の目は冷たい光を帯びている。

マディスンは、クインがシアトル市警のほとんどのベテランの刑事と顔なじみだということを知っていた。彼がマディスンに会ったことがなかったということは、彼女は刑事になってから日が浅いことを物語っているに過ぎない。

「さっさと片づけよう」クインが言った。

マディスンは自分の手帳を開いた。ブラウンがファイルをもって入ってきて、ドアを閉め、テーブルにファイルを置いて、マディスンの隣にすわった。これもゲームのルールだ。

「証拠は――」クインが口を切った。

「十分令状を取れるだけの証拠があります」ブラウンが答えた。

「もう少し具体的に話してくれないか」

ブラウンは右の掌でファイルを押さえた。

「証拠の件は、しばらく脇に置いておきましょう。われわれは土曜の晩に起きた一連の出来事について、大体把握（はあく）しています。お知りになりたいですか？」

マディスンはその瞬間、ファイルには事件現場の遺体の写真が入っているのだと悟った。

写真はクインをひっかけるエサだ。

「続けてくれ」

「気分のよくなる話じゃありませんよ」

「かまわない」

「わかりました。土曜日の夜から日曜日の未明にかけてのある時刻に、ひとりの男がシンクレア家のドアをあけて入った。『ドアをあけて入った』と言ったのは、押し入った形跡がまったくないからです。ドアも窓もすべて調べました。男は鍵をもっていたと思われます」

クインは少し前屈みになっていたが、瞬きひとつしなかった。ブラウンは、その情報がクインの頭にしみこむように、ちょっと間を置いた。

「侵入者は主寝室に行き、そこでジェイムズ・シンクレアのこめかみを銃把で殴った。シンクレアは眠っているところを殴られ、おそらく脳震盪を起こした。次に侵入者はアン・シンクレアの頭に銃を突きつけて撃った。一度だけ。それから、子ども部屋に入り、子どもたちの頭に銃を突きつけて撃った。二段ベッドの上の段の子が先で、下の段の子があとです。ふたりとも一度だけ。毛布の穴から判断すると、下の段の子は隠れようとしたようです」

ブラウンはもう一度、間を置いた。

「それからジェイムズ・シンクレアのところに戻り、彼に目隠しをして、革の紐で縛った。首、両手、両足。そのあと意識を取り戻したシンクレアは、動こうとしても動けなかった。だが、それでも動こうとした。彼は自分の家族が襲われたと知り、必死にもがいた。革紐でこすれて、皮膚が破れた」

　クインは微動だにしなかった。

「侵入者は子どもたちの遺体を運んできて、夫妻の間に置いた。シンクレアは自由になろうと、なおももがいたが、どうにもならなかった。やがて侵入者は目隠しにクロロホルムを数滴垂らし、それが効きはじめるまで数分待った。ジェイムズ・シンクレアは心停止で亡くなり、侵入者は去った」

　クインはファイルを見つめていた。

「そこにあるのは写真かね？」

「そうです」ブラウンがクインに向けて、テーブルの半分くらいまでファイルを押しやった。クインは手を伸ばしてそれを取った。

　最初の写真はベッドと四人の遺体が全部収まるようにロングショットで撮ったものだった。クインは表情を変えず、その写真を長い間、見つめていた。それからページをめくった。二番目の写真は目隠しされているシンクレアの接写。三番目の写真はシンクレアの妻。四番目の写真は男の子。クインはファイルを閉じ、両手を引っこめた。

「それがわれわれが知っていることです」ブラウンが続けた。「そして、われわれが手に入れたものは次のものです。まず、キッチンのシンクの脇から回収されたグラス。それについていた指紋は被害者の誰とも一致しません。おそらく殺人者が家を出る前に使ったのでしょう。それから、書斎で小切手を見つけました。そのサインは偽物でした」

「誰かがジェイムズのサインを偽造したと言うのか？」

「違います。シンクレアがほかの人のサインを真似たんです。彼の指紋が小切手に残っていました」

「そんなはずはない」

「小切手の名前とグラスの指紋の主が一致しました。指紋は二十年前の飲酒運転の逮捕者のものと一致します。ジョン・キャメロンの指紋です」

クインは椅子に深くすわり、冷静な眼差しでふたりを見つめた。

「違う」彼はゆっくりはっきりと言った。「ジェイムズがそんなことをするはずがない」

「どうしてわかるんですか？」マディスンが口を挟んだ。「人の二十四時間の行動を、どうやって知るんですか？」

「わたしは彼がどういう人間か知っている」

「なるほど。しかし、シンクレアがそれをした可能性があることをあなたは認めなければならない」とブラウンが言った。「彼にはそうする機会があった。彼はキャメロンの税金を扱っていた。ジョン・キャメロンはシンクレア家の鍵をもっていますか？」

クインは答えなかった。彼は閉じたファイルに目を落としていた。

「わたしの言葉を信じる必要はありません。ただ、証拠は信じなければならない」ブラウンが畳みかけるように言った。

「指紋が何だというのかね。キャメロンはあの家に何十回も行ったことがある。グラスの指紋が、殺人が行なわれた日のものだと証明できるのか？」

「ジョン・キャメロンのことをどのくらいよくご存じなんですか？」ブラウンはファイルを開いて最初のページ、つまり最初の写真を見せた。

クインは手を伸ばし、写真から目をそらしたまま、ファイルを閉じた。

「ブラウン部長刑事。こんなせこいなやり方は、あなたには似合わない」クインは抗議した。

「キャメロンに最後に会ったのはいつですか？」

クインは答えなかった。

「きのうです」マディスンは思わず言った。ふと心に浮かんだのだ。「きのうキャメロンに会って、事件のことを話した」

クインとブラウンがマディスンのほうを見た。

「あなたは、キャメロンがニュースでそれを知るような事態は避けたかった」マディスンは自分の言っていることが正しいとわかっていたので、最後まで言い切った。「彼の反応はどうでしたか？」

クインはマディスンをまじまじと見た。ふたりの間に沈黙が広がっていくのが、目に見えるかのようだった。

クインはいきなり立ち上がり、窓のほうへ歩いていった。窓は駐車場に面していて、たくさんの車と霧雨が見えるだけだ。クインはブラウンとマディスンに背を向けて立っていた。

そして彼が話しだしたとき、その言葉には何の感情もこもっていなかった。

「わたしはジョン・キャメロンの弁護士だ。彼がわたしに話したことはどんなことでも、守秘義務のもとに話されたことだ。だからきみたちはそのことや、わたしたちの関係について、どんなことも質問できない」

クインは携帯電話を取り出した。「わたしは宣誓供述書を書いて、シンクレア家の家屋敷に関するすべての義務を〈グリーンハット・ローウェル法律事務所〉のボブ・グリーンハットに委任する。わたしに利益相反がないと判事に判断されるまではグリーンハットが遺言執行人となる。判事の裁断が下ったら、そのとき初めて、その役目をわたしが再び担うことになる。それでよろしいかな？」

「あなたがそうお望みなら」とブラウンが答えた。

「このどれも、わたしが望むことではないんだよ。これからボブに電話し、書類作りに入る。そのあとで、きみたちがわたしの依頼人に望むことについて話し合おう」

クインは電話番号をプッシュしはじめ、ブラウンとマディスンは娯楽室を出た。

「シンクレアへの友情はどうなったのかしら」とマディスンは言い、「こんな展開で、あなたは心配にならないんですか？」とブラウンの顔を見た。

ブラウンは肩をすくめた。「彼はどうするか決めた。残りの事情聴取には、クライン検事補に同席してもらう必要がある。ところで、クインがキャメロンに会ったってどうしてわかったんだ？」

「さあ。わたしだったら、会っていると思ったので」

「クインはキャメロンが事件をどう受け取ったか答えなかった。だが、きみのひと言のせいで、それについて考えるようになったはずだ」

フィン警部補はマディスンが言い当てたことを評価しなかった。「まだ逮捕してもいない男に、早々と弁護士をつけてやった、というわけか？」

二十分後には、ボブ・グリーンハットがシンクレアの財産にかかわるすべての仕事を引き継いでいた。必要な書類が迅速に効率よく用意され、そのデータが分署に送られてきていた。プリントアウトされた書類はすでに発送され、届くことになっている。要するに、ネイスン・クインがシンクレア家の方面を見たいと思うだけでも、グリーンハットの許可が必要になるということだった。

クイン、クライン、ブラウン、マディスンの四人がテーブルの四辺にそれぞれすわっていた。

「わたしは、あなたたち三人がフェアプレイをしているのかどうかを確認するためにすわっているだけですよ」サラ・クライン検事補が深く腰かけ、椅子の背にもたれて言った。

「きみたちにはわたしの依頼人を起訴する十分な証拠がないし、逮捕するにたる十分な証拠すらない」クインはマディスンをまっすぐ見つめた。「また彼の家に忍びこもうとしたら、警察による嫌がらせとしてこっぴどく叩かれることになるだろう。サラ、わたしはフェアにやってますよ」

ミスター・フィリップス、ご注進ご苦労様、とマディスンは心の中で毒づいた。

「キャメロンに出頭してもらう必要があります。それも今日。こちらには革紐の一本から採取したDNAがあります」ブラウンが反論した。「彼が血液サンプルをとらせてくれたら、われわれは家に帰ることができます。そんなに自信がおありなら、今すぐ彼に電話をかけてください」

ドアをノックする音がした。分署の事務員がマディスンにメモを渡してくれた。スペンサーからのメモだった。マディスンは目を通すとすぐ、ブラウンに渡した。スペンサーに今晩、一杯ごちそうしないと。それにしても、メモを寄越すタイミングの絶妙なこと。

ブラウンはそのメモを読んで、脇に置いた。

「証人がいます。日曜の未明に黒のフォードのピックアップトラックがシンクレア家に停まっているのを近所の人が見ています。クイン弁護士、キャメロンの車は何でしたっけ?」ブラウンはクライン検事補のほうを向いた。「十分ですよね?」

クラインはうなずいた。

キャメロンを引っ張るにはそれで十分だったし、クインもそれはわかっていた。

「今日はこれで終わりだな」クインはそう言うと立ち上がり、自分の書類を集めた。

「ネイスン」クラインも立ち上がって言った。「彼が逮捕されるのは時間の問題だし、言うまでもなく大陪審は彼を起訴するでしょう。あなたが情報を提供しなかったり、彼の居場所を知っているのに――」

ふたりともその法的責任を熟知していた。

「彼の居場所をわたしは知らない」

「それじゃあ、もしわかったら――」ブラウンが念を押した。

「もちろん、すぐに警察に連絡しますよ」クインが答えた。

「きのうはどこでキャメロンに会ったんですか？」マディスンが尋ねた。

クインはドアの取っ手に手をかけたまま立ち止まった。「そんなに知りたければ、わたしに尾行をつけたり、電話の盗聴をしたりすればいい。そうすれば、法廷でおもしろい一日が過ごせるだろう。サラ、お疲れ様でした」

クインは部屋を出た。

しかしマディスンは物足りなかった。クインのあとを追い、階段をおりているところを呼びとめた。

「ミスター・クイン」

刑事と制服警官が階段を上がってきた。マディスンはふたりが通り過ぎるのを待った。

「以前、検察局にいらしたそうですね。検察官だったんですね」

「大昔のことだ」

「お尋ねしたいことがあるんです。あなたはわたしたちが手に入れた証拠をご存じですよね。もし、あなただったら、それを使ってどんなふうに事件を捜査し、起訴するでしょうか？」

「なぜそんな質問をする？」

「この事件については、あなたがわれわれに教えたくないことがたくさんあるように思えます。残念なことですが、そうですよね。それでも、あなたは、個人的には、殺人者が捕まるのを望んでいるはずです」

マディスンは自分がなぜわざわざ追いかけてきて、こんなことを言っているのか、よくわからなかった。たぶん、自分が言っていることは真実であって、言う価値があると感じているからだろう。

「今のきみにはありえないことのように思えるかもしれないが、ジョン・キャメロンがこの事件の犯人だと判明する以上にもっとずっと悪いことがある」クインが答えた。

「それは何ですか？」

「彼が犯人ではないということを知ることだ。それから刑事さん、この事件へのわたしの個人的関心についてだが、わたしはすべきことをするだけだ。わたしの意図を勝手に推し量って報告書に書くのはやめてくれ」

クインの車は分署の入り口からさほど遠くない場所に停めてあった。車を出したクインがすでに携帯電話に向かって話をしていたかどうか、マディスンにはわからなかった。だが法的な議論と沈黙の壁の間に、真実——部分的な真実に過ぎないにせよ——があることだけは直感的にわかった。そして、マディスンはその部分的な真実を見つけたかった。翳(かげ)っていく日射しとともに、それが消え去っていく前に。

ブラウンとクラインはフィン警部補のオフィスにいた。マディスンは遅れて加わった。彼らは判事に、キャメロンの逮捕令状と彼の家の家宅捜索令状を出してもらう必要があった。

クライン検事補はこの件に関しては、徹底して杓子定規にやることにとても熱心だった。信頼性に問題のある証拠のせいで陪審員の前でへまをしたら見られたものじゃないし、長く記憶に残る、と彼女は言った。

「それからクインの問題があります」ブラウンがフィン警部補に言った。

「どういうことだ？」

「クインはキャメロン逮捕につながる情報を握っていそうですが、教えてはくれません。弁護士と依頼人との間の秘匿特権を越えるものがあるかもしれません」

「何を言いたいの？」クラインが尋ねた。

「わかっているでしょう？」とブラウン。

「クインに対して召喚状を出すということ？」とクラインが言った。

「そうです」

「判事が賛成すると思っているわけ？」

「あなたが強く要求し、状況を説明してくれれば、ことによると」

「秘匿特権に関する基本的法原則はかなりはっきりしています」マディスンが口を挟んだ。

「こんなことで歴史に残りたいと思う判事はいないでしょう」

「それはわかっている。だがほかにやりようがあるかい？　キャメロンは家には帰らない、車は運転しない。クインはきのう、キャメロンと会った。そして、わたしたちがこうしている間にも、キャメロンに電話しているに違いない」ブラウンが言った。

「あなたの言うとおりだわ。きっとうまくいかないだろうし、言いだしただけで判事はわたしを追い出すでしょうけど、ここにいる全員がそれを承知の上なら、うちのボスに話してみてもいいわ」クラインが言った。「キャメロンの家の家宅捜索については、何を捜索したいのかはっきりさせておいて。例えば電話代の請求書がほしいなら、どこを捜索したいのか、具体的に細かく書いて。引き出しとか、靴箱とか、列挙して」

「兇器(きょうき)が見つかったらいいな」フィン警部補は誰にともなく言った。

「わたしがやります」マディスンには自分が何を引き受けたのか、よくわかっていた。警察は、キャメロンの生活についてヒントを与えてくれそうなものなら何でもほしい。だが、もし捜索リストにごく小さなものまで具体的に明記するのでなければ、捜索令状は主だったものだけを対象とするものになってしまうかもしれない。そうなったら彼の家があの犯罪現場と同じように整然としている場合、収穫はゼロになるかもしれない。

キャメロンをめぐる噂と神話からマディスンが想像するキャメロンの暮らしは、そういうもの——整然として、人目につかない生活——だった。

第十五章

制服警官は自分のワイシャツの袖口に指紋採取用スタンプがつかないように注意しながら、少年の右人差し指をスタンプに押しつけた。次いで指紋票の上で指を左から右へゆっくり回転させ、完璧な指紋を採取した。

警官は少年のことを少しばかり不憫（ふびん）に思った。自分だってこれくらいの年に、ビールを飲みながら運転したことがまったくなかったとは言いきれない。酔っ払いのティーンエージャーはたいてい、指紋を採取されている間、なけなしの勇気を奮い起こすためにかなり口答えをするものだが、この少年は行儀がよく、礼儀正しかった。エンストした車の中で、バーボンの空になった瓶を手に、酔っ払っているところを発見されたとは信じにくいぐらいだ。

「身内と連絡は取れたのかい？」警官が少年に尋ねた。

「ええ。ありがとうございます」十八歳のジョン・キャメロンが答えた。

警官は少年の手の甲にある傷に気づいた。刃物の傷についてよく知っている彼には、少年が誰かに鋭い刃物でひどく傷つけられたのだとわかった。古傷のようだった。

「前に警察の厄介になったことはあるかな？」

「ありません」

ジョン・キャメロンはティッシュを一枚取って指を一本一本、順番に拭いていったが、きれいには落ちなかった。キャメロンは周りを見回して部屋の様子を見てとった。朝の四時半に四人の警察官。ふたりはピザを箱から取って食べ、もうひとりはドアのそばにいて、最後のひとりは電話中だ。男がひとりベンチにすわり、手錠をかけられたまま眠っている。

キャメロンの周りに雲のように漂っているアルコールのにおいを突きぬけて、化学薬品のにおいがした。三メートル左でカメラのフラッシュがたかれた。顔にあてられた白い光のまばゆさがしばらく残った。

それから留置場に連れていかれた。最近、漂白剤が使われたらしい。さっきから感じているにおいはこれだったのだ。バケツとモップが廊下の突き当たりの隅に置かれていた。廊下沿いの部屋の閉まったドアのガラス越しに、電球が点滅しているのが見えた。建物全体が眠いのをこらえて、必死で起きているかのようだ。

留置場は正方形で、二面が格子になっていた。床はコンクリートだ。二段ベッドにふたりの男が横たわり、コートを体にかけて軽くいびきをかいている。三人目の男はすわっている椅子を傾けて、壁にもたれている。

「親切にしてやれよ、ラリー」警官がキャメロンを指さして言った。

キャメロンの後ろで金属のドアがばたんと閉まると、ラリーは椅子をまっすぐにしてシープスキンのコートを着た少年をじろじろ見つめた。ラリーは身の丈百八十センチ以上あって目方もあったが、体についているのは筋肉ではなく余分な脂肪だった。彼が放つにおいはキャメロンのいるところまで漂ってきた。ラリーは酒のせいでとろんとした目で見て、この少年をどう扱うか決めたようだった。

キャメロンは留置場を横切って、ドアから遠いほうの格子に寄りかかり、腕を組んで壁の丸い時計を見つめた。長針が少しずつ進んでいく。

ラリーはよろよろと立ち上がり、おぼつかない足取りで少年のほうに歩いていき、必要とあればミトンをはめた手で肩をぴしゃりとやれる距離まで近づいた。

「よお」とラリーはしわがれ声で言った。

キャメロンは顔を上げた。それは彼のこれまでの人生で二番目に長い夜だった。一番長い夜の記憶が彼の目に何を残していたにせよ、ラリーはそこに見出したものが気に入らなかった。ラリーは手の甲で顎をこすった。

「やあ」キャメロンが答えた。

ラリーの唇が動いたが、何の言葉も出てこなかった。いやなガキだと思った。なぜかぞっとして、心臓が激しく打った。

ラリーは手をジーンズにこすりつけて汗を拭い、後ろに一歩さがった。キャメロンに背を向けることなく、後ろに手を伸ばして椅子を見つけてすわった。ふいに酔いがさめたのを感じ、同時に喉の渇きを覚えた。このふたつは最悪の組み合わせだ。

「ジョン」

警官が金属のドアをあけた。ネイスン・クインがそこに立っていた。コートの前が開いたままで、警察から電話がかかってきてあわてて身につけたらしい服が覗いている。野球帽のひさしに載ったわずかな雪が解けかかって光っている。

キャメロンが留置場から出ると、クインはすばやく抱きしめた。

「まったく、もう！」クインはふたりだけで話せるようにキャメロンを隅のテーブルへ連れていき、「ありがとう、ジェフ」と警官に礼を言った。

「お安いご用です」

警官が去り、ふたりだけになった。

「大丈夫か？」クインはコートを脱いでテーブルの上に置いた。キャメロンはクインの顔を見て、出勤前に髭を剃ったほうがいいなと思った。癖の強い髪も郡検察局勤めの身にしては少々伸びすぎている。

クインがしきりに話しかけるのをよそに、キャメロンの思いは数時間前に遡っていた。彼はパトロール中の警官がやってきてパトカーに乗せてくれるのを、路肩に停めた車の中で待ちながら、車中の冷たい空気を呼吸していた。冷気のせいで胸が痛かった。通り過ぎる車のぼんやりした光がフロントガラスを照らした。手がかじかんでハンドルを握ることができなかった。バーボンの蓋をあけてガブガブ飲み、吐き出した。シープスキンのコートの前の部分に一部がこぼれ、誰もいない助手席にも数滴落ちた。寒くてエンジンがかからないのでチョークを引き、燃料供給量を増やした。

警察官の懐中電灯の光がキャメロンを見つけた。彼はエンジンをかけようとする百回目の試みにとりかかっていた。やっと来たか。

「何があったんだ？」クインは心配そうな顔をしている。ああ、でも、いつもそうだ、とキャメロンは思った。「これから夜間法廷で罪状認否の手続きをする。公設弁護人事務所のバーニー・ローズがこっちに向かっている。彼には貸しがひとつある。判事に有罪か無罪かって訊かれたら、『無罪です』と答えるんだ。そうすれば、保釈金を払っておまえを出してやれる」

クインの温かな黒い目がキャメロンをちらっと見た。クインはキャメロンを自分の家に連れて帰り、しゃんとさせるつもりだった。でなかったら、彼の母親はショックのあまり倒れてしまうだろう。

「何があったんだ？」

「やったよ」

「どれくらい飲んだんだ？」

「とことん飲んだのさ」キャメロンが答えた。「やったよ、ネイスン。終わったんだ」

「大丈夫だから、心配するな」

バーニー・ローズが部屋に入ってきた。彼はコーヒーカップを持っている警官を相手に、冗談を言って笑いあった。

キャメロンがクインのほうに寄りかかり、ささやいた。その声はうつろでかすれていた。

「やったよ」

クインはキャメロンの肩に手を置いた。

「もう大丈夫だ。さあ行こう」

部屋を出ていくキャメロンを、格子の中のラリーが目で追った。

キャメロンの言葉の意味をクインが理解したのは数か月後のことだった。その頃には春が冬の雪を解かしはじめていて、もう誰にとっても手遅れだった。

第十六章

彼らは二台の車に分乗した。一台目には、すでに防弾チョッキをつけたブラウンとマディスンが乗った。捜索令状はブラウンのジャケットのポケットに入っている。スペンサーとダンの乗った車がそのあとに続いた。

ローレルハーストに着く頃にはもう日が暮れていた。どこの家でも夕食の支度をしていることだろう。ブラウンは、シャツとブレザーの間にケブラー繊維のチョッキを着こんだマディスンを盗み見た。チョッキの外側の表面は濃紺で、ざらざらした手触りだ。マディスンは片方の親指の側面をその布にこすりつけている。だがその親指以外は、ぴくりとも動かさない。

クライド・フィリップスの家の窓から灯りが漏れていた。通りを挟んだキャメロンの家は闇に包まれている。彼らは私道に入る手前のところで、縁石に寄せて車を停め、外に出た。家との間に、木が数本ある。五十メートルばかり離れたところに一台のパトカーがライトを消して停まっていた。その中にいたふたりの制服警官が彼らに気づき、歩いて近づいてきた。

「一時間前から見ていますが、まったく出入りがありません」背は低いが、肩幅が広く逞しい、短髪のブックマン巡査が言った。彼のパートナーのグレイザー巡査は、ダンの顔を見て会釈した。シアトル市警全体で、ダンと挨拶を交わす仲でない者はおそらく五人程度しかいないだろう。

「家の中に人がいる様子はないが」とブラウンが言った。「標準的実施手順に従おう。最悪の状況を想定して行なう」

「裏手を守ります」とマディスンが言った。「ここには今日の昼間来て、様子がわかっていますから、三分あれば中に入ることができるでしょう」

昼の光の中でこの家を見ておいてよかったとマディスンは思った。スペンサーの先に立ち、ふたりで木立の下の濃い闇の中に歩いていった。すぐに枯れ葉の山のそばに来た。スペンサーがくんくんにおいを嗅いだ。

「なんだ、これは?」とマディスンにささやいた。

「猫の死体です」とマディスンは答えて、ホルスターから拳銃を抜いた。

ふたりは側面のフェンスの外にさしかかった。マディスンは中を覗きこんだ。裏庭は昼間見たままだった。ドアや窓は皆、閉まっていて、家の中が真っ暗なのがわかる。幹線道路からかなり離れているのでとても静かだ。マディスンの心臓はどきどきしている。が、それで当たり前だ。

フェンスを乗り越えるには、両手が必要だ。マディスンは銃をホルスターに戻し、体にしみついた動きで細い革紐の安全ストラップをかけた。

マディスンはスペンサーと目を見交わした。そしてふたりは、ひと言も口にせず、フェンスを飛び越え、キャメロンの家の裏庭に静かに着地した。銃を手にもち、銃口を地面に向けて、マディスンはへりに沿って、裏庭を移動した。五秒後、すべての出入り口の守りが固められた。

いよいよね。マディスンは胸のうちでつぶやいた。

ブラウンが私道に足を踏み入れようとしたそのとき、一台の車が通りをやってきた。ブラウンはその車をやりすごすつもりだった。ところが、その車がすぐ近くまで来たとき、ブレーキの音がしたので、ブラウンはそちらに顔を向けた。車が停まった。

スーツ姿にネクタイを締めた若い男が車の窓ガラスを下ろした。「ブラウン刑事ですね？」

それはブラウンが一番聞きたくないせりふだった。彼は今夜の仕事が台無しになっていくのを感じた。

「ベニー・クレイグです。〈クイン・ロック法律事務所〉の。ネイスン・クインに命じられて来ました。これから、この住所地で家宅捜索令状を執行なさるんですよね。これがお入り用なんじゃないだろうかと、クインが申していました」

ベニー・クレイグは車から出ると、右手をブラウンに突き出した。リングに三本の鍵がついた鍵束が薄明りの中できらめいた。

「これがあれば、あなた方はドアを破らなくてすむし、自分は修繕する手間が省ける、と」

クレイグがにやにやしているのかどうか、実のところ、ブラウンにはわからなかった。

「令状を見せていただけますか」

ブラウンは鍵をひったくり、きびきびと私道を歩いた。「行こう」

クレイグの話はまだ終わっていなかった。

「警報装置はありません。それから捜索が終わったら、わたしに鍵を返してください」

ブラウンは足を止めずに、内ポケットから捜索令状を出し、ベニー・クレイグに渡した。ブックマン巡査とグレイザー巡査には、いったい、何が起こっているのか、どうしてブラウン部長刑事が痛みをこらえているような顔をしているのか、さっぱりわからなかった。ドアを無理やりあけなくてすんだのはよかったんじゃないかな、とふたりは思った。

「さがっていてください」ダンが掌をクレイグの胸にあて、優しく押しやった。彼は左手の大きな道の方向に、六メートルばかり遠のいたところを指さした。クレイグは引きさがった。

四人の警察官は皆、銃を抜いていた。ブラウンは下の錠の鍵穴に、鍵のうちの一本をさしこんだ。滑らかに回った。次に上の鍵穴を試した。錠がはずれてドアが手前に開くのを感じた。

部屋に街灯の光が射しこみ、わずかに明るくなった。ブラウンとダンはしばし動きを止めた。

「われわれはシアトル市警の者だ……」ブラウンは定められた文言（もんごん）がよどみなく自分の口から出るのを聞いた。

ふたりは灯りをつけながら、部屋から部屋と歩き回り、男が潜んでいそうな場所をすべてチェックし、「異状なし」と声をかけあった。ダンが庭に通じるドアをあけ、マディスンとスペンサーを中に入れた。

「こけにされたな」とダンは言った。

クレイグは玄関のドアの脇に立ち、所在なげにしていた。ダンがコート掛けの横のベンチを指さした。

「すわっていてください。どこにも手を触れないで」

クレイグは言われたとおりにした。

マディスンは両手にラテックスの手袋をはめ、玄関ドアにもたれた。自分たちは家の中に入ったのだ、と思った。

マディスンはこれまで、思い出せないぐらいたくさんの場所で捜索をしてきた。大邸宅からひと間きりの小屋や、住まい代わりの車まで。家宅捜索をするたびに、暮らしている場所を十分間見るほうが、取調室で一時間接するよりも、その人のことがよくわかると感じた。

よい指導者にも恵まれた。警察学校ではジョン・ダグラス、制服時代にはデイヴ・カーボーン。マディスンはどう行動したらいいか知っていて、あの捜索令状によって何を手に入れたいのかもわかっていた。被害者たちを撃った二二口径の拳銃が見つかればよいし、被害者たちを縛るのに使った革紐の一部だって、見つかれば大いに助かる。また、キャメロンとシンクレアの両者を横領された金と関係づけるような書類が見つかれば、検察側の言い分の裏づけとして非常に大きな力をもつだろう。

　ダグラス教官はよく言ったものだった。捜索では、五感で感じ取れる以上のものを探さなくてはならない。書棚の本が斜めに差しこまれている、と見てとるだけではだめだ。それは犯人が誰かを殺すために出かける前に読んだ最後のものではないか、というふうに考えなくてはならない。

　マディスンはみじろぎもせず立っていた。ほかの人たちが話をし、誰がどこへ行くか決めようとしているのが気になり、ちょっとでもいいから口を閉じていてくれればいいのに、と思った。

「どうした？」とブラウンが訊いた。

「わたしたちがいなかったら、この部屋はどんなふうか、思い浮かべようとしているんです」

　ジョン・キャメロンが帰ってくる。鍵を鍵穴に入れて回して解錠し、足を踏み入れる。そのとき彼の目に映るのはこれだ。彼がいるのはここだ。キャメロンがジャケットをコート掛けにかける。マディスンはベニー・クレイグの存在を無視した。小さなテーブルがあり、立派な陶器の皿がのっている。きっとそこに鍵を置くのだ。今は空っぽだけれど。玄関ホールは居間へと続く。居間は幅が広く奥行も深い。この居間に室内装飾を施したのは、おそらくキャメロンの両親だろう。大きなソファーが二台に椅子が二脚。いずれも、古風で上品な花柄の地味な布地が張ってある。今は亡きマディスンの祖父母が好みそうな家具だ。

天井まで届く書棚が二つあり、ハードカバーやペーパーバックの本が詰まっている。本の手前に小さな品々が並んでいる。煙草の缶のコレクションだ。

スペンサーとダンはすでに書棚と部屋の隅の巻きこみ式の蓋のついたアンティークの机を調べはじめていた。マディスンは立ったまま、全体を見渡した。ソファーと椅子の上のクッションはふくらみがあり、きちんと置かれている。マディスンは机を指でなでた。埃は積もっていない。

部屋の奥に暖炉がある。マントルピースの上に写真立てはひとつしかない。六十代のカップルがカメラに向かって微笑んでいる写真だ。キャメロンの両親だろう。暖炉の右側の床にカゴが置かれ、薪が四本、きちんと積んである。コーヒーテーブルの上の深皿にポプリがあり、そこからバニラの香りが漂ってくる。

マディスンはふと思った。冷蔵庫をあけたら、新鮮なミルクが入っているんじゃないかしら。誰も住んでいない家の中に。

「ねえ、ちょっと」とマディスンは言った。

男たちは一斉にふり返った。マディスンが指さしたのは、部屋の隅のテーブルに置かれた背の高いガラスの花瓶だ。その花瓶には白い百合の花が活けてあり、葉の上に小さな水の玉ができている。そして花瓶の底に、まだ溶けきっていない切り花栄養剤の残りが粉状になっていた。キャメロンはここにいたのだ。おそらく数時間前まで。

「やるねえ」とスペンサーが言った。

「トラックを見た人のことを教えてくれ」ブラウンがスペンサーに言った。

「真向かいの家の人で、午前二時半頃パーティーから戻ってきた。ちなみに職場関係のパーティーだったそうです。だが、彼は最初から運転手役に決まっていたので――」

「幸運だったな」

「何となくシンクレアの家のほうを目をやったら、ピックアップトラックが私道の入り口に停まっていたと言うのです。ほかには何も見ていません。トラックだけです」

「どんな感じの人だ？」

「しっかりした目撃者だと思います。法廷でも立派に証言してくれるでしょう」

マディスンはキッチンに入った。キャメロンの父はレストランのオーナー兼シェフだった。キッチンが食べ物を熟知した人の好みを反映したものなのもうなずける。

普通より大きなキッチンだ。二面の壁に沿って食器棚とガラス戸のキャビネットが並び、キッチンの真ん中に大きな調理台がある。一面の壁にフックが並んで片手鍋がぶらさがっている。もう一面の壁の前には、オーブン二つにコンロ六個のプロ仕様の金属製レンジがある。

マディスンは冷蔵庫をあけた。そうしてみたくてたまらなかった。中は清潔で空っぽだった。牛乳も卵も、どういう種類の残り物もない。冷凍庫をあけてみると……あった！ ベン＆ジェリーズのチャンキー・モンキーが一箱。マディスンは何とはなしに笑みを浮かべた。クルミとチョコのかけらがたっぷり入ったバナナ味のこのアイスクリームのおかげで、キャメロンに少しは人間味が感じられたのかもしれない。マディスンは冷凍庫を閉め、改めてキッチンを見回した。円筒型の金属容器が並び、玉杓子や匙が分けて挿してある。

　ブラウンが入ってきた気配を背後に感じた。

「包丁がありません」マディスンはふり返らずに言った。

　マディスンは引き出しを次々にあけた。食卓用のナイフはあったが、包丁は見つからなかった。

「キャメロンの父親は〈ザ・ロック〉のシェフでした。包丁はシェフにとって大切なもののはずなのに。マントルピースの上に写真がひとつしかなかったのも不自然だし、キッチンに包丁がないのも奇妙です」

　マディスンは引き出しを戻した。中の金物ががちゃがちゃ音を立てた。

「個人的な品は、ここではまったく見つからないでしょう」とマディスンは言った。「キャメロンはここを空っぽにして立ち退いたんです。いつのことにせよ。どこかほかの家に、ここにあるべきなのに見つからないものがそっくりあるはずです。家族写真も父親の包丁も」

「それを聞いて、元気が出たよ」

「すみません」マディスンは食器棚とキャビネットの中をあらためながら言った。

「サルツマンから電話があった。シンクレアのファイルからは何も出てこなかった。明日は財務省に戻るそうだ」

　ブラウンはよい知らせも悪い知らせも、同じ平板な口調で伝える。マディスンはブラウンの表情をうかがった。水色の目は焦点を定めず、部屋の中を漂っているばかりだ。

「それから、トラックはガレージになかった」

「ガレージには何がありましたか?」マディスンが尋ねた。

「まったく何もなかった。わたしは二階に行くよ」

ブラウンがキッチンを出ようとしたときに、音楽が鳴り響いた。冒頭の数小節を聞いただけで、ザ・クラッシュの『ステイ・オア・ゴー』だとわかった。

「ダンが〝犯人をよく知ろう〟理論を実践してるな」

マディスンは居間を覗きこんだ。スペンサーはソファーのクッションを両手でなで、ダンは書棚と壁の隙間に細い懐中電灯を入れて照らしている。ふたりとも作業に没頭している。外から見たらパーティーをしているように見えるだろう。灯りが煌々と輝き、ザ・クラッシュの曲がステレオのスピーカーから鳴り響いているのだから。玄関のベンチではベニー・クレイグがもじもじと体を動かしている。彼は初めて、気を揉んでいるような様子を見せている。

マディスンはキッチンを調べ終え、階段の踏板をきしませて二階に上がった。階段をのぼりきったところのスペースは、三つの部屋とひとつのバスルームに通じている。ブラウンは書斎とおぼしき部屋にいた。机の奥の椅子にすわり、ハンカチで眼鏡を拭いている。

「きみのうちには卒業式の日に撮った写真が壁に飾ってあるかい?」

「もちろんです」

「ここんちの坊やは、写真を撮られるのが嫌いだったみたいだね」

山の風景が三枚あるほかは、壁には何も飾られていなかった。デイヴィッド・クインの葬儀の写真が、ふとマディスンの頭に浮かんだ。

一階から流れてくる音楽を聞くともなく聞きながら、ふたりは一緒にこの部屋を調べた。キャメロン家の生活が偲ばれるものは、電気・ガス・水道代の請求書と領収書、そしてスコットランドの親戚が十五年前に寄越した手紙だけだった。

書斎の捜索が終わる頃、スペンサーとダンはキャメロンの両親の寝室にいた。その寝室のクロゼットの靴箱の中には靴しか入っていなかった。

キャメロンの寝室のドアは閉じていた。マディスンはドアの取っ手に手をかけた。ブラウン、スペンサー、ダンが彼女の背後にいた。制服巡査のひとりがすでにそこを調べ、誰も潜んでいないことを確認しているのに。

マディスンはドアを押しあけた。うなじの毛がそそけだった。

真っ赤な毛布が二段ベッドにかかっていた。壁にはマリナーズとソニックスのペナントが画鋲でとめてあり、繊細な模様の壁紙の中で目立っている。書棚にはＳＦのペーパーバックと事典類。机の上には教科書が乱雑に積まれ、緑のウインドブレーカーが椅子の背に掛かっている。そして天井から吊り下げられた模型飛行機が静かに揺れている。ドアの内側のフックにはタオル地のローブ。はき古したスニーカーがベッドの下から覗いている。靴紐はもつれ、側面の白い革に泥がこびりついている。典型的な男の子の部屋だ。

ダンが大きく息を吐いた。

「よし。入ろう」ブラウンが言った。

「はい」とマディスンが応じた。そして、彼らは中に入った。

彼らはしばらく部屋の真ん中に立ちすくんでいた。ブラウンが動きだして、模型飛行機にぶつかりそうになり、頭を引っこめた。

「クロゼットを調べます」マディスンは上の棚から始めた。忙しくしていたかった。

ブラウンは机のところに行き、積んである本を一冊ずつ手に取って、ページをめくった。

ふたりの目が合った。ふたりとも確信していた。自分たちがいる場所が単なる部屋ではなく、荒ぶる心が目に見える形で表現されたものであることを。

クロゼットの中には大して服がなかった。しかも、しまわれている服は、成人男性が着られるものではなかった。マディスンはデニムのジャケットやシャツを手でなでた。これらの持ち主がブルーを好んでいたのは明らかだった。そして、キャメロンは遅くとも十代後半には、ここにある服を着るのをやめたはずだ。高校の名前のついた赤いスウェットシャツがあった。袖は黄色だ。ほかの服よりもサイズが小さい。たぶん、これが着られなくなった頃には、高校の運動部の試合への興味を失っていたのだろう。彼が大学に進学したかどうか、マディスンは知らなかった。また、進学したかどうかが重要なのかどうかもわからなかった。

野球のバットと革のミット、そしてその掌のくぼみに載ったボールが衣服に隠れて、クロゼットの隅にあった。マディスンはバットを手にとり、バッターがするように両手で構えた。そして、それを動かしてみて、きれいな線を描くのを見た。腕にかかる重みが快く、思わず軽くスイングしていた。

そのとき、何かがマディスンの目にとまった。バットの木の肌には汚れがなく、よく手入れされているが、小さな傷があった。人の爪ほどの厚みもない何かの小片が、ちょうどボールの当たるあたりに埋まっている。マディスンはそれを指でなでた。手袋越しに感じるのは、木の滑らかさだけだった。その小片が何であるにせよ、しいて探さなければ、そこにあることがわからない。

「どこかに虫眼鏡がないでしょうか？」マディスンはブラウンに尋ねた。

虫眼鏡は子どもなら誰でももっている。虫眼鏡を使ってものを焦がして穴をあけるということを必ずやってみるものだ。きっとこの部屋のどこかにあるに違いない。

「あった」それはボールペンや鉛筆を挿したマグカップの中にあった。「何を見つけたんだ？」

「まだ、わかりません」

マディスンはアームランプをつけ、バットに光が当たるように調整した。虫眼鏡のレンズは警察署の拡大鏡には劣るが、マディスンが見たいものを見るには十分だった。

マディスンがリトルリーグに所属していたとき、同年齢だが体重は二倍もある男の子が、後ろからマディスンのバットをつかんでバッティングを妨害しようとした。マディスンがそれを知らず思いきり振ったので、男の子は手の骨を折った。そういうわけでマディスンは、野球のバットに骨がめりこんだとき、どのように見えるか知っている。

「古いものです」とマディスン。

「すごく古い」ブラウンが言った。

「それでも調べる価値はあります」

「そうだな」

マディスンはバットをドアに立てかけた。その部屋の不気味な感じは、入ってきたときから少しも弱まっていなかった。ティーンエージャーの男の子の部屋につきもののロッカールームのようなにおいがあってもよさそうに思ったけれど、それもなかった。

「彼に電話する」ブラウンは椅子に深くすわり、携帯電話の番号をプッシュした。二回の転送を経て、電話はクワンティコのフレッド・ケイマンにつながった。

「いま、わけのわからないところにいるんだ」と彼は言った。「いや、文字どおり、そうなんだ。五分、時間をもらえるかな？」

今は、捜査の最初のゴールデンタイムだ。最初の貴重な四十八時間が過ぎてしまうと、あらゆるものが消えはじめる。日が経つほどに、目撃者は詳細を忘れ、被害者と殺人者を結ぶ線も薄れていく。

小切手が発見される前なら、ケイマンは殺人者のプロファイリングを手助けしてくれただろう。キャメロンがかかわっているらしいことがわかってきた今は、キャメロンを理解し、彼を見つけ出す手助けをしてくれるだろう。その電話は、ＦＢＩへの電話ではなく、ブラウンからケイマンへの個人的な電話だった。ブラウンは片手に携帯をもち、もう一方の手で机の引き出しの中を調べていた。

マディスンはブラウンのことを気にかけなかった。もしわたしが男の子で、二段ベッドがあったら、上下どちらの段で寝るだろうか、と思いを巡らした。もちろん、上の段だ。マディスンは二本の指で枕の角をもちあげた。枕の下にパジャマはない。あると期待していたわけではない。そもそも、自分が何を期待すべきなのかもわからない。

ベッドにもたれて、上の段に腕を伸ばした。上の段の壁に張ってあるソニックスのペナントに指が触れた。布製で、文字の部分が盛り上がっている。今はもう作られていないタイプのものだ。

キャメロンはこの部屋を少年時代のままにしておいた。警察に見せるためにではない。警察が来るのは予想していなかっただろうから。彼はただ、そうせずにはいられなかったのだ。マディスンは手袋を取って、ペナントの文字を指でたどった。骨の小片の周りの黒い線が誰かの血であることが確実であるのと同じくらい確実に、この部屋は――ここが彼にとってどういう意味をもっているにせよ――いずれ、彼の逮捕につながるだろうと、マディスンは直感した。求めるにおいを嗅ぎつけたばかりの猟犬のように。そう悟ることで、ここの居心地がよくなればいいのにと思ったが、そうはならなかった。マディスンは再び手袋をはめた。

四人の刑事はそれぞれの思いを心に秘めて、仕事を終えた。収穫はほとんどない上に、そのあと何時間も、ふり払うことのできない悪寒（おかん）につきまとわれることになるにせよ、立ち去れるのが嬉しかった。

第十七章

「ケイマンは何と言っていました？」マディスンはブラウンに訊いた。

ローレルハーストをあとにしたところだった。野球のバットは後部座席にあり、車が角を曲がるたびに転がっている。

「キャメロンは長年の間、抜け目なくふるまってきたのに、たかが二万五千ドルのせいで、間抜けになったんだろうか、と言っていた」

「それで？」

「それが話の要点だった」

マディスンは余計なことを言わず、ブラウンが自分のペースで話すのを待った。

「ポーズづけ（ポージング）と演出（ステージング）はどう違う？」

「抜き打ちテストですか？」

「ケイマンが何と言ったか教えろと言ったじゃないか」

「ああ、なるほど」マディスンは体を落ち着きなく動かした。「ステージングは手を加えて、ほかのものに見せかけること。計画殺人を強盗の仕業に見せかけたり、とか。ポージングは被害者をオブジェのように扱うこと。何かを主張し、メッセージを残すために特別な姿勢をとらせることとです」

「そうだな。これまで、ポージングのある事件を扱ったことは？」

「一度もありません。とてもまれですから」

「犯人はなぜ、そんなことをするのだろう？」

「気分が高揚するのでしょう。殺しただけでなく、その現場を完璧にコントロールすることで」

「うん。シンクレア家での殺人では、被害者たちはポーズをつけられ、縛られ、目隠しされていた。殺人者が残さずにいられなかった〝署名〟は、被害者たちの死だけではなく、死んだあと彼らを完全に支配することだった」

「そのとおりだと思います」

「ケイマンはわたしに次のように尋ねた。ノストロモ号事件の殺人ではポージングが見られたか？　その後、物的証拠が見つかったか？　ワシントン湖のドラッグの売人の殺害ではポージングがあったか？　その後、物的証拠が見つかったか？」

「答えはノーですね。どちらの事件についても」

「警察がキャメロンと結びつけることができず、見逃している殺人があるかもしれない。だが、これまでのところ、やつの犯行現場にはポージングは見られず、証拠も残っていない。警告やメッセージが示されることもなかった」

「ということは……」

「キャメロンが変わったのだ。突然、妻子まで殺しに巻きこみ、それもことさらに派手派手しくやる。そうする必要があるのだろう」

「今回は個人的な色彩が非常に強いんです。友だちが自分に対して盗みを働いたんですから。彼はシンクレアを最後に殺し、シンクレアが自分の家族に起こっていることをはっきりと知るようにしました。そうしなければ、気がすまなかったんです。何と言ったらいいのかな、そう、受けた侮辱（ぶじょく）を帳消しにするために」

「まさにそれが答えだったんだな。知らしめること」

「何ですか？」

「ほら、きみがきのう口にしていた疑問の答えさ。きみは自分で答えを出したんだ。どうして父親だけ、死に方が違うのだろうと言っていただろう？　どうしてクロロホルムを使ったのか？　ほかの被害者のように死んでからではなく、死ぬ前に縛ったのはなぜか？」

言われてみれば、ごく単純な話だ。

「シンクレアに知らしめたかったからですね」とマディスンは言った。「彼はシンクレアが何が自分の家族に起こっているか知ることを望んだ。それが彼がシンクレアに与えた罰だったんですね」

「暗い横丁で後頭部に一発ぶちこんで殺したんでは、同じ成果は得られなかっただろう」

「ケイマンはこのシナリオに違和感をもっているのでしょうか？」とマディスン。

「習慣を変えるということに、違和感をもっている。悩んでいるよ」

「そしてあなたは、そのことで悩んでいる？」

　ブラウンは肩をすくめた。

「《十三日》についてては何か考えがありそうでしたか？」

「いや」

「けさ、ペインがグラスの指紋はキャメロンのものだと知らせてきたでしょう？　あのとき、驚いた顔をしていましたね。まるで都合の悪い知らせを受け取ったみたいでした」

「実際、驚いたんだよ」ブラウンは認めた。

「どうしてですか？」

「どうしてかな？　キャメロンが指紋を残すとは思っていなかった、ということかな」


　カール・ドイルはネイスン・クインのオフィスのドアをそっとノックし、中に入った。

「彼が来ました」とクインに告げた。

「通してくれ」

「何かほかのご用は？」

「いや、何もないよ。居残ってくれてありがとう、カール。もう帰りなさい」

　シンクレアのファイルにまつわる状況やボブ・グリーンハットがシンクレアの遺言書の執行人になった理由についてドイルがさぐりを入れるには時刻が遅すぎた。好都合な時間でさえ、ネイスン・クインは私生活に立ち入る質問を歓迎しない。そして今は、好都合な時間にはほど遠い。ドイルにできることは、心をこめてサポートすることだけだ。彼はいつもそうするつもりでいる。

「では、失礼します。また明日」

ドイルは遅くまで居残るのはまったくかまわなかった。昼間にやりきれなかったことがやれるからありがたいぐらいだ。だが、この法律事務所の主任調査員であるトッド・ホリスがこんな遅い時間にやってくるのは、大いに気になった。こんなふうに始まるのはろくなことではない。

いつもどおり、ホリスはダークスーツにネクタイをしていた。元警官なのに、警官よりはFBIにふさわしい恰好(かっこう)だ。短く刈った髪も口髭も、黒い毛より白髪のほうが多い。彼は警官として二十五年働いたのちに勤務中に撃たれ、その結果、わずかだが足を引きずるようになって、私立探偵業界に転じた。〈クイン・ロック法律事務所〉は彼にとって一番の得意先だ。

ホリスはクインの手を握り、一度だけ強くふった。

「ジェイムズとその家族のこと、お悔(くや)み申し上げます」

「ありがとう」

ホリスは警察勤務を通して被害者の身内の扱いには慣れている。彼はクインに目をやり、その苦しみの深さを推し量ろうとした。

「どうぞそちらに。一杯やるかい？」クインは机の前の一対の椅子を指し示して言った。クインは半時間も前に自分のためにバーボンをついでいたが、口をつけていなかった。

「いや、結構です」

クインは机を回ってきて、腰をおろした。

「どうしていらっしゃるかと思っていました」

「大丈夫だよ」とクイン。「こんな遅くに呼び出してすまなかった」

「お気遣いには及びません」

「手助けをお願いしたい」

「わたしにできることでしたら」

「いつもとは違う仕事になる」

「どういうことですか？」

ホリスはクインの目の周りの隈に気づいた。単に疲労しているだけならいいのだが。

「ジェイムズとその家族を殺害した男の逮捕につながる情報に報奨金を出したい。二十五万ドルだ。その件をあなたに担当してもらいたい」

「ずいぶんな大金ですね」

「それだけの価値がある」

「わかっています。わたしが言いたいのは、その金額だとシアトルからマイアミまで、あらゆる石の下から、ろくでもないやつがうようよ這い出してきて、自分の母親を密告しますよ、ってことです」

「いくらならよいだろう？」

「十万ドルでしょうか。それでも、すべての通報をふるいにかける手間が大変だろうと思います」

「金に糸目はつけない」

「わかってます」

「それから、もうひとつ。あなた自身であの殺人事件を捜査してほしい」

警察が捜査を始めて二日足らずしか経っていない。ホリスはシアトル市警の人々をよく知っていた。事件が「ホットなうちに」証拠を集めようと、寝る間も惜しんで必死の捜査をしているに違いない。

「どんな具合なんでしょう？」とホリスは尋ねた。

「ジェイムズが彼の税金関係の依頼人のひとりから金を横領した可能性があると警察は言っている。報復殺人ではないかと。今日はここに来てジェイムズのファイルを調べていった。彼らの仮説を裏づけるようなものは、もちろん何も出てこなかった」

「あなたのお考えは？」

「そんな馬鹿な話は、ありえない」

「いったい、向こうはどういう証拠をもっているのでしょう？」ホリスは今でも警察官のような思考をする。

「それについてはあとで。実はまだ続きがあるんだ。警察はすでに、ある人物を探している」

「それは誰です？」

「まったくお門違い（かど）の人物だよ」

「なるほど」

「そしてわたしは彼の弁護士だ」

ホリスはクインがその男の名を明かすのを待った。

「ジョン・キャメロンだ」とクインは言った。

ホリスは椅子の背もたれに身を沈めた。

「やはり、一杯、いただきましょう」と彼は言った。

クインは彼のためにバーボンを注いだ。ホリスはグラスを手にもったが、口はつけなかった。

「この仕事を引き受けるならば――そうしたいと思っているのですが――ご存じのことをすべてわたしに話してくださらないといけません。準備不足のまま、首を突っこむわけにはいきません」

「警察から聞いたことをすべて話す。事件に関係ありそうなことはすべて。それを知ったうえで、動いてもらいたい」

ホリスはメモ帳を取り出した。

「警察が正しいという可能性もありますよね？」と彼は言った。

「そうは思わない」とクイン。

「何となくそう思う、ということですか？　それとも疑いのかけらもなく、確実にわかっているのでしょうか？」

「確実にわかっている」

「ネイスン、これは捜査中の事件で、まだ二日しか経っていない。警察が捜査している間は、誰もわれわれの捜査を歓迎してはくれないでしょう。わたしが何とか探り当てたことが、警察の仮説を裏づけるものだったら、どうします？」

「そんなことにはならないよ」とクインは言った。「刑事たちについてもできる範囲で調べてもらいたい。どういう人間を相手にしているのか知りたいから。それから、わたしは警察に歓迎してもらおうなんて、思っていない」


　そのパトカーはシンクレアの家の前に駐車していた。夕方には、制服巡査たちが定期的に、敷地の外側をぐるっと歩き回っていた。この二、三年、犯罪現場からもちだされた品のネット上での売り出しが問題になっている。ブルーリッジの犯罪現場からの品も、この家、この市、この州からもちだされればかなりの値段がつくだろう。自分たちの監視当番中にそれ目当ての窃盗が起こるのを許してはならない、と巡査たちは考えていた。

　ブロック巡査とマクドウェル巡査は懐中電灯を消して車に戻った。そろそろコーヒーが尽きる頃で、そのことは家を見張ることに劣らず、マクドウェルの心を占めていた。

　ふたりのうちのどちらもこの地区をよく知らなかった。パトロールのときに車で回ったことはもちろんあるが、ぱっと見てわかること以外は何も知らなかった。例えば、家の三百メートル先から延びている小道のことを知らなかった。その小道は木立や家々の間を通って、ブルーリッジと幅の狭い丸石のビーチや海を結んでいる。彼らはその小道を知る由もなかった。だが、ジョン・キャメロンは知っていた。

　ジョン・キャメロンはためらわずに進んでいった。あたりはまっ暗闇で、彼の姿も周囲の闇よりもさらに濃い影法師に過ぎなかった。彼は土の上を音もなく歩いて、数秒で海に達した。彼の目の前でピュージェット湾がきらきら光った。それも束の間、雲が月をよぎり、ジョン・キャメロンはビーチに足を踏み出した。

　ヴァッションヨン島の小さな灯りが瞬いた。空っぽのジェイムズ・シンクレアの家が右手にある。キャメロンはそちらに向かって歩きだした。

　キャメロンはその前からパトロール警官たちの動きを観察していた。懐中電灯の光の筋を見ていた。彼らが車に戻るのを見届けてから、小道をたどりはじめたのだ。

　木製の段々をのぼって芝生にあがり、芝生を横切ってテラスに面したフレンチドアに達した。鍵はすでに彼の手に握られている。彼はそのガラスの両開き戸をあけて中に入ると、ドアを閉じて施錠し、カーテンがあるのに気づいて閉めた。

　ジョン・キャメロンはみじろぎもせず立ち、居間にこもった空気を吸う自分の息の音を聞いた。彼は家具のひとつひとつ、小物のひとつひとつがどこにあるか知っていて、闇の中でも見えているかのようによくわかる。そしてだんだん目が慣れてきた。ズボンの右脚のポケットから小さな懐中電灯を取り出し、スイッチを入れた。強烈な光の輪。キャメロンはそれを動かして床をくまなく照らし、前に来たときから何も変化がないことを確認した。

光の筋を少し上に向けたとき、鑑識課が指紋検出に用いた黒い粉による汚れに気づいた。その汚れはいたるところにあった。彼はその粉や湿っぽい空気のにおいを始め、自分の周りの変化を心にとどめた。昼の光の中のこの部屋全体の様子が目に浮かんだ。忙しく作業をする警官たちやその周りを囲んで立っている警官たち。誰かが雑誌の山を決まった置き場所から動かす。大勢の人が行ったり来たりしたために、木製の床に足跡がつく。この家にまだ残っているシンクレア家の生活の名残(なごり)が、幾度もささやかな侵入を受けている。

十メートルも離れていないところで、ふたりの警官が雑談をしている。ジョン・キャメロンは彼らがいるのを知っていたが、そのことをまったく気にしていなかった。

この家で起こったことについて、キャメロンにはさまざまな思いや記憶があるが、今はそれを封じこめて、手元の仕事に集中するときだ。彼は懐中電灯を床に向け、主寝室への階段をのぼった。半分のぼったところで、生臭いにおいのこもった重苦しい空気に変わった。

何度も訪れているから、どの踏板のどこがきしむか覚えていて、そこに重みをかけないようにする。たとえ階段をのぼりきったところに人がいても、気づかれることはないだろう。彼は寝室まで来た。懐中電灯の光がベッドの枠組みを照らしだし、長くそこに留まった。彼は壁に描かれた丸印のひとつひとつ、窓の周りの粉の汚れのひとつひとつに、刑事たちの仕事の跡を見た。ドアの枠の室内側のてっぺん部分が取り去られていることに気づいた。ドアの血痕に導かれて、子どもたちの部屋にはいり、弾丸が壁にあけた穴を見た。おぞましい暴力がふるわれたこの場所を、ジョン・キャメロンは部屋から部屋へと歩き回り、急ぐことなく観察した。書斎の革張りのソファーに深くすわり、懐中電灯を消す。窓いっぱいに空が広がっているが、星はひとつも見えない。

疲れていらいらしているマディスンは、法が許す限りの速度でスリーオークスに向かって
車を走らせていた。運転しながら、ブラウンに電話をかける。

「まだ、今日の仕事が終わっていないんです」とマディスンは言った。「犯罪現場を歩いて
みて、何かキャメロンの家と重なり合うものがないか見てきます」

「何か見つけたら……」

「はい。シフトの警官に見せて書類にサインしてもらいます」

「ところで鍵は署にある。どうやって入るつもりだ？」

「臨機応変にやります。靴拭きマットの下に予備の鍵が隠してあるんじゃないかとあてにし
ているんですが」

「裏手の窓ガラスを破って侵入したやつがいた、なんて知らせを聞くのはごめんだぞ」

「ご心配なく。五分で鍵を見つけられなかったら、うちに帰って寝ます。眠れそうにないけ

れど」

パトカーに並べて車を停めた。その頃には、自分自身にかなり愛想が尽きていた。制服警官たちにバッジを見せ、身元を明かし、何をするつもりか説明した。ブロックとマクドウェルが目配せを交わした。もしかすると、呆れたように目玉を回したかもしれない。マディスンにはよく見えなかったが。

はたして、私道を少し入った脇の切株にあいた洞の中に、ファスナーつきビニール袋があった。リングに鍵が二本ついた鍵束が入っていた。

深夜零時五分過ぎ、マディスンは家の中に入った。玄関ホールから居間へと歩きながら灯りをつけた。何もかも記憶しているとおりだった。きちんとしたプランはなかった。きっと何かを見つけて初めて、自分がそれを探していたのだとわかる——そういう具合になるだろう。だが、その前にしなくてはならないことがひとつある。

階段の灯りをつけて見上げた。誰もセントラルヒーティングの設定を変えることはしなかったようで、ちょうど、夜に向けて自動的に暖房が切れるタイミングだった。カチカチという小さな音がパイプから聞こえてきた。

階段を上がって主寝室に至った。灯りをつけたが、中には入らなかった。血の量と純然たる破壊のひどさの点では、今までに見た最悪の犯行現場ではない。もっとひどいのがいくらもあった。この現場でマディスンの心が感じとるのは別のものだ。それは怒りだ。目もくらむ途方もない怒りなのに、ベッドの乱れを正す冷静さに包まれている——そういう怒りだ。

あからさまにではなく暗黙のうちに伝わってくる怒り。もし、そういうものが音を発するとしたら、それは絶対に聞きたくない音だ。マディスンはそう思った。

幸い、そういう考えに長く囚われることはなかった。すでに遅い時間だ。マディスンは空っぽの家の中で忙しく動きはじめた。二階に上がったのには理由があって、マディスンはそのことをよく自覚していた。シンクレア一家の家をかきまわし、彼らのものをいじらせてもらうつもりなら、最初に二階に行くことが、彼らにお願いし、許可を求めることになると思ったのだ。世の中には奪いとってはならないものがある。礼儀正しく頼めば、この家はマディスンが必要とするものを差し出してくれるかもしれない。

書斎の前を歩いたとき、床がきしんだ。マディスンは書斎に入らなかった。それはよいことだった。たぶん、マディスンがその日した一番よいことだった。

マディスンは階段の灯りをつけた。ジョン・キャメロンはナイフを鞘に戻し、ドアの内側に寄りかかっていた。

彼は足音から体重を推し量り、ドアの向こうを歩いているのは女だと判断した。警官に違いない。刑事だろうな。パトカーの中にいる制服警官たちは、彼が見張っている間、家に足を踏み入れなかった。ひとりきりの時間を邪魔されて、彼はひどく憤慨していた。だが、現にこの女はここにいて、真夜中に何かを探している。いったいこの家のどこを探そうというのか。それは知る価値があることのように思われた。

ほんの一瞬、キャメロンは好奇心と警戒心の間で迷った。鳥のように首をかしげて耳を澄まし、居間から聞こえる小さな物音を聞いたあと、すぐに動きだした。自分の姿を見られるかどうかは、まったく気にならなかった。自分がやりたかったことを妨(さまた)げられたので、今夜は寛容な気分にはなれなかった。

一階におりたマディスンはあたりを見回した。シンクレア一家は派手ではないが、余裕のある暮らしぶりだった。ガレージには二台の車があり、裕福な生活スタイルにふさわしいものが家じゅうに散らばっていた。居間には大画面テレビとＤＶＤプレーヤーがある。書斎でオリンパスのデジタルカメラとソニーのデジタルビデオカメラを見かけたのを、マディスンは思い出した。

家具は立派だった。概(おおむ)ね新しいものだが、いくらかはアンティーク家具もあった。それらが一緒になって、いかにも居心地のよさそうな住まいをつくっている。それでもなお、マディスンの疑問は解けなかった。どうして、ジェイムズ・シンクレアは、揉めると厄介なことになるとわかっている人物から金を盗むような真似をする必要があったのか？　どうして、そんな愚かなことをしたのか？

ギャンブル。ほかの人が誰も知らない借金。恐喝(きょうかつ)。妻以外の女性。どれもありうることだ。マディスンはＤＶＤに並ぶ書棚の前に膝をついた。ありうることだが、ありそうに思えない。ジェイムズ・シンクレアに秘密の生活があったとしたら、よほどうまく隠していたのだろう。

DVDのほとんどは子ども向けの映画だった。大部分は、マディスン自身も子どもの頃もっていたようなディズニーの古典的名作。ほかにはスコセッシの映画がいくつかと、スピルバーグ作品が少々。いずれも、どこの家にあっても不思議でない有名なものばかりだ。

タイトルを流し読みしていたマディスンの目がとまった。〝クリスマスコンサートとパーティー〟。その手書き文字は乱雑で読み取りにくかった。自分たちで撮った動画だ。マディスンはそのDVDディスクを手に取り、プレーヤーに入れて再生ボタンを押した。

学校の講堂。壁にはクリスマスの飾り。舞台の上に、誰もすわっていない椅子が並ぶ。誰が撮っているにせよ、なかなか上手だ。金色の星のクローズアップから丁寧にカメラを動かし、フレーミングを広げて、観客席の奥まで捉える。薄暗がりの中、小声で会話している大人たち。

「出てきたよ」カメラの左側で男の声が言う。

「ジョンが見えたわ」と女の声。

アン・シンクレアのカメラは、舞台の両袖からぞろぞろ出てきた三十人ばかりの子どもたちに向けられている。子どもたちはそれぞれの楽器を手に、席についた。

「ねえ、どこ？」男の子の声。マイクの近くで衣服がこすれ合う音。

見なくても想像できた。ジェイムズ・シンクレアは、下の息子を肩車してやったのだ。兄が演奏するのを見ることができるように。曲が始まった。無意識にマディスンの頬がゆるんだ。先生という種族はほんとうに変わらない。『パッヘルベルのカノン』だ。

階段をおりはじめたキャメロンが足音を立てたとしても、その曲の最初の数小節によってかき消されていただろう。キャメロンは階段の途中で足をとめた。居間の卓上ランプの周りを除けば、家の中は暗かった。光の輪の中で、女がドアに背を向けてすわっている。テレビ画面が壁に青い影を投げかけている。

女がリモコンを取ろうと体の向きを変えたとき、画面を背景に女の横顔が見えた。新聞記者が退屈しのぎに撮ったモノクロ写真を思い出した。宅配便の配達員に化けた男を犯罪現場から追いだし、引っ立てて出てきたマディスン刑事だ。マディスン刑事が何を探しているのかは知らないが、彼女はそれをクリスマス発表会の中に見出せると思っているのだ。

書棚の本を一冊一冊調べたり、引き出しをひとつひとつ空にしたりしているなら、まだわかるのだが、この女はテレビ画面からの光がちらちらする中にじっとすわっている。キャメロンは女を見た。そしてその向こうの画面を見た。女は動かず、彼も動かなかった。

演奏はぎこちなく弱々しかった。ジョン・シンクレアの顔は縦笛で半ば隠れている。マディスンはソファーの背もたれに身を沈め、息を詰めて見ていた。

カノンが終わり、次の曲が始まった。今度はバッハの『主よ、人の望みの喜びよ』だ。ときどき舞台全体に切り替わるが、だいたいはシンクレア家の長男のクローズアップだった。

聴衆が拍手を始めたところで、マディスンは映像を一時停止にし、立ち上がってキッチンに行った。キッチンは居間の右隣だ。

キャメロンの耳に、食器棚の扉が開く音、次いで水道の水音が聞こえた。もし分別のある人間だったら、このとき立ち去っていただろう。書斎には窓がある。地面に飛びおり、二秒で裏の芝生を渡れただろう。だが、キャメロンはこのとき、分別を発揮する気にならなかった。階段の手すりにもたれて腕組みをした。時間だけはたっぷりある。彼自身、大いにほっとしたことに、何の感情もわいてこなかった。

マディスンはハイボール用グラスを満たした水を飲み干し、もう一度水を満たしてまた飲み干した。シンクレア一家が地上に存在したことを示すものは、彼らが撮影したあのホームムービーだけなのだ。

ハイボールグラスを洗って拭き、食器棚に戻すと、再びテレビの前にすわり、再生ボタンを押した。動画はコンサート後のパーティーへと続いていた。子どもたちは走り回り、親たちは数人ずつ固まって、おしゃべりしている。ジェイムズ・シンクレアは濃紺のシャツにジーンズという恰好で、自然な笑みを浮かべている。マディスンが二階で見た死んだ男とは似ても似つかない。音楽はもう聞かされずにすみそうなので、マディスンはほっとした。

マディスンはシンクレア家の子どもたちには目を向けず、両親に注意を集中した。撮影役が妻から夫に替わったので、マディスンはアン・シンクレアが長身で、シャープな顔立ちと理知的な眼差しをもっていたことを確認した。

マディスンはどの動画も終わりまで見た。頬をふくらまし、大きく息を吐くと、次にとりかかった。少なくとも一ダースはある。きっと、二階で見たデジタルカメラで撮り、DVDにしたのだろう。

早送りボタンを使って、学校の発表会と誕生会の動画をざっと見た。コーヒーがいれられたらいいのに、とふと思ったが、そんな考えを抱くのは場違いな気がした。

ディスクを交換していたときに、携帯電話が鳴った。びくっとして、思わず腕時計を確かめた。

「まだ、現場にいるのか」ブラウンだった。

「ホームムービーに目を通しているんです」

「何か役に立ちそうなものが見つかったか？」

「当たり前のものがたくさんあります。学校の劇とか、誕生会とか」

「やっこさんは出てこないかね」

「今のところ、出てきません。子どものパーティーに出るような人じゃないんじゃないでしょうか」

「たぶん、そうだろうな」

「もう二、三枚見たら、今日は終わりにします」

「半日分の残業かな」

「そうですね」マディスンは微笑んだ。「ところで――」

「何だ？」

　ブラウンは車の中にいるようだった。

「シンクレアはその金で何をしたんでしょう？　この家を見回しても、彼の給料で買えないようなものは何ひとつありません」

「そもそも、彼の給料というのが、きみやわたしの給料よりはるかに多いしな」

「ええ、もちろん。どういうことなんでしょう？」

　マディスンの側だけではなく、会話全体が聞ければいいのに、とキャメロンは思った。自分にとって非常に興味深い話題なのは間違いない。彼らがはっと驚くような事実をひとつ二つ教えて啓蒙してやることもできたが、今はそれにふさわしいときではなく、ここもそれにふさわしい場所ではない。

　マディスン刑事がふいに立ち上がって伸びをした。キャメロンの目は彼女の一挙一動を追った。

「わからんな」とブラウンが言った。

「じゃあ、探りださなくては」

「朝になったら、銀行から話を聞こう」

「では、明日」

　マディスンは新たなディスクを挿入した。下の子の誕生日の動画だ。デイヴィッドの七歳の、そして最後の誕生日。マディスンは通常のスピードで再生した。今では聞き慣れた声に耳を傾け、画面をちらちら見て、何が映っているかを把握しながら、暖炉のマントルピースの上に飾られた写真の額を見た。

それは改まった場面となにげないスナップを組み合わせた、ごく平凡なものだった。結婚式の披露宴で撮られた、いい感じの集合写真もあった。マディスンの目はネイスン・クインを見つけて、一秒間だけ留まり、次に進んだ。すべての顔を点検したが、キャメロンはいなかった。

テレビでは、デイヴィッド・シンクレアの甲高い声が嬉しそうに叫んだ。母親が笑っている。

「何て言うの、デイヴィッド？」

「ありがとう、ジョンおじさん」

マディスンは凍りついた。キャメロンはゆっくりと息を吐いた。マディスンは二、三秒戻して、再生ボタンを押した。

一家は家の中にいる。たくさんの紙皿の載っている大きなテーブル、飾りつけ、プレゼントを包んでいた紙。カメラのフラッシュ。マディスンは母親を見つけ、父親、兄、誕生日の主役を見つけた。クインもいた。似たり寄ったりの年頃のほかの子どもたちと誰だかわからないほかの大人たち。女たちを除くと、誰だかわからない男が六人だけ残った。そのうちふたりは年を取り過ぎている。ひとりは日本人だ。あとの三人も違うようだ。

「ありがとう、ジョンおじさん」デイヴィッドがカメラに向かって言った。

なんてこと。彼が撮影しているのだ。

マディスンは動画の最初に戻り、すべての場面を見た。同じことを三度くり返したが、収穫はまったくなかった。「ジョンおじさん」は一度も映らなかった。そして彼が何かしゃべっていたとしても――しゃべったに違いないのだが――マイクから離れたところでしゃべったのだろう。ざわめきの中から彼の声を探し出すのは無理だ。

デイヴィッドがカメラを見ている場面で一時停止した。マディスンはリモコンを指でとんとんと叩いた。ここまで迫っているのに、と思うとおかしくなりそうだった。

ジョン・キャメロンもまた、その画面を見ていた。その日のことを思い出して物思いにふけり、カメラのフラッシュに驚いて目をしばたたいた。マディスンが立ち上がったのに気づくのが一瞬遅れた。

マディスンは書棚の下の戸棚の両開きの扉を開いて閉じ、次々に扉を開いては閉じた。だめだ。最後の扉を開いた。下の段に写真の入った袋が積んであった。四つ目の袋に探していたものがあった。デイヴィッド・シンクレアの誕生日の写真だ。

ジョン・キャメロンは階段を一段おりた。

マディスンはランプの下に立っていた。一枚の写真を二、三秒じっと見つめては脇に置いていく。袋に入っていた写真を半分ほど見たところで、それに出くわした。彼自身は写真に写っていないが、彼の影が庭に面したドアのガラスに映りこんでいる。青い空を背にして、黒っぽい髪の男がカメラを構えている。

「はじめまして、ジョン」マディスンは小さな声で言った。

濃い闇の中で、キャメロンの右手が痙攣した。

マディスンはその写真を光の下にもっていった。水中にいる人を見るような感じだ。玄関ドアをノックする大きな音に、マディスンはわれに返った。居間から出て、玄関ホールを通ってドアに向かった。後ろをふり返りはしなかった。灯りはつけなかった。

ドアを開くと、マクドウェル巡査が足踏みをしていた。血行をよくするためだ。

「われわれのシフトが終わったので」

彼らのパトカーのそばにもう一台のパトカーが停まっていた。新たにやってきたふたりの制服警官はごく若いようだ。シフトについたばかりで、車の中に留まっている。

「鍵を探すのを手伝ってくれてありがとう」

「あなたがまだここにいることを、あいつらに言っておきましたよ」

マディスンは交替しにきたふたりに目をやった。彼らは会釈を返したが、午前二時に犯行現場にいたがる人間をうさんくさく思っているのが伝わってきた。

わたしだって、自分のこと、変だと思っているのよ、とマディスンは心の中で言い、ドアを閉めた。手にはまだ、あの写真をもっていた。そしてこのとき、この夜初めて、彼女はこの家にひとりきりになったのだった。

マディスンはほかの袋の写真も見たが、収穫はなかった。写真を元のところにしまい、今日はこれで終わりにしようと思った。

自分の家に帰ってもまだ、犯行現場のにおいが髪にしみついている気がした。シャワーを浴び、髪を洗った。そして、赤いフランネルのパジャマを着てベッドにもぐりこんだ。

ジョン・キャメロンはスリーオークスを出て、北に向かった。ウィンドウを下ろし、スピードを上げて車を走らせた。

第十八章

この二十四時間、フレッド・タリーはワシントン・スター紙の編集局をほぼ離れなかった。服を着替えに家に帰り、一時間ソファーで仮眠しただけだ。それなのに、もう何年も感じたことがないぐらい気分がよい。

今は午前四時。社の自分の席にいる彼が手にしているのは、まもなく新聞売り場に届くことになる新聞の第一面の試し刷りだ。タリーの顔に笑みが浮かんだ。

昨夜午後八時ごろ、インターンが再び彼の机のところに来て、封書を落とした。

「これをもってきた人物を見たかい?」

インターンは両眉を上げただけだった。

被害者の身元が公表されてからずっと、シンクレア家のジョンとデイヴィッドが通っていたスリーオークスのリンカーン小学校を訪れる人の列は絶えることがなかった。ふたりを知っていた母親たちが正門の傍らに二つの花束を置いたのに始まって、蠟燭(ろうそく)、小さなプレゼント、カードつきの花束などが供えられ、今や一種の祠(ほこら)のようになっている。

地元のテレビ局では事件のその後を報道する際にその映像が用いられ、保護者がボランティアとして、カードやぬいぐるみなどのそばに置かれた蠟燭の炎で事故が起こらないよう子どもたちを見守っている様子も伝えられた。

ハリー・サリンジャーはバンから出たとき、すでにカメラを肩にかけていた。そのバンはオレゴンナンバーで、ウィンドウにスモークフィルムが貼ってあり、車体の側面にテレビ局、KTVXの名が記されていた。

ハリー・サリンジャーは身長百八十五センチ。重量挙げよりは走り高跳び向きの体格だ。髪は砂色で、二十代前半に薄くなりはじめてからずっと丸刈りにしている。弱い雨が降るきょう、彼は耳当てのあるフリースの野球帽をかぶり、厚い裏地のついたジャケットを着ている。

サリンジャーは自分もその仲間であるかのように、報道関係者たちの間を通り抜けた。彼はにわかづくりの祠を二、三分撮影した。その場にふさわしく神妙な面持ち(おもも)ちだった。実のところは、子どもは嫌いなので、できる限り速やかに退散したかった。

立ち去ろうと方向を変えたとき、幼児を抱いた母親が彼にぶつかった。母親はぶつかった相手が親切なお医者さんのような柔和な顔をした男なのを見て、微笑を浮かべて詫(わ)び、また歩きだした。

サリンジャーは自分のバンに戻り、ロックをはずして乗りこんだ。運転席の後ろのドアを閉め、帽子を脱いだ。バンの中は爽やかなにおいがする。先週、新しいカーペットを敷いたばかりだ。

人ごみはいつも彼をいらだたせる。人々の声や身体的な接触が神経に障る。だが、今日はカメラをもっているおかげで、自分の周りに安全な距離を保つことができた。ほかの人間がそばにいる不快感なしに観察したり記録したりできてよかった。

祠はすてきだった。二、三枚、祠の写真を撮ることができて嬉しかった。とりわけ、カードがソフトな色調なのと、蠟燭の炎がファインダーの中でぼやけて見えたのが気に入った。

バックして駐車スペースから車を出し、学校を去った。運転しながら、AMラジオの周波数一一五〇で、KEZXの電波をつかまえ、ニュースが始まるのを待った。番組が始まり、最初に扱われるのが何のニュースなのかがわかったとき、雨水のように淡い色の彼の目がきらりと光った。彼は州道九九号線に入り、北に向かった。グリーンウッドを過ぎ、マウントレイクテラスを過ぎた。リンウッドで九九号線を出た。

彼の家は九九号線から百メートルばかり離れた道に面している。畑の真ん中にモミの木が数本固まって立っていて、家はその後ろにある。あたりに住んでいる人はほかにいない。ここはシアトルよりもエヴァレットに近い。

彼はガレージにバンを入れ、ホンダ・アコードの隣に停めた。この家が建てられたのは一九二〇年代で、その後必要に応じて建て増しが行なわれてきた。現在は二階に小さな寝室が三つ、一階に居間と食堂とキッチンがある。

サリンジャーはキッチンで食事をするのが常だ。居間のソファーには祖父の公証人がすわって以来、誰もすわっていない。その男は彼に書類を差し出してサインするように言い、彼の肩をポンと叩いたのだった。サリンジャーは余計なことは何も言わず、男は早々に去った。そうして、ここは彼の家になった。

公証人が帰ると、サリンジャーはドアを閉めて施錠し、自分のブレザーの、公証人がさわった場所に目をやって、手で軽く払った。それから窓をすべてあけて、公証人のコロンのにおいを追い出した。

ガレージは二台の車が何とか入るだけの大きさしかないが、サリンジャーはいつも注意深く運転してうまく入れる。彼は何をするにしても注意深い。

ガレージから家の中に通じるドアはない。彼はガレージに南京錠をかけ、玄関前の小さなポーチに歩いていった。この家を白く塗ってから何年も経っている。じきに塗り直しをしなくてはなるまい。サリンジャーは心の中で、「来年やること」のリストにそれを入れた。だが、万事が順調にいけば、その頃、自分はここにはいないのだと気づいて頬を緩めた。ほどなく状況が一変し、この生活が過去のものになるとわかっているということは、なんと心安らぐことだろう。

サリンジャーはひとり暮らしだ。今でも自分のうちに入っていくときの感覚が大好きだ。中に入れば遠くの道路の音も聞こえず、完全な静寂の中に吸いこまれていく感じがする。ほかの人なら静かすぎて落ち着かなくなるかもしれないが、彼が以前暮らしていたような場所にいたことがある人にとっては、願ってもない環境だ。仕事をしながら、何かつまもう、と彼は思った。

自分のためにハムサンドをつくった。ピンクと白の色彩がきれいだ。キッチンペーパーで角を三角に包み、地下室におりていった。ここが彼の仕事場だ。

地下室はとても大きい。間口も奥行も家と同じで、その上、仕切りがない。彼は四分の一を物置に使い、残りは完全にあけて、その部分は梁(はり)から下げた追加の灯りや、レンガの壁に沿ってつけた木の棚に固定したスポットライトで明るく照らせるようにした。壁に張った白いパネルには、何十枚もの鉛筆描きのスケッチがとめつけてある。間取り図もあれば、金属とガラスでできたオブジェのための製図もある。サリンジャーはデザインや工芸の授業を受けたことがなかった。だが、ここを訪れる者があったら、彼の努力とその成果の大きさに最初は驚き、次いで圧倒されることになるだろう。

金属加工と溶接のための工具が隅の台の上に並んでいる。中央には二つの大きな机がくっつけて置かれていて、スペースの大部分を占めている。それぞれの机の上に三つのテレビモニターがある。再生・録画両用のビデオデッキにつなぐ類のものだ。鉛筆立ての列の隣の貝殻が束の間、彼の目を捉えた。繊細な螺旋(らせん)を描くその貝殻は、彼の指の爪ほどの大きさだ。彼は左側の机の脇で身を屈め、たくさんのケーブルやワイヤーの間からスイッチを見つけ出した。二台のモニターに電源が入った。音は消してある。朝のテレビ番組だ。

彼の目は二台のモニターの間を行ったり来たりした。皮膚がちくちくする。料理番組、トークショー、クイズ番組。彼が理解できない世界から送られてくる彼の知らない言語。彼は腕時計を見た。ニュースが始まるまで少し間がある。

　脇の小さなテーブルに、音響システムを置いてある。彼がいくつかキーを押すと、不明瞭な音がスピーカーから流れた。

　それは明らかに自作のシステムだった。ハイテク技術とは無縁で、時間がたっぷり使える人間なら誰でも組み立てることのできるものだ。それでも、サリンジャーはそれをとても誇らしく思っていた。確かにそれは誇ってよいものだった。彼はカウンターの数字を見ながら早送りし、見たいところまで来ると再生した。アリス・マディスンの声が地下室に響いた。

「父親は黒のベルベットの布で目隠しをされています。布は引き裂いたのではなく、はさみで切ったものです。額に十字のようなマークがあります。血で描かれています。父親は縛られています……革のように見えます。細長い紐状です。首の周りと両手、両足に革紐がかかっています。手は後ろ手に縛られています。この状態で、手を下にして仰向けに横たわっていたら、動くのは非常に難しいでしょう」

　そこで間があいた。

　三つ目のモニターのスクリーンがちらちらしはじめた。やがて画像の焦点があった。そこはシンクレア夫妻の寝室のベッドの上だった。粒子の粗い暗がりの中で、ひとつの人影がレンズの前で動いている。その向こうに、人の体が三つあるのが見える。横たわってぴくりとも動かない。さっきの人影――カメラに一番近い四つ目の体がもがいている。のたうち回って、自由になろうとあがいている。今にもベッドから落ちそうだ。

サリンジャーは音量を絞った。目隠しの下から漏れるくぐもった声が耳障りだ。

「縛られている箇所に深紅の索条痕が見られます。殴られたようです。抵抗したのでしょう」

ハリー・サリンジャーは画面に目を注ぎながら、サンドイッチを食べはじめた。これはすでに何度も聴いた。実際、ベルトにさげた安価な携帯音楽プレイヤーで、家の中のどこにいるときも聞けるように、丸ごとカセットに入れたぐらいだ。

声で作動するマイクを犯罪現場に置き、報道陣のこみあうところからモニターするようにしたのは、純粋に実用的な選択だった。警察がどんなことを話しているか、事件に対して彼らが抱く第一印象はどういうものなのかを少しでも知りたかったのだ。一面では、彼の虚栄心の表れでもあった。それは認めるしかない。だが、警察に対して少しでも優位に立つことが切実に必要だったのだ。それが理由のすべてだ。

サリンジャーはアリス・マディスンがカメラマンを引きずり出すのを見た。彼女が直観力と強さを発揮したその場面をその後、彼は何度もくり返して見た。あのとき報道陣のほとんどはライリーにカメラを向けた。だが、サリンジャーは違った。彼はマディスンが私道を歩いていくのをカメラで追った。彼女が群衆を見ているところも捉えた。そして彼女がシンクレアの家の中に戻るまで、彼女を追った。その家の中を彼は自分自身の家と同じくらいよく知っている。

あの最初の夜、地下室での仕事が終わったあと、彼はヘッドフォンをつけて何時間も、部屋から部屋へと歩き回った。

「頭部に近射創があります。射入口周囲に刺青暈が生じています。五十センチ程度の距離から撃たれたのでしょう。父親以外、全員そうです。一発の銃弾で殺されています。打撲痕は見られず、抵抗した形跡がありません」サリンジャーは目を閉じた。ひとつひとつの言葉がその真の色を明らかにする。深紅と青が入り交じった炎が彼の体の中に燃え広がる。だが、何よりも彼を驚かせたのは、マディスンの声がインディゴブルーだということだった。がらんとした家の中では、それが唯一の人間の声だった。

第十九章

十歳のアリス・マディスンは生温かいコンクリートの壁に自転車をもたせかけ、その家の網戸の錆びついた枠をノックした。母さんに、一時間したら戻ると言った。だから真昼の凪の中を一生懸命、漕いできたのだ。ネヴァダ砂漠の上の空は真っ青でぎらぎらと焼けつくようだ。でも、その家の中がほっとひと息つけるように薄暗く、エアコンが効いていることをマディスンは知っている。

地下室の男たちは十二時間ぶっ続けで勝負している。地下室に窓がないことを誰も気にしない。そしてこの場所には、ラスヴェガスのカジノのような有名な名前はない。だが、そのこともどうでもいいようだ。勝負の真剣みは同じだし、同じ本物の金が動いている。

五百ドルの入会金を払えば、ジョーイ・カヴィッツィの地下室に席が得られる。そのあとは自分次第だ。

小さなノックの音を聞きつけて、ずんぐりした男がドアをあけた。マディスンは中に入った。

「やあ、アリス」プレイヤーのひとりが声をかけた。

「来たよ、父さん」

マディスンはテーブルの周りを通ってカウンターのそばの背の高いスツールによじ登った。この部屋は、灰皿のある牢屋ってとこかな。ジョーイの甥が飲み物の係をしている。

「いつものかい？」とその若者が言った。

マディスンはうなずいた。彼は小さな冷蔵庫からジンジャーエールの瓶を出した。氷のキューブを容器からすくってタンブラーに入れ、気取った手つきでジンジャーエールを注ぐ。畳んだ紙ナプキンをタンブラーに巻きつけてアリスに渡し、新たにボウルに盛ったプレッツエルを手の届くところに押し出してくれた。

「アリス」父親が話しかけた。「十分前、ここにいるリチャードがストレートフラッシュをつくったんだ。ストレートフラッシュができる確率は？」

「七万二千百九十二回に一回よ」マディスンはよどみなく答えた。そこにいる男たちがみんな笑った。アリス・マディスンは彼らのゲームを数えきれないほど見てきた。男たちはいやがらない。それどころか、彼女の存在を楽しんでいる。マディスンは彼らのマスコットだ。彼らの信奉する宗教の喜びと神秘を理解している十歳の女の子。

マディスンはちょこんとすわったまま、カードと男たちの手を目で追っていた。マディスンの父は娘を見ていた。娘は父の左側にすわっているリチャード・オマーリーを見ていた。リチャード・オマーリーは平日は午後五時に、そして日曜日は二回、オマーリー神父様になる。彼がみんなの賭け金をかっさらうのに十分なほどの手札をそろえていて、勝負に出ようとしていることがマディスンにはわかった。父が微笑んだ。

水曜の朝。マディスンは午前七時四十五分に分署に入っていった。シフトの始まる十五分前だ。駐車場の反対側にいたふたりの報道関係者がマディスンを見つけ、建物の正面の石段でつかまえようとしたが間に合わなかった。

目覚まし時計の音で深い眠りから引きずり出されたときには、ひどく疲れを感じた。夢の中でずっと何かを追いかけ続け、いろいろなことをして、休みなく駆け回っていたかのようだ。

階段をのぼっていると、風俗取締課の刑事がふたりおりてきた。ふたりはマディスンを見てお互いに目配せを交わした。すれ違いざま、女のほうの刑事がマディスンに半ば体を向けて言った。「シートベルトを締めてね」

その言葉が意味することはひとつしかない。OPRが来ているのだ。個人監査局（オフィス・オブ・パーソナル・レスポンシビリティ）。警察官個人の行動の職業倫理的妥当性を調査する機関だ。内部監察局（インターナル・アフェアーズ）から名前は変わったものの、中味がましになったわけではない。マディスンは思わず天を仰いだ。

フィン警部補のオフィスにひとりの男とひとりの女が来ていた。ドアは閉まっていたが、マディスンは廊下側の窓のブラインドの隙間から覗き見て、会ったことのない人たちだとわかった。

ブラウンが新聞を手にして、自分の机のそばに立っている。

「今日来るとき、ラジオを聞かなかっただろう？」

「聞きませんでしたが、どうして？」

聞きたいと思ってスイッチを入れたのだが、トークの声がうるさくて消したのだった。

「読んでごらん。調査報道の魅力的な一例だ」ブラウンはマディスンにワシントン・スター紙を渡した。

「ブルーリッジ通りの殺人者、一家を殺害したのは報復目的」という見出しの下に、その見出し以上にとんでもない記事が続いていた。マディスンは自分の机のへりにすわって、読み進めた。フレッド・タリーという署名が目を捉えた。記事は被害者たちの死に方について詳細に述べていた。これを読めば、小学校四年生程度の読解力のあるイカれたやつなら誰でも、もっともらしい自供ができるだろう。記事は証拠や書類や動機に触れていた。そして、その総仕上げのようにジョン・キャメロンの名前を出していた。

タリーはジョン・キャメロンと被害者一家との関係、そして彼と〈クイン・ロック・アンド・アソシエイツ法律事務所〉について書き、ジョン・キャメロンの名にまとわりつく伝聞やデマを紹介した。

「馬鹿野郎」マディスンはつぶやいた。

ブラウンは暗い眼差しを新聞に落とした。「《十三日》のカウントダウンまで始めてやがる」

「タリーはどうやって探り出したんでしょう？」

「じきにわかるさ」ブラウンがそっけなく答えた。

考えられるのは誰かがしゃべったということだ。前例のないことではない。報道陣は刑事たちと同時に現場にやってくる。警察関係者が金目当てに情報を与えるのは、嘆かわしいことだが、現実にあることだ。

マディスンは警察署の一階のゴミ箱が情報メモのやりとりに使われた事例を思い出した。これはカメラをもった男が思いがけなく現れるとかいうようなことではなさそうだ。マディスンにはまったく想像もできないことだが、亡くなった子どもたちをまのあたりにしていながら、その子たちを道具にしてあぶく銭を得ようという気になった者がいるのだろう。これはそういう単純な話なのだ。

記事をもう一度読んだ。気がつくと立ち上がっていた。マディスンの本能的な反応は、車に飛び乗ってこの蛆虫を見つけてとっちめてやろう、ということだった。

「あとにしろ」ブラウンの言葉にマディスンはわれに返った。

フィン警部補のオフィスのドアが開き、フィンがふたりを手招きした。ふたりはＯＰＲのジュリアンヌ・ケーシー捜査官とボビー・カー捜査官に引き合わせられた。彼らはこの前代未聞の情報漏洩がどのようにして起こったかを捜査しに来たのだ。誰も握手の手を差し出さなかった。

ケーシーとカーはともに四十代前半に見えた。もうかなり長いこと、犯罪現場に足を踏み入れていなそうだ、とマディスンは判断した。だが、彼らが如才ない人たちなのは明らかで、紹介を受けると、きちんと目を合わせた。

「タリーは節操のない三流記者です」ケーシーが話を切り出した。「率直に言うと、『殺害する（スレイ）』の過去形は『スルー』だとよく知っていたなと驚いています。けれど肝心なのは、この記事がわたしたちにとって、不必要で厄介なものだということです。事件に――その捜査に悪影響を及ぼします」

うまいこと言うわね、とマディスンは思った。ケーシーは「わたしたちはみんな仲間」というアプローチを取っている。

「できるだけ早く、関係するすべての刑事に対して聞き取り調査を行なう必要があります」とカーは言った。ほら、やっぱり仲間だなんて思っていない。カーの目はどんよりしているのに、ネクタイはやけに派手だ。

「ひとつだけはっきりさせておきたい」フィン警部補が言った。「漏洩が見つかるとしても、それはここからではない。多重殺人の捜査の真っ最中にもかかわらず、この件の始末をつけざるをえないというなら、捜査員の時間を浪費することにならないようにしてほしい。うちの刑事たちと話をするなら、今すぐに始めてくれ。皆、やらなきゃならん仕事を山ほど抱えているのでね。もっとも、ほかに目を向けたほうがよいというのが、わたしのアドバイスだが」

ケーシーとカーはブラウンとマディスンのほうを向いた。

「まず、あなた方おふたりから始めてよろしいですか？」

マディスンは冷水器の水を自分のために紙コップについだ。聞き取り調査は案の定、的外れだった。だが、憤(いきどお)りとはがゆさでかっかしていたら、きちんとものを考えることすらできない。やらなければならない仕事がたくさんある。ワシントン・スター紙の問題は、ちょっと脇に置いておくしかないだろう。

第二十章

　ネイスン・クインはオフィスの窓際にたたずんでいた。外に目を向けても何も見えない。夜のほとんどをトッド・ホリスと話をしたり、シアトル・タイムズとポスト・インテリジェンサーの両新聞社を相手に、報奨金の告知について取り決めしたりするのに費やした。日付が変わってから誰よりも遅く退社した彼は、朝には一番早く出社した。窓の外の暗闇は数時間前と変わっていない。

　刑事たちがあの知らせを携えてやってきたときから、何が起こるか、わかっていた。口の中が苦いのは、アドレナリンが分泌されているせいだと、クインは知っている。電話でデイヴィッドのことを聞いたときにこの苦味を感じたのを覚えている。父が空港に車で迎えにきて、道すがら状況を説明してくれた。あれから長い年月が経ったが、何かあるとこの苦味がよみがえる。今もこの苦味から逃れることができない。これからもずっとそうだろう。

　クインはずっと前に亡くなった父のことを考え続けた。デイヴィッドが赤ん坊の頃、父は強いスコットランド訛り（なま）で、自分のお気に入りの歌を歌って聞かせたものだ。その歌のフレーズなど、長いこと忘れていたのに、それが今になって心によみがえり、いすわって動かない。クインが求めているのは安息に満ちた静寂だけなのに。

カール・ドイルがドアをノックし、郵便物をもって入ってきた。

ドイルは封書の山をクインの机に置くと、ワシントン・スター紙を差し出した。

「ネイスン。これを読んでください」

「ありがとう、カール」

「五分経ったら、レドモンド対ウッドリー裁判の件でヴィクターと会うことになっています。それから十一時に判事室にマーティン判事を訪ねる約束があります」

「十分待って、それからヴィクターを通してくれ」

「かしこまりました」

ドイルは立ち去った。ドイルは事情聴取でマディスンに話した内容についてクインに報告しなければならないと感じていた――たとえ自分しか気にしていないことであっても。結果がどう出るにせよ、段取りをつけたのは自分なのだから、と思っていた。ドイルは机の前にすわり、クインのスケジュールの再確認に自分の注意を向けようとした。

ネイスン・クインは窓際に立ったまま、その記事を読んだ。タリーが行なった関連づけのすべてを確実に、正確に理解するために、二度読んだ。男たちの関係についてタリーが描きだした背景は粗いものに過ぎなかった。だが、それでも州内のすべての新聞がこの記事に注目し、今日のあとの版で、ホー川誘拐事件のこと、そして、今回の事件の関係者が共通の過去をもっていることを扱うに違いなかった。死体の発見から四十八時間経った今、起こっているこの事態に、クインは驚いてはいなかった。予想していて当然の結果にほかならないあの四つの遺体のことを思えば……。

クインはホリスに電話をかけた。ホリスは二回目の呼び出し音で電話に出た。

「始まった」とクインは言った。

郵便物の中に、クリスマスカードとお悔み状にまじって、クリーム色の封筒が開かれるのを待っていた。その封書が伝えるのは、祝福でも同情でもなかった。


ビリー・レインはイーストレイク街から少し脇に入ったところにある義兄の自動車修理工場で働いている。修理工としての腕はまずまずで、車のことがわかっていて、たいていの問題には迅速かつ適切に対処できる。

ポンティアックのエンジンの修理をしていたとき、トム・クレインの視線を背中に感じた。ビリーは顔を上げなかった。義兄が自分を見下し、嫌っていて、おまけにそれを隠そうともしないのはよくわかっている。

ビリー・レインの欠点といえば、ほんとうに得意なことがひとつしかなく、それが、鋼鉄のドアや何重にもかかった錠や銀行の金庫などの解錠だということだった。ビリーには天性の才能があった。幼い頃から自分がある楽器に向いているとか、算数が得意だとかわかる子どもがいるように、彼は自分が何でもあけられ、どこにでも入っていけると知っていた。年上の不良たちはじきに彼の才能に気づき、決して彼を逃さなかった。

ビリーは背筋を伸ばした。トムはほかの修理工と話をしていて、ふたりともちらちらとこちらを見ている。そういう目つきは別として、この修理工場では実害のあるいやがらせをする者はひとりもいない。ビリーは身長一メートル九十を超える大男だし、刑務所を出たり入ったりしていることを誰もが知っているからだ。おっかない前科者という風評は、いかにも彼に似つかわしかった。

ビリー・レインは好んで喧嘩をしたことも、巻きこまれたこともなかった。服役中は、外の世界で彼の技能を必要とするかもしれない連中がかばってくれたので、誰にもちょっかいを出されなかった。グリースやオイルにまみれた彼の手は、ある人々にとって、なくてはならない貴重なものなのだ。彼は青いツナギの脇で、その手を拭った。

彼が仮釈放されたとき、トム・クレインは彼の妻である自分の妹に、前科者の亭主を雇ってやってもよいと申し出た。やつにとってあとにも先にも一度限りの譲歩だったのだ、とビリーは思う。そしてその譲歩のおかげで、やつは自分より惨めな男を毎日見下すことができる、というわけだ。ビリーは気にしない。ビリーには身に過ぎた妻がいる。彼のことが大嫌いな十五歳の息子と、彼のことが大好きな九歳の娘もいる。

ビリーは自分の身の処し方について何も考えていなかった。いずれ近いうちに、トムは何か理由を見つけて、ビリーをクビにするだろう。そして、ビリーは彼が居心地よく思える唯一の世界に呼び戻されるだろう。

「休憩させてもらうよ」と彼は言った。

トムの事務所のポットからコーヒーをカップに注ぎ、裏庭にもって出た。外は寒く、空はブリキ板のような灰色だが、金網のそばに小さなベンチがある。ここなら、ラジオからも絶え間ない世間話からも離れていられる。

カップを傍らに置き、朝拾った新聞に目をやった。ワシントン・スター紙だ。彼はタリーの記事を読みはじめた。

ビリーは暴力犯だったことはない。窃盗すらしない。ただ、ほかのやつを中に入れてやるだけだ。ブルーリッジの事件にはぞっとした。殺された男の子たちのひとりは、彼の娘と同じ年齢だった。

ビリー・レインはその殺しについての描写を読んだ。ゆっくりと少しずつ工場の騒音やラジオの音が意識から遠のいて消え、じっとり重く冷たい沈黙が内側から彼を圧迫した。フレッド・タリーは彼らしい浅ましさで、送られてきた写真に映っているすべてを言葉にしていた。

ビリー・レインは何とか裏庭の左端の便所にたどりついた。それは誰かがひとりでこしらえたような簡単なもので、鏡とシンクがあって石鹸（せっけん）が置いてある。鏡に映った彼の顔は壁のタイルと同じくらい白かった。吐くものもろくにないのに吐き気がこみ上げてきて、便器の中に吐いた。

三年ばかり前、州刑務所で服役していた頃の、今日のように寒い朝のことを思い出して、彼は再び吐いた。

それは刑務所の洗濯室で作業を終えて戻ろうとしたときのことだった。ちょうど交替の時間で、ほかには誰もいなかった。角を曲がったとたんに、ふたりの男が無言で取っ組み合いをしているのに出くわした。彼は体を引っこめ、見えないところに隠れて、喧嘩が終わり彼らが立ち去るのを待った。苦しげにあえいでいる喉の音と、相手をふりほどこうともがいている気配がした。ビリーは背の高いカートに背中を張りつけて、その場に立ちすくんだ。

それから、服がこすれるような音が一分ほどしたあと、ひとりの男の足音が遠ざかった。もうひとりの男の体がコンクリートの床の上に長々と横たわっていた。両手を前で縛られている。ジョージ・パシューンという名の若い放火犯だとビリーにはわかった。彼は紺のデニムの囚人服の切れ端で目隠しされていた。額には、十字のような形に血がなすりつけてあった。

ビリーはほんの数秒しか、死体に視線をとどめず、急いで立ち去った。誰にも話さなかった。死体が発見されたときにも、そのことについてほかの囚人と話すことはしなかった。ひたすら目立たぬようにうつむいて、自分の仮釈放のための聴聞会を待った。

自動車修理工場の便所で、ビリーは石鹸の泡にまみれた手をこすりつけて顔を洗った。ポンティアックの修理も、きょう一日の残りの時間も、もはやぼんやりとしたしみのようにしか、意識できなかった。

午前十一時の少し前、ネイスン・クインはオフィスを出て、エレベーターでスターンタワーの地下駐車場におりた。ジープに乗りこみ、エンジンをかけ、ほど近い裁判所ビルに向かった。気を揉んではいなかった。恐れてもいなかった。サラ・クラインは、チーターが弱った獲物を嗅ぎつけるより遠くから、弁論の弱いところを嗅ぎつける検察官だが、その彼女をもってしても、クインの真の関心事は、千年かけようとも推し量れるはずがなかった。

垂れこめた雲が地上の光を反射して輝き、街の上に広がっている。もうすぐ雪が降る。雲が雪をはらんで重いのだ。ネイスン・クインは目をしばたたいて建物の地下から車を出し、その光の中に入っていった。一面に霜がおりている下の地面は硬いだろうとクインは思った。墓掘り人たちの仕事は早くから始まり、遅くに終わるだろう。

「今週は好調に過ごしていたのよ、ミス・クライン。ご存じのとおり、そういうことは珍しいわ。そこへ、あなたの要請がふってわいて、わたしのスケジュールに割りこんだというわけよ」

クレア・マーティン判事の向かいにすわっているネイスン・クインとサラ・クラインは沈黙したままだった。彼らはいずれも、マーティン判事と法廷で時を過ごした経験があり、口を挟まないほうがよいということをすでに学んでいた。判事が法服を脱いで、コート掛けにかける間、彼らは待っていた。判事はいつものように長く伸ばした半白の髪を団子にして、遠近両用眼鏡を鼻先にずらしていた。

二十年以上も裁判官席にすわってきたクレア・マーティン判事は、準備の悪い弁護士や検事を数多く驚かせてきた。いつであれ、誰であれ、彼女がどのような裁定を下すかを予想することはできなかった。しかし、彼女の判決が常に強固で、一度たりとも上級裁判所によってくつがえされたことがないということだけは、誰もが知っていた。

「〝弁護士依頼人間秘匿特権〟か」と言いながら、判事は腰をおろした。「なるほどね。じゃあ、ミス・クライン。わたしが紙袋の中に住んでいて、新聞を読まず、ニュースも聞いていないと仮定して、そのつもりで詳細を教えてちょうだい。手短にね」

サラ・クラインはすでに何度も頭の中で出だしをリハーサルしていた。計四人の殺害、犯人がこの犯罪を計画し、実行したやり方、年端のいかない子どもまで犠牲になったこと。この三要素は、判事が判決を下す際に、心に重くのしかかるであろうことだ。

クラインは手短に話をまとめ、しかも何ひとつ取りこぼしがなかった。マーティン判事は耳を傾け、メモを取った。

「現在のところシアトル市警本部とキング郡検察局は、ミスター・キャメロンの居場所を突きとめるために全力を尽くしています。ミスター・キャメロンには逮捕令状が出ていますが、未送達の状態です。一方、ここにおられるミスター・クインはこの件の始まりからずっと彼と連絡を取っており、依頼人であるミスター・キャメロンにどのように連絡を取るか、どこに連絡すればよいかを正確に知っています」

「判事閣下」クインが口を挟んだが、マーティン判事は左手を上げて制止した。

「あとにしてください」と判事は言った。「サラ、あなたはわたしに何をしてほしいのですか？」

「弁護士依頼人間の通信は、その特権によって保護されます。しかし、通信が生じたという事実と、それがどのように生じたか、どこで生じたかということは保護の対象になりません。総合的に考えて、司法の利益がその特権の目的よりも優先される場合には、それらは保護されません」

「司法の利益にたどりつくまでに十分かかったな」クインが愉快そうに言った。

「ミスター・クインに依頼人のミスター・キャメロンの居所と連絡を取るのに用いている手段を明らかにするよう要請することが、社会の利益に、もっともよく適うことだとわたしは考えます。判事閣下、ミスター・クインは電話を使おうが、瓶に手紙を入れて流そうが、好きなようにすればいいのです。しかし、彼が少なくとも四人を殺害した犯人を保護するのであれば、それは特権の枠組みには含まれません」

「『少なくとも四人』ですって？　わたしたちは今回の事件のことしか扱いませんよ」

クラインはうなずいた。

「検察側には今申し上げた質問をする権利があります」と彼女は言った。「危険な男が弁護人の援助を受ける権利を楯に隠れています。憲法修正第六条はこんなことのために作られたのではありません」

マーティン判事がネイスン・クインに顔を向けた。「ネイスン」

ようやく話す番が来た。ネイスン・クインは判事の顔、それからクラインの顔に目を注いだ。

「わたしがこの部屋にいる誰にも劣らず、あの殺人を犯した男が捕まるよう願っていることを信じていただきたい。ジョン・キャメロンに対する逮捕令状は、状況証拠と目撃証言だけに基づいています。しかも、その目撃証言というのは、真夜中に、暗い通りの向こう側にわたしの依頼人のものに似たトラックが見えたという言葉に過ぎない。そんな証言に基づいて、わたしの依頼人が犯罪現場あるいはその近くにいたとするのは不可能です」

「その逮捕令状にサインしたのはわたしよ。何と書いてあるかはよく知っているわ」と判事が言った。

「検察官の希望的観測はちょっと脇に置いておきましょう」とクインは言葉を続けた。「この事件について提示されているいかなる要素も、秘匿特権の原則の効力を損なうものではありません。ミス・クラインが問いかける質問はすべて不適切であり、いかなる情報開示も職業倫理の規範に反することになります。通信の秘匿特権を解除するには、それらの通信が意図された違法行為あるいは実在した違法行為の助けになっていたということ、ならびにわたしが、依頼人の弁護士としてそれに関与していたということを検察官が証明せねばなりません」

「ちょっと待って、ネイスン。その議論は要点からそれているわ」とクラインが言った。

「まさに要点を述べたつもりだよ」

「特権は、通信以外のことには及びません。あなたがキャメロンの居場所を知っていたのは、個人的な関係からよ。そして、だからこそあなたは、シンクレアの遺言執行人としての義務を免除されるようにしたんでしょ」

「それはほんとうなの？」マーティン判事が尋ねた。

「ほんとうです」

クレア・マーティン判事は椅子の背にもたれて、眼鏡をはずした。クインは事の成り行きが気に入らなかった。まったく気に入らなかった。このとき、彼はこの議論にはわずかに開いているドアがあることに気づいた。彼はサラ・クラインがそれに気づかないように祈った。彼女の視線をそらさねばならない。

「サラ、わたしは依頼人の擁護者であるとともに、法曹であり、そのことが伴う義務を負っている。もしもわたしが、わたしの依頼人があの殺人を行なったということを知っていたり、その証拠をつかんでいたりしたら、こんなところでのんびりと秘匿特権を主張してなどいないだろう」

「信用できないわ。だまされている気がする。あなたは自分が正義の神殿に仕える僕（しもべ）で、正しい信念をもち、公明正大な行動をしているとでも言うつもり？」

「あなたがたふたりとも」マーティン判事が遮った。「場所をわきまえなさい。声を抑えて」

「判事閣下。ミスター・クインが自分を法曹だと言ったのは興味深いことです。彼自身が情報開示を拒んでいることで、彼の依頼人を出頭させ、事情聴取に応じさせようとしている裁判所の努力を明らかに妨げているのですから。わたしたちが求めているのはそのことだけなのに」

「これじゃ埒があかないわね、ミス・クライン」と判事は言い、クインに顔を向けた。「ハイドブリンク対モリワキの裁判を知っている？」

「依頼人の意図の問題ですね？」

「そのとおり。弁護士依頼人間秘匿特権において決定的に重要な点は、通信がなされたときの依頼人の意図です」

クインがその言葉の先を続けた。「依頼人に、自分が専門職による法律的助言を求めているという確信があり、弁護士がその法律的能力において相談を受けている場合、その通信は保護される」

「ミス・クライン。依頼人の意図にはこの場合、疑問の余地がないわ。ほかに何か気がついたことがある？」

クインは彼女が何を言うか、答える前からわかっていた。

「弁護人の意図はどうか、ということですね？」とクラインは言った。ドアがわずかに開いているのに気づき、通り抜けたのだ。

「続けてちょうだい」と判事が言った。

「ブラウン刑事とマディスン刑事がミスター・クインから事情聴取した感触では、ミスター・クインがミスター・キャメロンに殺人事件のことをじかに伝えたかったのは、彼がニュース報道で知るのを避けたかったからだと考えられます。わたしが言いたいのは、そのときのミスター・クインの意図は、法律的助言を提供することではなく、友人がテレビで知ってショックを受けないようにしたい、ということでした。それは弁護士依頼人間秘匿特権が及ぶ範囲のことではありません」

マーティン判事はそれについて考える様子を見せた。

「その通信はあなたのほうから始めたの？」彼女はクインに訊いた。

「特権により、お答えしなくてよいと考えます」と彼は答えた。

判事室に沈黙が広がり、長く続いた。マーティン判事は自分の机の向こうにいるふたりの法曹――検事と弁護士に目をやった。そして万年筆をもって、クインへの召喚状の一枚目にサインした。

第二十一章

「クインの審問が明日の午前十一時に決まったわ。クレア・マーティン閣下に幸いあれ」クラインの声がノイズに分断されながら、携帯電話から聞こえた。

マディスンの顔がほころんだ。いい知らせを聞いたら誰だって顔がほころぶ。ＯＰＲの捜査官たちは昼までみっちり働いた。全員に事情聴取をし、最後に残したフィン警部補の事情聴取もすませた。彼らが仕事を終えて立ち去ると、殺人課の大部屋は通常の騒音レベルに戻った。

捜査は三日目にはいり、誰もが強い関心を寄せていた。みんなの通り道からはずれたところに陣取っていてよかったとマディスンは思った。

壁には新聞記事から切り抜いたシンクレア一家の写真とともに、現場で撮られた写真を張った。被害者たちの写真はカラー写真で、射入口と射出口のクローズアップもあった。新聞の写真はモノクロだ。ドアの枠のてっぺんは、ラボで分析するために鑑識が注意深く取りはずしたが、マディスンはそれがまだ元の場所にあったときの写真を一枚、ボードに画鋲でとめていた。

犯罪現場からもちだされたものについての記録も一枚一枚、画鋲でとめてあり、家の間取り図や、どの刑事がどの隣人に話を聞いたかを示す図と、スペースを争うようにひしめいている。

マディスンは机の前に、シンクレア家で見つけた誕生会の写真を張っている。その隣には、キャメロンの指紋票の拡大コピーがある。現在の写真があればそれに越したことはないが、少なくとも渦状紋や弓状紋が目の前にあるおかげで、マディスンは自分たちが探しているのは実在の人物なのだと信じることができた。肉と血をもつ生身の人間で限られた命をもつものだ、と。

マディスンの机の上は書類に覆われている。書類は層に分かれ、ある秩序に従っている。第一層は、ホー川誘拐事件について図書館で取ったメモ。その次がノストロモ号のファイルとそれに関連する新聞の切り抜き、一番上の最後の層は、ジェイムズとアンのシンクレア夫妻の銀行口座の記録だ。

「これを見てください」マディスンはシアトル第一貯蓄貸付組合から得た記録を手に取った。「ジェイムズ・シンクレアは半年前にこの口座を開いています。もうひとつのほうは、彼と奥さん両方の名義ですが、この口座は彼の名前だけです」

マディスンはその記録にざっと目を通した。読むところはあまりなかった。

「口座開設時に、五百ドル入金しています。それから四か月間、毎月、二万五千ドルの入金があります。その金は入った次の日に出ています。現金で引き出されているのです。例の偽造小切手と同額ですね」

「その金がどこへ行ったかはわかったと思う。なぜ、ということはともかく」とブラウンが言った。

「彼がその現金を引き出した。総額十万ドルです」

ブラウンは椅子の背にもたれ、眼鏡をはずすと白いハンカチで拭いはじめた。

「クインが出す報奨金はいくらだ？」

マディスンにはわかっていた。ブラウンは訊く必要などないということを。彼は細かい事実を忘れない人だ。

「十万ドルです」

ふたりは同じことを考えていたのだった。これで計算が合う、と。

クインが報奨金を出すと言ったことが何よりも悩みの種だった。その点では誰もが同意見だ。報奨金についてのニュースが捜査本部に伝わったとき、皆が一斉にうめき声をあげた。金目当ての通報からは、キャメロンについての有益な情報は何も出てこないだろう。ただ、電話する金と暇のある変人が山ほど電話をかけてくるだけだ。あれは弁護士が捜査を混乱させようとしているだけで、それ以上でもそれ以下でもない、と誰もが思った。

ブラウンは、これまでにキャメロンとともに何かをしたことがわかっている者のリストをつくる仕事に戻った。それはとても短いリストだ。キャメロンは仕事仲間をもたないから。そのリストは、長年の間に、キャメロンが起訴されなかった数々の事件に関係して上がった名前をすべて含んでいる。

「ハリー・クエロン」ブラウンがリストを読み上げはじめた。

マディスンは顔を上げた。「小物ですね。武器の末端ディーラーでしたっけ」

「そうだ」

「アルコール・煙草・火器及び爆発物取締局が昨年捕まえて、服役中です」

「ボビー・フーパー。ドラッグと売春」

「マイアミに移住しました」

ブラウンは二つの名に線を引いた。

「ジョン・キーン」マディスンは無駄だろうと思いながら、言ってみた。「前科二犯。兄がノストロモ号で死にました」

「三か月前、刑務所で殺された」

「エディー・チャン。中間レベルでドラッグの通関と流通にかかわっていました」

「可能性がなくはないが、たぶん違うな。エディーはおとなしくしている」

しばしの沈黙。

「この手は無理なようだな」とブラウンが言った。

事務員がノックして入ってきた。「記録部から届きました。ハードコピーです」

彼女はブラウンに封筒を渡し、壁の写真をことさらに無視して立ち去った。

一九八〇年代に、長期にわたって行方がわからない子どもたちの捜索に役立てるために、あるコンピュータープログラムが開発された。そのソフトウェアは、もっとも新しい写真をもとに、その子が五年後、十年後、二十年後にどのような容貌になっているかを推定する。

ブラウンは、一枚の十五センチ×十センチのカラー写真を取り出した。

「ほら、これが彼だ」と言って、ブラウンはマディスンにそれを手渡した。

記録部はいい仕事をしてのけた。警察に残っていたティーンエージャーの顔写真が一人前の男のそれに変わっていた。その修整によって失われたものもあるかもしれないが、マディスンが感じた戦慄（せんりつ）は、漠然とした恐怖にもたらされたものではなく、探していたものに出会ったことによるものだった。そう、これが彼だ。

「似ているかどうかクインに訊いてみましょう」

「きっとそれも、秘匿特権に含まれると言うだろうよ」とブラウン。

フィン警部補がドアから首を突っこんだ。「刑事部長が十五分ごとにおれに電話してくる。どうだ、進展は？」

「ガーツと電話で話しました」とブラウンが言った。「パトロール課にはじきに写真が行きます。州、郡、港湾公社、空港のそれぞれの警察にも。島々への便をもっている小規模な船会社にも写真が行き渡るようにします。写真と詳細はＶＩＣＡＰとＦＢＩにも行きます。トラックは見つからなさそうです。おそらくすでに森の中に捨てているでしょう。明日の午前中には、クラインが判事の前でクインと対決します。待ち遠しいですね」

「入場料を取らないとな」とフィンは言い、ちょっと間を置いた。「キャメロンは長らく、スにやつの顔が出るようにしたい。マスコミの連中はやつをほしがっている。くれてやろうじゃないか。あんなやつは、煙草を買ったら、二十五人の人間に見咎められるようになって当たり前なんだ」

一拍の間を置いて、フィンはブラウンとマディスンの顔を交互に見た。

「どうでしょうか」とマディスンは言った。「確かに、一般の人は知らされるべきでしょうし、そうなるでしょう。ただ、ここは森と山の州で、住民は武器を携行する権利をもっています。どこかのお馬鹿さんがコンビニエンスストアでとんでもないことをやりはじめるおそれがあります」

フィン警部補はブラウンの顔を見た。

「公表は控えましょう」とブラウンが答えた。「クインが何を提供してくれるかがわかるまでは」

「あと二十四時間は、やつは好きなように動き回れるわけだ」

「必ずしもそうではありません。州内のすべての法執行機関がやつを探しています。どこに行ってもレンタカーを借りることも、切符を買うこともできないでしょう。できるのは、じっとしていることだけです」

「クラインがクインと対決したあと、キャメロンのことが昼のニュースに出るぞ」フィンはリンゴをひとかじりした。「いつもの連中は何か言ってこないかね？」

「さっぱりです」ブラウンは首をふった。「シアトルの密告屋はみんな、クリスマス休暇で街を出ているようです」

「おれもそうしたいもんだな」と言って、フィンは立ち去った。

「わたしたちは、彼がまだシアトルにいるという前提で動いていますね」とマディスンは言った。「月曜日にクインに会ったあと、シアトルを発ったかもしれないのに」

「その可能性も考えられるが、わたしは違うと思うな」

「わたしも違うと思います。それにしても、彼がそのニュースをどう受けとめたか知りたいものです」

「アルカイビーチに知っている店がある」ブラウンは立ち上がって、ハーフコートに袖を通した。「ランチを食べにいこう」

壁につきあたったら、二、三度、蹴りを入れて、どこか弱いところがないか見てみればいい。マディスンはそういう方針の信奉者だ。


アルカイビーチの埠頭に建つレストラン、〈ザ・ロック〉は木とガラスでできていた。水の上に迫りだしているその建物は、ビーチから逃れようとしているかのように見えた。ずらりと並んだ窓は十二月の灰色の光の中できらめき、空に浮かぶ雲とその隙間から時折射す光のきらめきをすべて捉えていた。

マディスンは車の外に出た。潮の香りが胸を満たすのが快かった。ブレマートンへのフェリーが通り過ぎたところで、その船が静かな水面に曳く航跡をカモメが追っていた。その白い線をたどっていくと、エリオット湾に入り、シアトルのダウンタウンのスカイラインに至る。

ジョン・キャメロンがこのレストランを訪れたことがあるかどうか、マディスンは知らない。けれど、どこの厨房でも、いつでも二つのことが起こっている。料理と雑談だ。誰が誰に何をして、いつどういうことが言われたか。キャメロンが来たことがあるなら、必ず噂が聞けるはずだ。彼がどんな車を運転しているか、目にとめたものがいるかもしれない。マディスンはここの人たちに、ジェイムズ・シンクレアとその家族に対する思い入れがあるといいと思った。シンクレア家の子どもたちを記憶してくれているといい。

支配人が出てきて、マディスンたちを事務室に連れていった。支配人の名はジャック・シラノ。フランス系カナダ人。三十代半ばで身長は百七十五センチぐらい。がっしりしていて、髪と目の色が濃い、地中海系の外見だ。微かな訛りがあり、ピンストライプのスーツとワインレッドのネクタイという非の打ちどころのない服装だ。小さな事務室にはファイルや送り状がたくさんあり、壁には三つのカレンダーがあって、それぞれ仕入れの予定、スタッフの休みの予定、貸し切りパーティーの予定を書きこむようになっている。そのカレンダーを始めとして、室内のすべてがきちんと整理され、几帳面な印象を与える。三人は腰をおろした。

「何かご用ですか」と支配人が言った。

この男となにげない世間話をするのは難しそうだとマディスンは感じた。シンクレアのほかの知人たちが口にした「まだ信じられません」とか「ほんとに恐ろしいことだ」といったような言葉は彼の口から出てきそうにない。ジャック・シラノはビジネスライクだった。

ブラウンもそうだった。「ジョン・キャメロンは〈ザ・ロック〉のオーナーのひとりですね。あなたがここで働きはじめて以来、彼との間に何らかのやりとりがあったなら、それをすべて教えていただきたいのです。まず、最後にお会いになったのはいつですか？」

シラノと会って二分も経たないうちにここまできた。

「月の最終金曜日に」とシラノは話しはじめた。「クイン、シンクレア、キャメロンが来ます。来るのは遅くて、厨房が終わったあとです。厨房やフロアのスタッフはもう帰っています。奥に小部屋があって」とシラノはわずかに微笑んだ。「ポーカーをやるんです」

「続けてください」とブラウン。

「彼らはわたしが働きはじめる前から、ゲームをしていました。わたしが誘われたのは、そうですね、三年ぐらい前でしょうか。いつも遅い時間に始めて、夜明けまでやります。そのあと、わたしは家に帰るのが常ですが、彼らは留まって朝食を食べることがよくあります」

「キャメロンはその集まりに出てくるんですね？」

シラノはうなずいた。

「毎回？」

シラノは再びうなずいた。

「ジョン・キャメロンについてお話しいただけることは？」

「さあ。初めてあの人に会ったのは、ここで働きはじめて一週間経った頃でした。キャメロンはここで、シンクレアとクインとともに夕食をとりました。わたしはそのとき、彼に引き合わせられました。彼がどういう人かは知りませんでしたが。何か月も経ってから、コックのうちのふたりが彼の噂をしているのを耳にしました。あの人がやったと考えられていることについてしゃべっていました。わたしは厨房でそんな話をしてもらいたくないと注意し、シェフがわたしに加勢しました。シェフのドニー・オキーフはわたしよりも長くここで働いています。クインとシンクレアは二、三週間に一回、ランチやディナーに来ます。ですが、キャメロンは夜遅く来るのが常でした。二、三年経って、わたしはポーカーの集まりに加わるよう誘われました。ドニーはすでに加わっていました。仲間に入れてもらえるということですから、自分も誘われて嬉しかったです」

「集まりは和（なご）やかな雰囲気でしたか？」ブラウンが尋ねた。

「ええ、そうです」

「どんな話をするんです」

「とくに何も。何でも話します。個人的な話は出ませんでしたが」

「キャメロンは？」

「ほかのみんなと同じです」

「どのくらいの金が動きますか？」

シラノは笑みを浮かべた。「すごく運がいいと、ひと晩で三百ドル儲かることもあります。

運が悪ければ同じくらい損をします。ここの勝負で金持ちになった人も貧乏になった人もいません」

「シンクレアはのめりこんでいましたか？　彼がどこかほかでギャンブルをやっていたかどうか、ご存じありませんか？」

「ギャンブルですか？　彼ははったりを利かせられない人でした」

「最後にその集まりがあったのは？」マディスンが訊いた。

「十一月の最終金曜です」

それまでの何か月もの間、シンクレアはキャメロンを欺いていたのだ、とマディスンは思った。

「何かいつもと違うことがありましたか？」

「いいえ」

「その夜、ゲームは何時に始まりましたか？」

仕事についてこの種の几帳面さをもっている男は、細かいこともかなりよく覚えているだろうと、マディスンは思った。

「真夜中過ぎです。いつものとおり」と彼は答えた。

「誰が一番先に来ましたか？」

シラノは記憶をたぐり寄せた。

「クインとキャメロンがここで夕食をとりました。少し遅れてシンクレアが来ました」

「どういうふうにやるのが、決まった習慣なのですか？」

「集まりのある夜には、ほかのスタッフは速やかに帰ります。わたしたちは奥の部屋に入って、日の出までゲームをします。いつもそうです」

「その晩は、誰かほかの人が加わりましたか？」

「いいえ」

「ビール片手にその部屋にふらっと入ってきて挨拶したような人はいませんでしたか？」

「いいえ。わたしたち五人だけでした」

「言い争いはありませんでしたか？　いんちきをした人はいませんでしたか」

「あの面々を相手にですか？　ご冗談でしょ」シラノはにやっとした。「もちろん、誰もいんちきなどしませんでした。シンクレアはさんざんからかわれていました。どんな手札をもっているか、顔に出てしまうからです。フルハウスがそろったときなんかに。フルハウスができる確率がどのくらいかご存じですか？」

「六百九十三回に一回」マディスンは考えもせずに言った。

「ご名答です。彼はそれでも何とか、十ドルばかり儲けました。シンクレアはそういう人でした。クインやキャメロンなら、手の内が顔に出るようなことはありません。ドニーですか？　子どものひとりを、ポーカーの儲けだけで大学までやったと聞いたことがあります」

「キャメロンの話に戻りましょう」とブラウンが言った。「最後のゲームについて、注意深く記憶をたどってほしいのです」

「楽しい夜でした」シラノは目を閉じた。「クインがとても上等な葉巻をもってきていて、みんなに試してみろと言って、くれました。わたしは九十ドル儲けました」彼は目をあけた。

「シンクレアとキャメロンの間にぴりぴりした感じがありませんでしたか？　目つきとか。雰囲気にいつもと違うところがありませんでしたか？」

「ありません」

「どんな話をしましたか？」

「いつもどおりです。ゲームをしながらいろんな話をとりとめなくしました。どういう意味かわかっていただけるでしょう？　その晩、いつもと違うことは何もありませんでした」シラノは椅子の背にもたれた。「けさの新聞を読みましたから、何を訊いておられるのかはわかります。でも、違いますよ。妙なことは何も起こりませんでした。どんな種類の言い争いもありませんでした。一度も。どんなことでも」

話を聞き終えて、ブラウンが立ち上がった。「ここのスタッフの完全なリストをいただけますか。一年前からの。住所と電話番号つきで。そういうのがお手元にあるといいのですが」

「ありますよ」シラノは答えて、ファイルのひとつからパソコンでつくった書類を取り出した。

「さっそくですが、今いるスタッフにちょっと質問をさせてもらいます」

シラノはうなずいた。自分はもう何も言うことはないというふうに。

「キャメロンがどんな車に乗っているか、覚えていますか？」マディスンは立ち上がりながら尋ねた。訊く前から答えはわかっていた。

「フォードの黒いピックアップトラックです」シラノは少しのためらいもなく答えた。

「ああ、そうですよね」とマディスンは言った。

ブラウンはドアのノブに手をかけた。「なぜ、わたしたちにポーカーのことを話そうと決めたのですか？」

「何か月前のある晩、みんなで厨房で軽い食事をしていたときのことです。わたしの背後で何かが落ちた音がして、ドニーが大声を出しました。ふり返ると、あたりは血まみれでした。どうしてかわかりませんが、包丁が落ちたのです。キャメロンが手を怪我して、どくどく血が出て床に垂れていました。シンクレアとクインが飛んできて、タオルを彼の腕に巻きつけました。キャメロンはただそれを見ていました。タオルを開いて傷を見ようともしませんでした。ほかの者は手助けしようとしたものの、床の血で滑ったりしていました。キャメロンは医者に縫合してもらうことを望まず、きつく巻いただけにしてました」シラノはちょっと口をつぐんだ。「みんなが大騒ぎをしている間、キャメロンはひと言も発しませんでした」

シラノは首をふった。そしてしばらくして「何と言ったらいいのか、わかりません」と締めくくった。

ドニー・オキーフはウッドデッキで煙草を吸っていた。ウッドデッキは厨房の裏口から出られるようになっていて、ビーチにおりる階段がついている。ドニーはブラウンとマディスンに背を向け、手すりに寄りかかっていた。海から強い風が吹いていて、空はすでに暗くなりはじめていた。オキーフはコック服の上には何も着ていなかった。寒いと感じているとしてもそぶりには出ていない。

「ミスター・オキーフ」ブラウンが声をかけた。

ふり返った男は、痩せてはいるが筋肉質で、年の頃は四十代後半、白くなった髪を短く刈っている。身長は百七十センチに満たないが、目に凄みがある。誰にも侮られることはないだろう。

ブラウンとマディスンが自己紹介をすると、オキーフはふたりをじろりと見た。袖をまくり上げていて、右の前腕に古い刺青が見えた。刑務所内で囚人仲間に彫ってもらったものだろう。有刺鉄線に囲まれた鷲の図柄だ。彼はそれに目を落とした。

「二十三年前にムショで彫ったんだよ。自分がかつては若くて、甘ちゃんで、とんでもないトンマだったことを覚えているために消さないでいる」

彼は最後にもう一度煙草をふかすと、手すりに載せた小さな灰皿で揉み消した。

「何のご用だい？」

「われわれがどうしてここに来たかはご存じですね？」とブラウンが言った。

「けさ、あのニュースを聞いたよ。いずれこちらに警察が来るだろうと思ってた」

「〈ザ・ロック〉ではどのくらい長く働いておられますか？」

「副シェフとして三年、シェフとして七年」

「では、ポーカーの集まりにも数えきれないほど参加されたんですね」

オキーフは笑みを浮かべた。

「ゲームをしながら、たくさん雑談もなさった」

「ああ」

「十年間同じテーブルを囲んですわっている相手について、何も知らないということはありえませんよね」ブラウンは両手を手すりに置き、ビーチに目を向けて言った。ひと組のカップルが小さな犬を散歩させている。

「そういうこともときにはある。会えば会うほどわからなくなることもね」

「新聞に書かれたことですが、あなたはどう思います？　彼がやったと思いますか？」マディスンが訊いた。

「いや、思わんね」

「あんなことは彼にはできないと思われるのですね」

「あんなことをしようなんて思うはずがない」

オキーフは両手をエプロンのポケットにつっこんだ。

「あんたがたがあの人のことを尋ねるから話すが、ポテトチップをつまみ、ビールを飲んでゲームをしているときに、あの船の連中をどうやって殺ったんですか、なんて訊けると本気で思うのかい？」

「彼がある男とその家族を殺したとわたしたちは考えています」とマディスンは言った。金物がぶつかりあう厨房の騒音を背景に、マディスンの声は柔らかく響いた。「殺されたのは、あなたが昔からご存じの人です。われわれが殺害者を見つける助けになりそうなことを教えていただけませんか?」

「おれだって、あんなことをしたやつを見つけたいと思ってるさ」

「でしたら教えてください」

「あんたがたはわかってない。キャメロンはひと月に一度、ゲームをするために現れる。おれたちが彼について知っているのはそれだけだ。集まりと集まりの間に何をしているのか? 誰も訊きゃしない。どこに住んでいるのか? 誰も訊きゃしない」

オキーフは胸ポケットからマールボロのパッケージを取り出し、ふって一本出した。ブラウンもマディスンも取ろうとしないので、火をつけ、深く吸いこんだ。

「おれは厨房で、大の男が嬉し泣きするようなうまいチャウダーをつくる。それ以上のことは、何も知らんよ」

ブラウンが記録部から来たキャメロンの写真を取り出して、オキーフに見せた。

「この写真にいくらかは似ていますか?」

「うん、そうだね」と彼は言ったが「あんまり似てないな」というふうに聞こえた。

ブラウンは厨房を指さした。「皆さんに訊いて回ります。来た甲斐があったと思えるようなことを誰かが覚えてくれていないとは限りませんから」

「ごちそうするよ。ちょっと食べていかないか?」オキーフは手すりを背に腕組みをして、その男は背中をソファーの裏側につけて倒れていた。ぐるっと回らなければ男の姿は見えなかった。壁の血に気づかない限り、ドアからのぞいただけでは男が倒れているのに気づくまい。

男のシャツは元は何色だったのだろう。マディスンにはわからなかった。空色だろうか。それとも白か。シャツもデニムのズボンもずっしりと血を含んでいる。血は服の皺にたまり、彼の周りの木の床に垂れて血だまりをつくっている。両脇に沿って伸びている手の先はすでに袋をかぶせられ、その袋にも血がしみてぬらぬらと光っている。

被害者は大男だった。身長はほぼ二メートル。横幅もそれにふさわしい。くすんだ金髪の持ち主で、後退しはじめた額の生え際を何とか隠そうとしていたようだ。健康そうな体つきだ。揉み合いがあったとしたら、相手にとって危険な敵だったろう。だが、今、彼はここに横たわっている。喉元には深い裂け目が、ほとんど耳から耳へと走っていて、驚いているかのように口がぽかんとあいている。

「発見者は交際相手の女だ」とケリーが言った。「玄関のドアには錠が四つ。被害者は戸締まりに神経質だったか何かだろう。女が自分の鍵でドアをあけたときは、錠は四つともちゃんと掛かっていたそうだ。窓にはいじられた形跡がなく、裏口のドアから入ってくるには三つの錠前をはずさなくてはいけない。その錠もみんなかかっていたそうだ。無理やり押し入った形跡はどこにも見られない。そしてここがおもしろい点だが、主寝室には歩いて入れるぐらいの金庫があって、扉が大きく開いていた。そして、中には雪だるまがつくれそうな量の白い粉があった」

「ドラッグの売人だな」とブラウンが言った。

マディスンはその名に聞き覚えがあるような気がしたが、思い出せなかった。

ブラウンはしゃがみこんで、傷口をのぞき見た。

「ミスター・サンダーズ、久しぶりだね」

「この男をご存じなんですか？」とマディスン。

「この二、三年はネズミのようにおとなしくしていた」ブラウンは立ち上がった。「身内の若い者が、両目と両手の欠けた姿でワシントン湖に浮かんだ頃からだな」

「これもキャメロンの仕業でしょうか？」

「まず、そうだろうな」

居間にはフレンチドアがあり、ほかの三面の壁はまぶしいほど白く塗られている。上向きの弧を描く血のしみを除くと、揉み合いがあったことを直接的に示す証拠はない。ドアの近くのマントルピースに花瓶が二つ、ソファーの両脇の小テーブルのそれぞれにランプがあるが、いずれも乱れがない。

「正面からやられたな」ケリーが死体を見下ろして言った。

「そうだな」ブラウンは右手の壁に飛び散った血の痕を調べて、指さして言った。「ここのこれは切ったあと、ナイフが抜き去られたときのものだ」

マディスンはそのことに衝撃を受けた。

「サンダーズも周囲も血まみれになっていることを考えると、犯人も血まみれになって出ていったはずですね」

ブラウンはうなずいた。「ケリーが、通りに出ている生ゴミを調べるよう手配しただろう」

「いいえ。そんなところに服を捨てるほど愚かではないでしょう」マディスンはソファーのそばの床に目を落とした。死体が発見された場所の近くだ。

「サンダーズを倒したあと、逃げ延びる方法ぐらいは考えているはずです」マディスンは言葉を続けた。「もう危険はないから、今はのんびりとその後の展開を楽しんでいるでしょう」

マディスンは探していたものを見つけた。

「見てください」

サンダーズが倒れていたところから、一メートルと離れていない硬材の床の上に、わずかにカーブを描いて血のしずくがつらなっていた。血の滴は大きくて丸い。真上から床に対して垂直に落ちたものだ。壁にあたった血しぶきが床に落ちたものではない。

「丈の長いコートを着ていたんです。レインコートを。かかった血がレインコートの表面をつたって床に落ちたんです。サンダーズが死ぬと、彼はコートを脱ぎ、どういうものかわかりませんが靴に重ねてはいていたものも脱いだ。それでおしまいです。袋か何かに詰めこんでうちに帰った。何も残さずに」

「その袋は？」

「薄いレインコートは簡単に燃やせます。さっさと処分したでしょう」

「レインコートか、ううむ」

「よくある透明ビニールのやつです」

「それに間違いないな」

「うまいやり方ですね」

「ああ、そう言っていいだろう」

ふたりは廊下を通って、キッチンからビリヤード室へ、そして、あけ放した大きな金庫のある寝室へと歩いていった。ドラッグと銃は今はなくなっていた。ふたりがこうして歩き回っているのは、被害者を知るため、そして運がよければ、殺された理由についてヒントをつかむためだった。

家がふたりに教えてくれたのは、エロル・サンダーズが下品で無分別な人生を送ったということだけだった。十二月の朝早く、その下品さか無分別さかが命取りになって彼は死んだ。

分署に帰って調べたノストロモ号事件のファイルも、その分厚さにかかわらず、ほとんど助けにならなかった。以前ブラウンが記憶をたぐって語ったことが詳細に至るまで正確だったのが確認できたが、それだけだった。

エロル・サンダーズの手下の故ジョー・ナヴァスキーは、発見されるまで、ワシントン湖の水に長くつかっていた。そのため、首を胴体からほぼ切り離し、両眼をえぐり、両手を切り落としたのが死後のことだったか、そうでなかったかは、発見時には判断できなくなっていた。

マディスンは筋道が通っているのが好きだ。ノストロモ号事件、ナヴァスキー事件、サンダーズ事件。そこには類似性があるように思えた。被害者の死に方、証拠も指紋も残さないこと。マディスンはブルーリッジ通りの殺人事件について自分が取ったメモを見直した。

選ばれた兇器、殺し方、目隠しにクロロホルムをしみこませたこと、妻子を巻きぞえにしたこと、そして現場で証拠が見つかったこと。ほかの事件と一致しているものは何ひとつない。

キャメロンの家のティーンエージャーの部屋とクロゼットの野球のバットのことを思い出した。ラボの分析によると、バットにあった血と骨のかけらは少なくとも十五年以上前のものだということだった。

サンダーズの現場から戻ってきてから、ブラウンはほとんど話しかけてこないことにマディスンは気づいた。マディスンは、ブラウンが黙っているときにはかまわないほうがよいことを学んでいた。だが、今回はさすがに気になった。ブラウンは三十分ずっと同じページを読んでいるのだ。やがて、検事補のサラ・クラインがクインの審問の準備をするために到着し、沈黙のときは終わった。

クラインが帰るとすぐ、ケリーが顔を覗かせた。

「サンダーズの車はほとんど、きれいなもんだった。ひとつだけ、車軸に親指の部分的な指紋が見つかった」ケリーは目を輝かせた。「いいかげんに拭ったんだろうな。法廷で証拠として認められるのに、ほぼ十分な数の類似点があった。ところで明日の審問は何時だ？」

よかった。キャメロンがまだシアトルにいたこと、そして手抜きをしたことはよいことだ。サンダーズ事件の手がかりが見つかったことはよいことだ。同時に、マディスンにとっては少しがっかりすることでもある。あのキャメロンにも手抜かりがあるなんて。マディスンがホー川の事件の切り抜きを読みはじめて一時間経った頃、ブラウンが立ち上がり、ハーフコートを着た。

「うちに帰りなさい」とブラウンがマディスンに言った。「今日はもう終わりにしよう」

「クインの弟のことですが」マディスンは言った。「死んでいたのなら、犯人たちはどうしてわざわざ遺体を持ち去ったのでしょう？」

「当時は、遺体のない事件は起訴できなかったんだ。ほかのふたりの男の子はずっと目隠しをされていて、何も証言できなかったし」

ブラウンが去ったあと、マディスンは何かしようと、読むべき調書を探した。だが、集中力が切れていた。まだ帰る気にはなれず、殺人課の大部屋に入っていった。いつもと同じ人の動きがあり、いつもと同じテイクアウトの食べ物のにおいがした。

誰かがシアトル・タイムズをテーブルの上に置きっ放しにしていた。マディスンはそれを手に取り、事件に関する記事を読みたくなかったので、ページをめくった。下のほうの数行の記事がマディスンの目を捉えた。ブルーリッジの犯罪現場からつまみだしたカメラマンが襲われ、意識を失って路地に倒れていたという記事だ。意識を回復したアンドルー・ライリーは、何らかの形で警察がかかわっていると述べた。ある警官が——マディスンのことだ——シンクレア邸で起こったことを根にもっているというのだ。

マディスンは目をぱちくりさせた。ライリーのことなどすっかり忘れていた。電話を二本かけて、その事件を扱った刑事と話すことができた。

「そいつは弱っちい小男で、さんざん殴りつけられたようだった」とノーラン刑事は言った。「今は、自分のアパートメントに引きこもっている。外に出るとまた襲われると思ってるんだ。実際のところ、あんたの名を出したよ」

「でしょうね」

「おれたちはもちろん、そんな話は真に受けていない。でもやはり、やつがどこかの誰かの恨みを買ったのは間違いないだろう」

「強盗ではなかったんですね」

「うん。何も盗られていない。彼は自分が襲われたのは、あの家に行ったせいだと考えている。エリオット街から少し入った〈ジョーダンズ〉というバーにいたときに、電話がかかってきて名を呼ばれた。だが出たら、相手は何も言わずに切った。数分後、店の外に出たら殴られた。意識を失うほどひどく。そして相手は彼のカメラも破壊した。ストラップの先についてたものがカメラだったとわからないぐらいひどく叩き壊した」

マディスンは車のウィンドウを下ろして家路をたどった。ライリーの不運は自業自得だが、言い分には多少の筋が通っている。彼がシンクレアの家でしたことを、誰かが根にもったのはありうることだ。

二つのポイントがある。まず、ひとつ目。バーにいる彼を特定するために、電話がかけられた。つまり、襲撃者はその場にいて、電話に出る彼を見ていたのだ。二つ目。襲撃者は彼のカメラを探し、それを破壊した。それも、念入りに。

襲撃者はこみあったバーでライリーを見つけ出したあと、何の説明も与えず、警告も与えず、彼を攻撃し、彼の貴重なカメラを原形をとどめないほど叩き潰(つぶ)した。

どう考えても、誰かがライリーの仕事のやり方に腹を立てたのだ。もちろん、マディスンだって腹を立てた。ライリーが写真を撮ろうとしたのが、マディスン自身の大切な人たちだったら、怒りを押さえこめなかっただろう。

シンクレア家の最近親者はネイスン・クインだ。だが、クインが暗がりでライリーを待ち伏せしている図は、マディスンには思い浮かべられなかった。そういうのはクインのスタイルではない。クインならライリーには手を触れない。会うことさえないだろう。それでも、何かが起こって、ライリーはもう二度と写真を売ることができなくなる。そしてクインはライリーがその理由を知るようにするだろう。自分ならどこまでやるだろうか、とマディスンは思ったが、それについては深く考えないことにした。

木立の向こうに、シンクレアの家が黒いシルエットになって見えた。マディスンの車はその前をゆっくりと通り過ぎた。パトカーが一台、家の正面に駐車しているのがマディスンの目にとまった。その瞬間、木の洞に鍵束を返していないことを思い出した。鍵束は今も、ブレザーの内ポケットに入っている。マディスンはゆっくりとブレーキをかけた。車をバックさせるつもりで、すでにレバーに手を置いていた。

いや、今度にしよう。

マディスンはギアを一速に入れ、走り続けた。

二十四時間前、エロル・サンダーズは車で家路をたどっていた。キャメロンが同乗していたかもしれないし、そうでなかったかもしれない。いずれにせよ、その時点で、サンダーズの命はあと三十分ほどだったはずだ。

マディスンは自分の家の私道を通り過ぎて、レイチェルの家に向かった。こんなことをするのは久しぶりだ。祖父が亡くなったあとの数か月以来だ。マディスンは私道に入る手前で車を止めた。

ひとつだけついている灯りは、玄関ドアの上のものだ。リースがノッカーにとめつけられている。二台の車が家の脇にとまっていて、カーテンは閉まっている。マディスンはエンジンを切った。血と、相手かまわず向けられる悪意とに彩られた一日のあと、ここに来て、静まり返った車の中に少しの間すわっているのは悪くない。家の中のレイチェルの暮らしを感じ取り、レイチェルの家族の気配を感じる。彼らの住む世界はマディスン自身の世界と部分的に重なりあっているけれど、安全で愛情にあふれていて、マディスンの知っている恐怖からは遠く離れている。彼らの世界は言葉に尽くせない安らぎに満ちている。

しばらくのち、マディスンは車を走らせ、自分のうちに向かった。


ネイスン・クインは警報装置が小さく鳴るのを聞きながら、事務所のガラスのドアを閉めた。九階の廊下をカートを押して歩いていた掃除人に言葉をかけ、エレベーターを呼んだ。右手には書類鞄をさげ、左手にはまだ見ていない郵便物の束をもっていた。エレベーターに乗りこんで地下の駐車場におりるボタンを押してから、封書を調べた。

それは上から四通目の封書だった。分厚いクリーム色の紙に見覚えがあって、中味の想像がついた。封筒を破って開き、同じ紙のカードを取り出した。そこには五つの数字が黒いインクで書かれていた。

《82885》

エレベーターの扉が開いた。誰かに声をかけられたような気がして顔を上げた。

九階に戻り、警報装置にコードを打ちこみ、途中の灯りをつけず、自分のオフィスに直行した。スタンドのスイッチを入れ、後ろのファイリングキャビネットの引き出しを引きあけた。ファイルの中に最初のものが入っている。クイン自身がそこに入れたのだ。月曜に。同じ紙。同じカード。ただメッセージが異なる。クインは二枚のカードを机の上に並べた。

これらのカードを書いた手と同じ手がジェイムズとその家族の命を奪ったのだと、クインは確信していた。受話器を取り上げ、ある電話番号を打ちこむと、受話器を戻した。三十秒ほど経って、携帯電話が鳴り、クインはそれを手に取った。

「ジョン」と彼は言った。

第二十二章

ハリー・サリンジャーは自宅の地下室で作業台に向かっている。拡大鏡を通してガラスのかけらを見る。右手の親指と人差し指に挟んで、いいポジションが見つかるまでゆっくりと方向を変える。

地下室の隅では彼の努力の結晶がすでに形をとりはじめている。軽く、もち運びやすくするという条件はあったが、基部をつくるのは簡単だった。だが、この作品の成否が金属棒にかかっていることを彼は知っている。彼は立ち上がると、溶接用ゴーグルをつけた。

妊娠していることに気づいたとき、リン・サリンジャーは三十九歳だった。彼女は何時間も泣き続けた。もともと綱渡りのような人生が、さらにめちゃくちゃになるだろう。そして厳格なカトリック教徒として生きてきた彼女には、中絶は問題外だった。

夫のリチャード・サリンジャーは四十一歳。シアトル市警の制服巡査だった。バーでみんなに行き渡るように酒を奢るのをくり返し、夜更けにパートナーの車で送られて帰ってくるのが常だった。

リチャード・サリンジャーが気性の激しさのせいで何度も昇進の機会を逃したことは、彼の分署では広く知られていた。家庭では暴君だった。妻を殴ったことが一度もなかったのは、そうする必要がなかったからに過ぎない。外では体を張って働き、家に帰ってくると常に不機嫌だった。

リン・サリンジャーはふたごの男の子を産んだ。マイケルとハリーだ。そしてすぐに、診断は受けなかったものの産後の鬱に陥り、それが三年続いた。子どもたちが三度目の誕生日を迎えた次の週、彼女は睡眠薬を過量服用して自殺した。彼女はひっそりと生き、ひっそりと死んだ。

彼女の死は、処方された薬の副作用だと片づけられた。もし署の誰かが彼女の死亡診断書を調べたがったとしても、リチャード・サリンジャーはその人の考え違いを正しさえすればよかった。人々の考え違いを正す、ということは彼がよく行なうことだった。それが彼の仕事であり、彼の人生であり、物事の秩序の中で彼が果たす役割だった。

十年後、マイケルとハリーは歩道と車道の境の縁石の上を、自転車でフルスピードを出して走っていた。午後の門限に合わせて飛ぶように帰るのが常だ。年の割に背が高く、金髪で、目は色がないと言っていいぐらい淡い。まったく覚えていない母親に、ふたりは似ている。じきにリチャード・サリンジャーより背が高くなるだろう。そのことが幸いをもたらすわけではないけれども。

庭に入って門を施錠しているときに、キッチンで電話が鳴るのが聞こえる。

マイケルのほうが速く走れる。そのことは、ふたりともよくわかっている。

「早く行って！」とハリーが叫ぶ。

マイケルは自転車を捨て、裏口に走る。ジーンズのポケットから鍵を取り出し、鍵穴に突っこんで回す。キッチンに飛びこみ、一歩で電話のところに行く。汗をかいて滑りやすい手で受話器をつかむ。

「もしもし」とあえぎながら言う。「マイケルです。わかりました、サー。今代わります」

ハリーがマイケルから受話器を受け取る。

「もしもし。はい、サー。そうします」

ハリーが受話器を置く。そのあと、しばらくふたりは暗い部屋に立ち尽くす。やがて、マイケルが冷蔵庫をあけ、自分とハリーのためにピーナッツバターとジャムのサンドイッチをつくりはじめる。

リチャード・サリンジャーは自分自身にした約束を守った。ふたごを、彼らが生まれた家で自分ひとりで育てた。彼が外に出ている間は、地元の五十代の女性、エッタ・グリーンがふたごの面倒を見て、多少は家事もしてくれた。残りの時間は、サリンジャー家の男たち（ザ・サリンジャー・メン）だけで過ごした。彼は自分たちのことをそう呼んだのだ。

彼はふたごが自分を恐れているのを知っていた。そして、自分が警官の仕事でしたことをふたごに話して聞かせるのを楽しんだ。とりわけ、暴力絡みの話をするのを好んだ。

ある日の午後、まだ五歳だったふたごを遊ばせていたエッタ・グリーンは、bの字が入っている色の名前を言ってごらん、とハリーに言った。ハリーは即答した。「赤」と。エッタは少しがっかりした顔を見せた。ハリーにはその理由がわからなかった。

記憶を遡れる限りまで遡っても、「b」という字は常に赤だった。それは赤い感じがして、それを含むすべての単語に、赤い感じをもたらす。どの文字がどの色かについて意見が合わないことはあったが、マイケルはハリーの言う意味がよくわかっていた。それは母のリンから授かったもの——診断名がついたことがなく、存在を認められたことすらないものだった。

リン・サリンジャー本人は、それを一種の災厄だと考えていた。だが、彼女は異常だったのではなく、呪われていたのでもなかった。まれにしか見られず、ひどく誤解されているもの——共感覚——の持ち主だったのだ。ほとんどの音が色覚を伴っていることにリンは怯えた。刺激が強すぎて、制御不能だと感じた。リンはその経験を大事にせず、理解しようとしなかった。ただ、それに耐え、毎日、何とかして抑えつけようとした。そんなとき、夫のことが頭に浮かぶと、望んでもいないのに、彼の名がさまざまな色合いのチャコールグレーや赤を帯びて感じられるのだった。

エッタ・グリーンは、ハリーが勘違いをしているのだと思いこんで、気にもとめなかった。

学校にあがる頃には、子どもたちも内緒の色のことを誰にも言わないだけの知恵がついていた。とりわけ父に言ってはならないとわかっていた。

リチャード・サリンジャーは勤務中に銃をもった強盗に撃たれ、右の膝に弾丸を受けた。退院後、足を引きずるようになったので、障害年金が出た。足を引きずるのも年金も、彼が生きている限り続くものだった。

負傷したての頃に引きも切らず来ていた訪問者や善意の人々も次第に間遠になり、やがて完全に途絶えた。半年後、彼らはまったく孤立していた。

ある朝、子どもたちが学校に行っている間に、リチャード・サリンジャーは彼らの部屋を調べ、汚れたシーツが隅に丸まっているのを見つけた。

子どもたちが帰ってきたとき、彼は居間にすわって彼らが入ってくるのを待ちうけていた。まったくしらふで、表情は硬かった。

「おまえたちにひとつの質問をする」と彼は言った。「正直に答えれば、それでよし。嘘をついても、すぐにばれるぞ」

彼はビニール袋から丸まったシーツを取り出した。ハリーは心の中に冷たい水が満ちるのを感じた。

「どっちがやった?」

リチャード・サリンジャーにはわかっていた。訊く必要はなかった。シーツを洗ってやり、忘れてやってもよかった。だが、彼はそういう種類の男ではなかった。彼は返事を待った。

マイケルが一歩前に出た。ハリーは目をみはった。

「ぼくがやりました、サー」マイケルが言った。「ごめんなさい」

リチャード・サリンジャーの目はハリーの顔から動かなかった。「何か言うことはないか？」

ハリーは十歳にして、自分が何者かわかっていた。度胸も知恵もない痩せっぽちのチビ。何百回もそう言われてきたからわかっている。だが、そんな彼でも、マイケルが鞭打たれるのを見るより、自分が鞭打ちを受けるほうがよかった。

「ぼくがやりました」ハリーはつかえながら言った。

「わかっている」とリチャード・サリンジャーは立ち上がりながら言った。「これからはこういうことにしよう。おまえたちの一方がしくじりをしたら、もう一方が罰を受ける。だからマイケル、おまえの出番だ」


三十七歳のハリー・サリンジャーは地下室でうずくまっている。トーチランプの火花がゴーグルに映って揺れている。はんだづけは得意な仕事ではない。だが技術の拙さ以上に構想の見事さが感じとれて嬉しかった。サリンジャーは手袋を脱いで、作業台に投げた。もう行かなくては。

シアトルから車で三時間のオリンピック国立公園の中に、年を経た木々やシダが生え、苔が幹を分厚く覆う一帯がある。曲がりくねった小道が通っていて、旅行者が何日もかけて歩いて景色を楽しみ、携帯電話で写真を撮る。

ハリー・サリンジャーは写真を撮らない。滑りやすく石ころだらけの道から目を上げることもほとんどない。冬のさなかだから、訪れる人はない。夕暮れの暗がりの中で、彼はハイキングコースの詳細をすべて頭に入れた。どうやら、これが最後の機会になりそうだ。屈みこんで、ウォーキングブーツの靴紐がちゃんと結ばれているか調べた。そしてしばらく待ち、日の光の名残がすっかり消えるのを確認した。そして出発した。彼は走った。このコースについての自分の記憶を信頼し、木々の間を縫って走った。まっすぐ走れば、たちまちくたくたになるのがわかっているから。彼のブーツは草地を走り抜けた。速すぎもせず遅すぎもしない速度で。

彼は大地が盛り上がって足裏を迎え、彼の目標を揺るぎないものにしてくれるのを感じた。森は彼の味方だ。このコースを走るのは三十八回目。暗闇の中を走るのは二十一回目だ。

第二十三章

午前六時半。〈クイン・ロック法律事務所〉にはまだ、人の気配がなかった。ネイスン・クインはトッド・ホリスとともに自室に入ってドアを閉めた。ファイリングキャビネットのひとつから、ファスナー付きの透明ビニール袋を抜き出して渡した。その中にはあの二枚の無記名のカードが入っている。

ホリスは分厚いコートを着たままだった。その下にはタートルネックのセーターを着ている。彼は袋を手に取り、しばし見入った。

「コーヒーはどう？」クインが尋ねた。

「いただきます」

クインは部屋にホリスを残して、キッチンに行った。ペーパーフィルターを箱から出し、新鮮なコーヒーの粉をふりいれて、コーヒーメーカーのスイッチを入れた。

クインにはわかっていた。ホリスは、あのカードをもって警察へ行け、と言うだろう。警察はあの二枚のカードの指紋や紙質を調べる手段をもっている、と。担当刑事に電話して、自分の手で渡すのがよいと助言するだろう。もちろんそれが理に適ったことなのだ。しかし、クインは心の準備ができていなかった。書き手が何を望んでいるのかわかるまでは、そうしたくなかった。

そう言えば、ホリスはいい顔をしないだろう。だが、ホリスがクインの考えを変えさせるためにできることはほとんどない。すべてはずっと前に、クインがした選択に遡るのだ。こういう日が来ないといいと願ってした選択だったが。あと二、三時間で、マーティン判事のもとに出頭しなくてはならない。そのほかのことはどうでもいい。コーヒーが落ちはじめた。

クインの報奨金のせいで、早くも百件を超える通報電話があった。すべての電話はふるいにかけられ、記録されたが、捜査に役立つ通報はひとつもなかった。

マディスンは通報の詳細のプリントアウトをめくっていた。一方、ブラウンは電話応対に追われていた。住所が手に入った場合に備えて、SWAT（スワット）（特殊攻撃隊）が援護のために待機している。通話記録から数分のうちに場所を突きとめることもできる。そして鑑識課員たちも、緊急出動が必要になるかもしれないと知らされている。審問の結果によっては、記者会見が行なわれるかもしれない。そこではジョン・キャメロンの写真が一般公開されるだろう。それは、タリーがもっていない唯一のものだ。

「結び直した理由がどうしてもわかりませんでしたよね」電話を終えたブラウンにマディスンが言った。

ブラウンは顔を上げた。

「あの革紐です」マディスンは言葉を続けた。「キャメロンはジェイムズ・シンクレアの手首の革紐を結び直しています。そのおかげで体毛が見つかりましたが、なぜ彼がそうしたのかはわからないままです」

「知る必要があるかね？」

知る必要があるか、ですって？

「クインはわたしたちが確信をもてていない部分を突いてくるでしょう」

ブラウンは立ち上がって、殺人課の大部屋との境のドアを閉め、再び腰をおろした。

「これでよし。さて、きみは何を知る必要がある？」

「どういう意味ですか？」

「そのまんまさ。わたしたちには四つの遺体と動機と被疑者がある。物的証拠がある。ほかに何を知る必要がある？」

「すべてをです」マディスンは即答した。「何かが起こったのなら、なぜ起こったか知りたい。起こらなかったのなら、なぜ起こらなかったのかを」

「キャメロンは自分にとってやる必要のあることをやる。それ以上でもそれ以下でもない。エロル・サンダーズ殺害はその原則に合致している。シンクレア一家殺害は合致していない」

「自分のパターンを変えることもあるでしょう。状況によって。ジェイムズ・シンクレアの場合、キャメロンの最優先事項は罰することで、殺したのはついでだったかもしれません。

家族が殺されたのをシンクレアが知ることが、シンクレア自身の死よりも重要だったのです」

「教えてくれ。革紐が結び直されたわけを知ることが、きみにとって、どうしてそんなに重要なんだ？　きみはキャメロンの家を見た。彼の寝室を覚えているだろう。裁判のことは脇に置こう。われわれがどうしてそう問いかけねばならないのか、教えてくれ」

「そんなこと、おわかりでしょう？」

「きみの口から聞きたい」

「これは彼の行動にかかわる問題です。革紐は行動の小さな一部に過ぎません。グラスの指紋と同じように」

「あの指紋はどう思う？」

「電話で、ペインがあの指紋がキャメロンの指紋だと確認したと聞いたとき、悪い知らせだという顔をしてましたよね。わたしはどうしてなのか尋ねました。そしたら、あなたの返事は――」

「驚いたんだ、と言ったっけ」

「がっかりした、と」

「そんなささいなことを、気にしすぎなんじゃないか」

マディスンは身を乗り出した。

「指紋が検出されたグラスはキッチンのシンクのそばにありました。鑑識の人がもっていく前に見ました。コーラの缶と並んでいました」

「うん」

「コーラの缶からは指紋が検出されませんでした。どうしてなんでしょう？　キャメロンは手袋をはめたまま、コーラをグラスについだ。それから手袋を脱いでグラスを手に取って飲んだ。ずいぶん間抜けです。キャメロンは間抜けじゃないのに。これは小さなことなんかじゃありません」

　ふたりはお互いの顔を見つめた。マディスンがブラウンに対してわずかでも声を高くしたのは初めてのことだった。なぜそうなったのかは自分にもわからない。

「きみはどうして、殺人課に加わった？」ブラウンが言った。

「何ですって？」

「もちろん金目当てじゃないし、評判を取りたいわけじゃないのも確かだと思う」

「どうしてそれを五週間前じゃなくて、今訊くんです？」

「五週間前に訊いても、きみのことを何も知らないから、きみの答えをどう解釈していいかわからなかっただろう。五週間、きみの仕事ぶりを見てきたから訊けるんだ。どうして殺人課に来た？」

　マディスンは気づいた。最初にブラウンに会ったときからずっと、そう訊かれるのを待っていたのだ。答えが口をついて出た。「わたしがいたいと思う唯一の場所だからです」

　ブラウンは微かにうなずいた。いつかまた、同じことを訊くかもしれない。

報道陣が裁判所をぐるりと取り囲んでいる。ブラウン、マディスン、ケリー、ロザリオの四名は人の体やマイクやカメラをかきわけて進まなくてはならなかった。フラッシュがたかれた。サンダーズ事件の主任捜査官がブルーリッジ殺人事件の審問に現れたことの意味に誰もが気づいた。この機会に臨んで、ケリーは法廷用のスーツを着ている。

審問はサラ・クラインの独壇場になるだろう。外の人ごみの騒がしさをよそに、裁判所の中は静かで、人々はそれぞれの仕事に勤しんでいた。クインの審問は今日何十とある審問のひとつに過ぎない。

病み上がりのトニー・ロザリオはまだ血色が悪い。でももしかしたら、この疲れ切ったような青白い顔が彼本来の状態なのかもしれない。スーツとシャツとネクタイがグレーの濃淡なのもまずかったようだ。

「頼むから、壁にへばりつかないでくれ。おまえを見失ってしまう」とエレベーターの中でケリーが言った。

「グレーはおれのお決まりの色なんで」とロザリオが応じた。

エレベーターの扉が開き、彼らは足を踏み出した。クラインが彼らのほうを見て低い声で言った。

「審問の最中に何かわたしに言いたいことができたら、紙に書いて渡してね。どうしても必要なときだけ」

「サンダーズの事件について、彼に質問してもらえませんかね？」ケリーは自分はこの審問に加わっているとはいっても、端役に過ぎないという感じが拭えないのだ。サンダーズの車の下側でキャメロンの指紋が見つかったが、キャメロンの住居の捜索令状を請求するのも無理なくらい不鮮明なものだった。もっとも、以前、そこを捜索したブラウンとマディスンに大きな収穫があったわけではない。

「無理ね。この件とは関係がないもの。わたしはクインとキャメロンが初めてシンクレア一家の死について話し合うために会ったとき、ふたりの間に何が起こったかに的を絞らないといけないの。そのあとのことにはすべて秘匿特権が及ぶわ。ケリー刑事、あなたはお客さんなんだから、のんびり楽しんでね」クラインは法廷に入っていった。みんなあとに続いた。

マディスンはこれまで法廷に入った経験が数多くあった。証人台に立ったこともあるし、一傍聴者だったこともある。検察がひどい仕事をしたにもかかわらず、陪審が正しい判断を下すのを見たこともあれば、検察が最善を尽くしたのに、陪審が不適切な判断を下すのを見たこともある。マディスンは現行の司法制度の価値を信じている。それは今自分たちがもっているものだし、本来もっている知恵や欠点の枠の中で人間が変化し進歩するのに伴って、変化し進歩していくはずのものだから。マディスンは検察官席の後ろの傍聴席にすわった。ブラウンが隣にすわり、ケリーとロザリオが後ろにすわった。

ブラウンは眼鏡をケースから出してかけた。彼は審問が非公開であることを喜んでいた。誰もがこの審問に期待している。自分の期待がほかの人の期待と同じだとは限らないが、決して失望することはないだろうとブラウンにはわかっていた。昨晩、ブラウンはフレッド・ケイマンと一時間、電話で話した。ブラウンはマディスンを見やった。この長い一日が終わる前に、そのときの話の内容について教えてやればいいが、と思った。

ネイスン・クインはもうひとつのテーブルに向かってすわった。彼は自分で自分の弁論を行なう。マディスンの思ったとおりだった。彼はひとりだけですわっていた。この審問について何か心を悩ませていることがあるとしても、そぶりには出さなかった。

「サラ」とクインは声をかけた。

「ネイスン」クラインは軽くうなずき返した。

残りの面々は彼の目に入らないようだった。

マーティン判事が法壇の裁判官席にすわり、ネイスン・クインに宣誓をさせた。

「単刀直入にお願いしますよ、ミス・クライン。ここには感服させなくてはいけない陪審はいないし、わたしたちは皆、どうしてここにいるか承知しているのですから。ミスター・クイン。あなたは宣誓をしました。それがどういうことかおわかりですね」

クインは証人席にすわり、サラ・クラインは検察官席の脇に立った。

「ミスター・クイン。この月曜日にブラウン部長刑事とマディスン刑事があなたの法律事務所に来て、ジェイムズ・シンクレアとその家族が殺害されたとあなたに告げた、その瞬間以降に起こった出来事を説明してください」

「ブラウン部長刑事がわたしに告げました。ジェイムズ・シンクレアが妻子とともに自宅で発見された、と。侵入者に殺害されたのだと。わたしは遺体の身元確認を頼まれ、その務めを果たしました」

「その時間帯は？」

「午後の早い時間でした」

「そのあと、どうしましたか？」

「ジョン・キャメロンに電話しました」

　クラインは両手でもっている書類から目を上げた。ここまで来るのにかかった時間は全部で四十五秒だった。クインはクラインの目を見据えた。

「記録に残すために訊きますが、ジョン・キャメロンとは誰ですか。あなたとはどういう関係ですか」

「彼は友人であり、わたしたちの依頼人のひとりです。わたしは法律的な問題における彼の代理人です。また、父親たちから受け継いだ会社の共同所有者でもあり、ジェイムズ・シンクレアもその会社の共同所有者でした」

「検死局を出たあとで彼に電話したのはなぜですか？」

「報道陣がすでにジェイムズの家の外につめかけていると、法律事務所の同僚から聞きました。わたしはジョンが報道を通じて知るのを避けたかった。自分でじかに告げたいと思いました。会う場所を決めようと、彼のポケベルの番号にかけました。数秒後、彼がわたしの携帯に電話をくれました」

記録係がキーボードを叩き終え、一拍分の沈黙があった。何かが変だった。クラインは望みのものを得ようとしていた。こんなに簡単にいくのは変だ。

「判事閣下」クラインが口を開いた。「この審問の目的は、ミスター・キャメロンが——記録に留めていただくために申しますが、四件の殺人で逮捕令状が出ているミスター・キャメロンが、逮捕を逃れるために弁護士依頼人間秘匿特権を利用するおそれがないようにするということです」

「その点については、皆、疑問の余地なく理解しています」マーティン判事が答えた。

「ミスター・クイン。ジョン・キャメロンに連絡をとる必要があるときは、どのようにして連絡を取りますか？」

「申し上げたように、わたしが彼のポケベルにかけて、彼がわたしに電話してくれます」

「それだけですか？」

「それだけです」

「検察側はそのポケベルの番号を要求します」

「異議を唱えますか、ミスター・クイン？」判事はクインに訊いた。

「いいえ」

クインは番号を告げ、記録係がキーボードを叩いた。刑事たちも書きとめた。ポケベルか。キャメロンはきっと、クインから審問があると聞いた五秒後に、そのポケベルをゴミ箱に放りこんだことだろう。ストライク・ワン。マディスンは番号を丸で囲み、その背後にバツ印の骨を描いた。

「ミスター・キャメロンが電話をしてきたとき、あなたは彼に何と言いましたか？」

「緊急事態だ、すぐに会う必要がある、と告げました」

「どういう緊急事態か言いましたか？」

「言いませんでした」

「彼は驚いたようでしたか？」

「いったいどういうことだと、わたしに訊きました。わたしは電話では話せないと言いました」

「なるほど。電話では話せない。彼はどこからあなたに電話してきたんでしょう？」

「わかりません」

「彼は携帯電話をもっていますか？」

「知りません」

「昔からの友人で、共同所有者でもあるのに、あなたは彼が携帯をもっているかどうか知らないんですか？」

　クインは判事のほうを向いた。

「その質問にはすでに答えました。判事閣下」

「話を進めて、ミス・クライン」と判事は言った。

「あなたは彼のポケベルにかけ、彼があなたに電話をかけてきたわけですね。彼が電話を見つけるのにどのくらい時間がかかりましたか?」

「一分ぐらいでした」

「あなたが彼のポケベルにかけたとき、彼はたまたま電話のすぐそばにいたのでしょうか?」

「そうかもしれませんね」

「ミス・クライン」判事が注意を促した。

検事補は詫びの印に片手を少し上げ、話を先に進めた。

「電話では話せない、とあなたは彼に言った。それに対して、彼はどう反応しましたか?」

「どこで会いたいか、とわたしに訊きました」

「電話で話したくない話題があって、そういう会話をするのはよくあることですか?」

「いいえ」

「長年、ミスター・キャメロンの弁護士を務めてきたのに?」

「ええ」

クラインはクインをじろりと見た。

「会う場所を提案したのはどちらでしたか?」

「わたしです」

「彼に何と言いましたか?」

クインは朝食に何を食べたか話すような口調で答えた。

「わたしの家で会おうと言いました」

ストライク・ツー。マディスンは心の中でつぶやいた。

　クラインの唯一の反応は、テーブルに寄りかかり気味になったことだった。マディスンの後ろでケリーが鼻から息を噴き出す音がした。クインの家には入れない。家宅捜索はできない。ふたりの会合の目撃者もいない。キャメロンの居場所としては一番安全な場所だ。

「あなたが彼のところに行ったのではないのですね」

「そうです」

「あなたが連絡したとき、ミスター・キャメロンはどこにいたのですか？」

「知りません」

「彼が言わなかった？」

「わたしが訊かなかった」

　クラインはマーティン判事のほうを向いた。「宣誓をした上で嘘をつくことは、偽証とみなされるということに、ミスター・クインの注意を喚起していただきたいと思います」

「今、あなたがしたじゃないですか、ミス・クライン。あなたはわたしたちの知らないことを何か知っているんですか？」

「いいえ、判事」

「では、話を先に進めて。わたしの法廷で嘘をついたら、どういう目に遭うか、ミスター・クインはよく承知しています」

　クラインはうなずいた。

「遺体の身元確認のあと、まっすぐうちに帰りましたか?」

「はい」

「ご自宅まで、どのくらい時間がかかりましたか?」

「二十五分ぐらいです」

「あなたと電話で話してから、キャメロンが到着するまで、どのくらいかかりましたか?」

「一時間半ぐらいです」

「どこにお住まいですか、ミスター・クイン」

「スワードパークです」

「ということは、ミスター・キャメロンがあなたの電話に出たとき、どこにいたにせよ、スワードパークから一時間半のところにいた、と考えてよろしいですね」

「ええ。でも、ガソリンスタンドで給油したかもしれないし、道がこんでいたかもしれないから……何とも言えません」

「確かに。もっともなお考えです」とクラインは言った。「さて、彼はあなたのうちに着いた。それから、どうなりました?」

「判事閣下」クインは判事のほうを向いた。「個人的な目的でわたしが始めた通信から特権に保護された情報へと話が移ろうとしています」

「まだ、そこまでは行っていません、ミスター・クイン。その質問に答えてください」

「わたしは彼に話しました」クインはクラインに言った。

「彼はどんな反応を示しましたか？」

「度を失っていました」

「驚いたのですか？」

「はい」

「あなたから話を聞いて、彼は何と言いましたか？」

「何も。言葉が浮かばなかったようです」

「まったく何も言わなかった？」

「彼はショックを受け、茫然としていました。わたしもそうでした」

「ふり返ってみて、シンクレア邸で発見された証拠について今、ご存じのことを考え合わせると、彼の反応に何かおかしなところはありませんでしたか？」

「いいえ」

「完全な一貫性がありましたか？」

「閣下――」クインはクラインから目を離さずに言った。

「その質問はすでになされ、答えられています。ミス・クライン」

「ミスター・クイン。ジョン・キャメロンがあなたの家に着いたとき、彼が何に乗っていたか、気がつきましたか」

「閣下――」

「車なら車でいいんですよ、ミスター・クイン」と判事。

クインはブラウンとマディスンに顔を向けた。

「彼は黒のフォード・エクスプローラーを運転していました」

マディスンは彼をじろりと見返した。ふたりともわかっていた。審問が終わるとすぐ、警官が手配され、その車を探しにかかるだろう。だが、その車はポケベルと一緒にどこかに捨てられているに違いない。もっとも、誰かが売って誰かが買い、運転して回っているところを誰かが見たかもしれない。

「それは彼がいつも乗っているものですか？」

「わたしは車に関しては、気がつかないほうで」

「ほんとうですか？」

「はい」

「ちょっと信じられませんね。あなたに気がつかないことがあるなんて。ミスター・クイン。自動車局に黒のフォードのピックアップトラックがジョン・キャメロンの名で登録されていると聞いたら、驚かれますか？」

「いいえ。彼は以前、フォードのピックアップトラックを運転していました」

「それがどうなったか、知っていますか？」

「まったく知りません」

「あなたの家での会合に話を戻しましょう。あなたが彼に、シンクレア一家の死について話したあと、何が起こりましたか？」

「わたしたちはしばらく話をし、それから彼は立ち去りました」

「何について話しましたか？」

「閣下――」

「ミス・クライン。その質問は限度を超えています」

　クラインはうなずいた。

「あなたがたが会合したときのミスター・キャメロンの外見がどのようであったか教えてください」

「彼の外見ですか？」

「はい。まず服装から」

「ミス・クライン」マーティン判事が遮った。「それが何か意味のあることなのでしょうか？」

「閣下。越えてはならない境界線があることは承知しています。しかし、わたしはこの事件の重大さとミスター・キャメロンが現に自由であることによってもたらされる結果とを考えて、自分の力の範囲内で得られる限りの情報を得ようと努めております。そしてミスター・キャメロンがエロル・サンダーズ殺害との関連でも探し求められていることは、わたしが指摘するまでもなく、皆さん、よくおわかりのことと存じます」

「サンダーズ事件捜査のための令状は出ていませんね。だから、そこまで話を広げないほうがよろしいでしょう。しかし、外見について質問するささやかな自由は許します」

「わたしがお願いしているのはそれだけです」

「それだけならかまいません。どうぞ」判事は、続けなさいという手ぶりをした。

「彼は何を着ていましたか？」

「フリースの裏地のついた黒いジャケットにモールスキンの深緑のズボン」

サラ・クラインは記録部が加工した写真を取りだした。

「この写真はキャメロンの逮捕時の記録の写真からつくられました。現在の外見にどのくらい近いですか？」

クインはその写真を五秒間見つめた。「これは彼であって彼でない」

「まあまあ似ていますか？」

「ええ。しかたのないところでしょう」

「何とおっしゃいました？」

「おそらく最高の出来でしょう。あなたがたとしては」

クラインは写真を片づけた。

「あなたのご存じの範囲で、ジョン・キャメロンは武器をもっていますか？」

マーティン判事は、クインが異議申し立てをするだろうと思った。

ネイスン・クインは、みんなでポーカーをしていたある夜のことを思い出していた。チップをテーブルの下に落として、拾おうとしたとき、ジョンの足首に何かが巻きつけてあるのに気づいた。暗かったので、はっきりとは見えなかった。

「いいえ。わたしの知る限り、そのようなことはありません」

「検察官」マーティン判事はサラ・クラインに言った。「召喚状に挙げられた問題はすべて訊き終えたことと思います。ほかに何か質問したいことがありますか？」

「たくさんあります、閣下。残念ながら、この条件のもとでは質問できません。今日はこれで終わりにしましょう」

「ミスター・クイン、ありがとうございました。退出なさって結構です」

そのようにして、審問は終わった。

マーティン判事が法廷を出ると、ほかの者も続いて出た。弁護士と検察官と刑事たちはあとに残り、輪になって立っていた。

「この月曜には、目まぐるしく頭を働かせたようね、ネイスン」サラ・クラインが言った。

「ショックに打ちひしがれていても、すぐに気づいたのね。いずれ山ほど質問をされると。あなたは彼の安全な家には行かなかった。誰かに訊かれるかもしれないし、そうしたら、答えなくてはならなくなるから。あなたは彼の電話番号は知らないままにしておいた。誰かに訊かれるかもしれないし、そうしたら、答えなくてはならないから。あなたは長年、すごく注意深くやってきた。それでもあなたは今、ここにいる。これは飲酒運転の容疑じゃありませんよ。あなたにこの状況は覆せないわ」

ネイスン・クインが立ち去りながら言った。「わたしの依頼人の首根っこをつかまえることができたら、今ここにいるきみたちの全員が束の間の喝采を浴びるだろう。ほかの人物ではだめで、彼でなくちゃいけないんだな。きみたちは間違った場所を見て、間違った質問をしている。証拠品袋の中に突っこんだ首を抜き出して、周囲を見回せるようになったら、電話してくれ」

「出ましょう」とサラ・クラインが刑事たちに言った。「すぐに、ほかの事件の審問が始まるわ」

マディスンは気落ちしていた。せっかくクインに宣誓をさせたのに、成果があまりにも少なかった。もちろん車のことも、ポケベルのことも調べなくてはならない。でも、そんなのは取るに足らないことだ。クインは死体安置所をあとにしたそのときから、準備をしていたのだ。あのあと彼がしたことはすべて、一番大切な依頼人を守るための砦（とりで）を築くことだった。友人夫婦とその子どもたちの遺体を正式に確認したすぐあと、そんなことをする気分になるには、かなりの非情さが必要だろう。でも、彼はそれをやる。だからこそ、凄腕だと言われるのだ、とマディスンは思った。

刑事たちは裁判所ビルの裏口から出た。報道陣が動きだしているはずだ。ジョン・キャメロンの写真が盛んに出回ることだろう。

彼らは分署に向かった。ブラウンは先にフィン警部補に連絡して、審問の結果を受けとめるための覚悟を促した。それから、車を出した。

「クインが遺体を確認しているとき、どんなふうに見えましたか？」とマディスンは尋ねた。車はランチタイムの混雑の中を縫うように走っている。

「ひどく動揺していた」

「そりゃそうだろうと思います。平静でなどいられないでしょう」

ずっと心にわだかまっている問いを、マディスンは口にせずにいられなかった。

「彼は嘘をついたと思いますか？」

「今回の審問で？」

「ええ」

「クインが偽証したかと訊いているのか？」

「はい」

「そうは思わない。彼はこっちの求めるものをすべて与えた。ただそれが、われわれが必要とするものではなかっただけだ」

「そう、そのことを考えているんです。彼が何もかも与えたのは、彼がほんとうに痛手をこうむるものが何もなかったからではないかと」

「何か気になるのかい？」

「どちらとも言えません。彼が嘘をついたとは思いませんが、どうしてわざわざ、召喚されるようにしたのでしょう。マーティン判事の判事室でクラインに話せばそれでよかったのに。あんなのはエネルギーの浪費だし、クインはそういうことをするタイプじゃありませんよね。彼は正しい答えをすべて用意していました。ただわたしたちに車とポケベルのことを教えれば、それですんだのに」

「彼があえて言わなかったことがあると思っているのかい?」ブラウンはマディスンに訊いた。

「いいえ。もし彼が明らかな嘘をついているのがばれたら、ひどいことになるでしょう。クラインはクインに尋ねました。身元確認のあと何をしたかと。彼は、キャメロンに連絡を取ったと言いました。クラインは理由を尋ね、彼は答えました、会う約束をするためで、キャメロンに自分のうちに来るように言ったのだと……」

マディスンは初めてクインに会ったとき、彼が悲劇にどう対処するかを見た。彼は冷静さを失わず、適切な質問をした。感情をよくコントロールしていた。ブラウンとマディスンは、シカゴにいるアニー・シンクレアの身内や法律事務所の同僚に事件を伝えるのを彼に任せた。そしてそのあと、クインとブラウンは検死局で落ち合ったのだ。

ブラウンとマディスンが法律事務所でクインと別れた時点とクインが遺体を見た時点との間に、何かが変わった。彼が最初から強盗説に反対していたことをマディスンは思い出した。クインはこの事件が計画殺人でないとは、一秒たりとも考えなかったのだ。彼はシアトルの犯罪統計に詳しい。もしマディスンがクインだったら、同じ結論を出すだろう。シンクレア一家は狙いをつけられ、処刑されたのだ。

「どこかに寄ってコーヒーでも飲むかい?」ブラウンの声に、マディスンの考えは中断された。

「いいえ、わたしはいいです」

処刑は完璧に行なわれた。一点を除いて。それは現場に証拠が残されたことだ。遺体の身元確認をしたとき、ネイスン・クインはその証拠について何も知らなかった。それなのに、彼は友人一家の遺体を見てすぐ、キャメロンと関連づけた。そして、この恐ろしい災厄の余波がやがて、キャメロンの弁護士である自分にも及ぶだろうと悟った。そのあとクインがしたことは、被害を最小限にとどめる対策にほかならない。

　いつの間にか、ブラウンがカーラジオのスイッチを入れていたらしい。世界のニュースを伝える単調な声が流れている。

　マディスンが気になっている点は、クインがキャメロンにあの事件のことをじかに伝えたかったということだ。コマーシャルソングとスポーツ談義に挟まれたニュースで、あの事件が語られるのを聞くことがキャメロンにとってどういうことなのか、クインには想像できたのだ。その時点で、クインは弁護士としてではなく、友人としてふるまっていた。それについて彼が嘘をついていないのは確かだ。

　ということは、その後、ある時点で、法律相談へとスイッチが切り替わったのだ。マディスンは目を閉じた。確かに、電話で話すべきではない事柄がある。大学時代、レイチェルの母が電話をかけてきたことを思い出した。レイチェルの父が自動車事故に遭い、集中治療室（ICU）にいることをレイチェルに知らせるためにかけてきたのだった。マディスンはレイチェルとの共通の友人に電話をかけまくった。当時は誰も携帯電話をもっていなかった。一時間かけてレイチェルの足取りをたどり、何年ものちに彼女の夫になるニールの家にいるのがわかった。そこに電話したときに自分がレイチェルに言った言葉をマディスンは一言一句覚えている。「そこに迎えにいくわ。行き方を教えて」行き方を教えて。そう言った。

フロントガラスのワイパーの向こうで、きらめく光が雨ににじんでいる。マディスンは背筋を伸ばした。そう、そこだ。そこにクインが弱みを見せた一瞬がある。ジョン・キャメロンの自由が奪われる原因になりかねない一瞬が。クインは死体安置所から出てすぐにキャメロンに連絡した。「今すぐ会いにいく。行き方を教えてくれ」と彼は言った。そしてキャメロンは教えた。キャメロンのもとに車を走らせている最中に、クインは自分が秘匿権を手放し、厄介ごとの中に突き進んでいるのに気づいた。彼はキャメロンにもう一度連絡し、自分の家で会うことに変更した。

クインはそのことを問いただされないよう一心に願っていた。だが、クラインが——なにしろ経験豊富な検察官だから——そこを突いてきたら、弁護士依頼人間秘匿特権を主張し続けようと考えていた。たとえ、召喚状を受け取ることになっても。

答えのひとつひとつを勝ち取っているのだと検察側に感じさせておいて、「安全」バージョンの答えを与えよう。そうすれば、検察側は勝ったつもりになる。実際には何も得られていないのに。

クラインは、ふたりが何度話をしたか尋ねず、クインは嘘をつかずにすんだ。最初にキャメロンに連絡したのは友情からだった。だが、二回目のときには、話している相手は殺人者かもしれないという考えに、心が冷え冷えとしていただろう。

ニュースから天気予報に変わった。これから四十八時間の間に、寒冷前線がシアトルを通過し、猛烈なみぞれや雪が降り注ぐという予報だった。

　それぐらいのことがあって当たり前だとマディスンは思った。わたしたちはキャメロンを見失ってしまったのだから。


　マディスンたちはフィン警部補のオフィスの中に立っていた。フィン警部補はかんかんに怒っていて机の前にすわっていることができず、後ろの壁にもたれて立っていた。ブラウンとマディスンはドア近くの脇のほうにいて、部屋の真ん中をサラ・クラインに明け渡していた。クラインは歩き甲斐のない小さな部屋の中を落ち着きなく歩き回っていた。スピーカーフォンから、マーティン判事の声が聞こえている。

「わたしの判事室で話したときに、わかってくれてると思ったんだけど。何ともぱっとしない結果に終わったわね」

「閣下。彼はまだ宣誓下にあります」

「偽証したのですか」

「厳密にはそうではありませんが」

「もったいぶった言い方をしないで。イエス？　それともノー」

「ノーです。でも――」

「二時間前にはなかった新しい証拠があるの？」

クラインはマディスンを見やった。こちらの手元にあるのは勘でしかない。

「いいえ、閣下。もしよろしければ、ミスター・クインの証言についてわたしたちが抱いている懸念を説明させてください」

「ミス・クライン。あなたの質問が不適切であったとしたら、それはひとえにあなたの問題よ。同じリンゴを二度かじるのはだめ。この件はおしまいにして、ちゃんと起訴できる誰かさんを見つけてちょうだい」

マーティン判事は電話を切った。クラインはスピーカーフォンをオフにした。

「まったく結構な成り行きだ」フィン警部補が一拍置いて言い、コート掛けからコートを取った。「記者会見に行ってくる。刑事諸君、シフトの終わりまでにエクスプローラーのナンバープレートをもってこい。それができなかったらシアトルから出ていけ」

フィンがドアを開くと、大部屋が静まった。フィンは誰の顔も見ず出ていった。

「ごめんなさい」とクラインが言った。

「よくあることだ」とブラウンが答えた。「乗り越えて先に進もう」

マディスンは受話器を取って、キャメロンのポケベルの番号にかけた。つながったが、音声メッセージは流れず、少し待ったあと、ビーッという音が聞こえただけだった。

ジョン・キャメロンは今や公式に逃亡者となり、もっとも重要な十人の指名手配者リストに入った。彼のひとつ前は、担当の保護観察官を射殺した男で、彼の次は州間高速道路五号線沿いの町々で犯行を重ねているレイプ魔だった。記者会見は予想されたとおりに展開した。マスコミが飛びつき、夕刊紙は第一面を差し替えた。一般の人からの情報を求めるためのホットラインはすでに設けられていたし、クインの呼びかけに応ずる通報もひきつづき、警察が受けている。クインの報奨金は犯人の逮捕につながる情報を対象とするもので、とくにキャメロンとは言っていない。そこには微妙な違いがあるが、一般の人は気づいていないだろう、とマディスンは思った。

サンドイッチが包み紙のまま、マディスンの机の隅に置かれている。

マディスンはしばらく前から、ネットを見ていた。時折、静かにキーボードを叩き、メモを取る。

クインにしてやられたとわかったときの興奮はさめ、挫折感が胸の奥深く沈んでいる。

「ワシントン州に登録されているフォード・エクスプローラーが何台あるか知っていますか？」コンピューターの画面に目を向けたまま、マディスンはブラウンに訊いた。

ブラウンは電話の受話器を置いたところだった。キャメロンの写真を公表してからの四十五分間で、ホットラインに七十五件の通報があった。有望そうなものも少しずつ出てきている。

ブラウンは今、マディスンが置かれている立場をよく知っていた。彼自身、そういう立場に置かれたことが数えきれないほどある。そしてそのうちの幾度かは大変な思いをしたものだ。

「きみのせいじゃない」と彼は言った。「考え方としては正しかった」

「ええ、ほんとに鋭かったですよね。あと十分早く気づいていたら、今頃は彼のほんとうの家を捜索していたでしょうに」

「かもしれん。だが、それを言うなら、シンクレア一家が犬を飼ってたら、今日も生きているかもしれないね」

　マディスンはふり返って、ブラウンの顔をまじまじと見た。彼のことがあまり好きじゃないと思うことがときどきある。

「後悔している暇はないんだよ。クインのことで変わったのは、今ではわたしたちは事情がわかっているということだ。それはいいことじゃないか」と彼は言った。「で、その数は？」

「何です？」

「登録されているエクスプローラーの台数」

「十六万台です」マディスンは平然と答えた。

「そうか」

「黒以外の色の車が除外できます。女性、白人ではない男性、ある年齢、例えば五十歳を超えている人の名義で登録されたものも」

「うん。そこから始めよう。クインが審問のことを聞いたのはきのうの朝だ。だから、過去二十四時間の間にキャメロンが車を捨てた可能性がある。処分したい車があるとする。人の注意を惹かず、誰も持ち主を探さない場所、長い間使われないで置かれているのが当たり前の場所、それはどこだろう？」

「長期駐車場」

「まず、ダウンタウンと空港を調べよう」

何本もの電話がかけられた。その結果料金所にすわって世の中が動いていくのを眺めるのが主な仕事である多くの人々が、世の中のあわただしい動きに巻きこまれ、にわかに忙しくなった。


二時間ばかり経って、ダンがドアから顔を覗かせた。

「いいかい？」と彼は言った。

「ええ」とマディスンが答えた。

部屋には小さなテレビとビデオプレーヤーが運びこまれていた。マディスンは高く積んだテープの山に囲まれて、自分の席にすわっている。モニターに何か映っている。モノクロの映像でカメラはずっと固定されているようだ。マディスンがそれを一心に見つめている。

「何だい、これ？」

「シータック空港の防犯ビデオ。一番最近のから、遡って見ているの。テープがある限り」

ダンはマディスンの机にあったキャメロンの写真のコピーを手に取り、画面に目をやった。人々が行き来している。鞄やスーツケースをもっている人、いない人。帽子をかぶっている人。帽子をかぶっていてマフラーまでしている人。

「こんなにいっぱい人がいる中にやつがいてもわかるだろうか？」

「わかるかもしれないわ。でも、実のところ、彼が見つからないほうがいい気がしているの。飛行機で飛び立ってしまっていたら、連れ戻すのが百倍も難しくなるもの」

「見つけたくない人物を探してるってわけか」

「まあ、そんなところね」

マディスンは画面から目を離さない。画面に誰もいなくなると、誰かが通るまで早送りをする。

「見るからに、おもしろそうだな」

「そのとおりよ」

「クリスマスの予定は？」

「片手に七面鳥（ターキー）サンドイッチ、片手にリモコンをもってここにすわっているわ。ダン、あなたは？」

「ポートランドの親に顔を見せてくる」

マディスンは早送りボタンを押して、とめ、また押した。

「せっかくの大雪を体験しそこなうのね」マディスンは上の空で言った。

「大雪なんてごめんだよ」と彼は答えた。「ブラウンは？」

ブラウンは席にいなかった。

「そのへんにいると思うけれど」とマディスンは顔を上げた。「ホットラインに来た通報の中から、見こみのありそうなものの裏を取っているわ」

マディスンはビデオをとめ、立ち上がって伸びをした。「そちらは何をしているの？」

「これからホットライン当番だ。ところでＯＰＲのこと聞いた？」

「いいえ」

「ＯＰＲの調べで、タリーは匿名の提供者から情報を受け取ったことを認めた。金のやりとりはまったくなかったそうだ」

「ＯＰＲはそれを信用したの？」

「金という要素を取り去ったら、ほかにどんな動機があると思う？」

「なるほど」

マディスンはビデオに戻った。探している男とわずかでも似ている人はまったく見当たらない。ある意味ではいいことなのだが。

四時間目に入ると、さまざまな物語の展開に目がいくようになった。カップルの口論。チェックインカウンターの行列に割りこむ男。ほかの女の札入れを盗もうとして捕まった女。ブリーフケースを盗んだが、捕まらなかった男。

シフトの終わりの時間を過ぎ、夜更けにはまだ間がある頃、ブラウンが入ってきて、マディスンの机にピザの箱を置いた。それぞれピザを一切れ、手に取った。オリーブとアンチョビのピザ。アンチョビはふたりとも好きで、これについては常に意見が一致する。

ブラウンの机の電話が鳴って、彼が出た。耳を傾け、それから番号をメモした。

「調べてみてくれ」ブラウンはそのメモをマディスンに渡した。「黒いエクスプローラーだ。ステッカーによると、きのうの午後二時二十分頃からシータック空港の長期駐車場にあったらしい」

ブラウンはマディスンの目の色を読んだ。「やつが行ってしまったとは限らないよ。置いていっただけかもしれない」

「だといいんですけど」と言いながら、マディスンはパソコンに向かった。

二分で所有者がわかった。ベリングハム在住のミスター・ロジャー・ケイ。白人男性。ブラウンはマディスンの後ろに立って画面を見ていた。「年齢と白人というのはあっているが、似てないな」

ロジャー・ケイは腰のない茶色い髪と、見た人がすぐに忘れる顔の持ち主だった。ふたりとも前屈みになって写真に見入った。

「まぶたが半ば閉じている。口が違う」とブラウンは言った。

「顎先の形と下顎の輪郭も違いますね。彼のものとされている電話番号にかけてみてもいいですが、車が長期駐車場にあるんじゃ、家にいない可能性が高いですね」

「とにかくかけてみてくれ」

マディスンはその番号にかけた。しばらく待ったが、誰も出なかった。

「記録があるか見てみましょう」

その作業は一分ですんだ。

「何もありません。警察記録は何もありません」

「そうか。住所は？」

「ベリングハムです」

ブラウンは自分の席に戻った。「エクスプローラーに見張りをつけ、その一方で、住居を調べさせよう」

「令状をもらってきます」とマディスンが言った。マーティン判事は勤務時間外だが、令状交付マシンの異名をもつクレイマー判事が当番だ。運がいい。

二十分後、ブラウンの電話が鳴った。ベリングハム市警の制服巡査からだった。パトロール中のところを呼び出されて、派遣されたのだ。

「その住所の真ん前に立っています」と彼は言った。「空っぽの倉庫です。ドアは打ちつけられています。ドブネズミしか住んでいません」

「さて」ブラウンは受話器を置いて言った。「自分の車を自分以外の誰かの名義で登録したい場合、きみならどうする？」

「偽の身元の運転免許証を手に入れます」

「造作もないことだな」

マディスンは箱からもう一切れピザを取った。「必要な書類は出生証明書、他州発行の身分証明書、そして住所の証明のために銀行からの郵便物が二通。出生証明書を得るには、子どもの死亡の記録を調べて、生きていたら自分と同じ年齢の人を探す。そしてオンラインで十二ドル払う。ごく簡単です」

マディスンはキーボードを叩いた。「ちょっと試してみます」

「何だい？」

「社会保障庁の死亡記録ですよ。もしロジャー・ケイというのが偽りの身元だとしたら、その子どもの死亡の記録を見て、見つけたんでしょう——そういう名前の子どもの死が何らかの理由で登録されていたとしたらですが。そして、探し出された身元がこういうふうに利用されるわけです」

「子どもの死が登録される理由は？」

「例えば、両親が給付金を受けていたとか」

「そうだといいな」

マディスンは画面に返事が出るのを待った。ピザは冷たくなりかけていた。コーラがあったらいいのにと思った。ビーッという音が鳴った。

「ありました。ロジャー・ケイは八歳で死んでいます」

「鑑識に電話しよう」ブラウンが言った。そして五分もしないうちに、ふたりは車に乗って路上に出ていた。

空港警察の制服を着たふたりの男が、体が冷えきってしまわないように、盛んに歩き回ったり、足踏みしたりしていた。ブラウンとマディスンの車が近づいていくと、そのひとりが車のところまで来てバッジを確認した。もうひとりはエクスプローラーのそばに留まっていた。

　ブラウンが彼らの労をねぎらうと、相手は、お役に立てて嬉しいと言った。

「車に触れた方はいますか？」ブラウンはさりげなく訊いた。

「触れたかもしれません。中のものが見えないかと覗いたときに」と一方が答えた。

「わかりました。あと二、三分で鑑識課が来ます。あなたの指紋はすでに記録にあるでしょうから、問題ありません。教えてくださってありがとう」

　男たちは立ち去った。

　マディスンは手袋をはめ、三十センチもあるまばゆい懐中電灯を右手に握った。見たところ、車の外側は汚れひとつなかった。近づいて座席を照らした。ブラウンが反対側で同じことをしている。ふたりは車の前部から後部へと動いた。

　マディスンは少し屈んで、車のドアのハンドルを横から照らした。そのあと、ふたりが黒いカーペットをくまなく調べている間、二本の光線が何度も交わっては離れた。

「何もないですね」

「何もない」

　ブラウンは懐中電灯を消した。

「これがやつのかどうかはまだわからない」と静かな口調で言った。「百パーセント確実ではない」

「彼のですよ」とマディスンは言い返した。

「それは勘か?」

「ええ。わたし、今日は冴えてるんです」マディスンは車の後ろに膝をついて、車体の下側を照らし出した。

鑑識課のバンが到着した。エイミー・ソレンスンがジャンパーを着て、手袋をはめるのを見て、マディスンは喜んだ。

「月曜の現場が見られなくて残念だったわ」ソレンスンがふたりのところに来て言った。「週末に盲腸を切ったの。安静を命じられちゃった。わたしに言わせれば、時間のむだなのに。ここはどうなってるの?」

エイミー・ソレンスンは身長百八十センチの赤毛の四十代。人目を惹く女性だ。父親は警官だった。夫も警官だし、ふたりいる妹のひとりは風俗取締課の刑事、もうひとりは制服警官になったばかりだ。この一族は分署の伝説だ。エイミー・ソレンスンはガラスだって切れそうな鋭い知性とキング郡一の迫力ある高笑いの持ち主だ。ソレンスンがその気になれば、今すぐにでも、そのどちらなりと使えることをマディスンは知っている。

ブラウンとマディスンが手短に状況を説明すると、ソレンスンはさっそく仕事にとりかかった。彼女のパートナーはマディスンが二、三度見かけたことのある若い課員だ。ふたりは二つの強力な灯りを設置し、エクスプローラーを調べはじめた。

「これはきのうの午後からここにあった」ソレンスンはタイヤの周りのコンクリートを調べながら言った。「これから何をするか話すわね。できるだけ影響を与えない形で、この車の内部が提供してくれるものを垣間見させてもらうの。これから見つかるかもしれない痕跡証拠を損なうようなことはしたくないから。そして、もち帰ってから、しっかり調べるわ」

パートナーにエクスプローラーを駐車場から運び出すトラックを手配させておいて、ソレンスンは二十秒足らずで運転席のドアを開けた。

「いつもながらうまいもんだね」とブラウンが言った。

「シアトル一の腕よ」とソレンスンは答え、携帯用ライトのひとつを手に取って座席の周りや上部を照らし出した。

「におうでしょ？」ソレンスンはブラウンとマディスンに訊いた。「艶出し剤と掃除機に入れるお花の香りのナントカ」

ソレンスンはミラーを調べ、ハンドルの下を調べた。ダッシュボードの小物入れをあけると、明るい光を隅々まで届かせた。小物入れは空っぽだった。

ソレンスンは首をふった。「もう終わりにするわ。ここに置いとけば置いとくほど、汚染のリスクが増すし」

「捨てたんだろうね」とブラウンが言った。

「ええ、そうよ。それも、ずいぶんがんばってやったみたいね」

「痕跡証拠が出てくるには、きれいになりすぎてるってことですか？」マディスンが尋ねた。

「それはこれからわかるわ」

トラックが来て、みんなで何とかエクスプローラーを移した。トラックとともに鑑識のふたりが去ったあと、ブラウンとマディスンは空いたスペースに立っていた。ジョン・キャメロンがわずか一日半ばかり前にいたところだ。明るく輝いていた照明がなくなり、そこは寒い暗がりに戻っていた。

「ホットラインへの通報をチェックします」マディスンは携帯電話を開いた。

「待て」ブラウンが言った。彼はマディスンからほんの一メートルばかりのところにいる。背中を向け、でこぼこしたコンクリートの地面を見ている。「きみに考えてみてほしいことがある」

マディスンは携帯電話をしまい、ポケットに両手を突っこんだ。ブラウンはオイルのしみのついたコンクリートを調べている。

「何です?」

「あの車から何が出てくると思う?」ブラウンが訊いた。

ブラウンには、まったく無関係なことを質問して、マディスンを新しい考えに導いていく癖がある。マディスンはその癖にだんだん慣れてきていた。

「ソレンスンが何か見つけるでしょう。見つけるべきものがあるなら。それがわたしたちをどのくらいキャメロンに近づけてくれるかはわかりません。でも、どんなことでも役に立ちます。例えば、ロジャー・ケイの身元証明が崩れたことを彼は知らないでしょう。またどこかでその名前を使うかもしれません。彼の計画に齟齬が生じるはずです」

「そして、証拠がわれわれを彼のところに導いてくれる」

「遅かれ早かれそうなるでしょう。早いほどいいですけど」

「死体安置所に四つの死体がある。サンダーズで五つ目だ。わたしたちの手元にたくさんの〝どのように〟と〝何〟があるが、〝なぜ〟はほとんどゼロに近い。どうしてそうなのか説明してくれないか」

まるで数学的な問題を話しているような口調だった。ブラウンは寒さも、時間が遅いのも、ふたりが立っている場所が殺風景でがらんとしていることも、まったく意識していないようだった。マディスンは目がごろごろしていた。

「警察学校で教わりました。一方をたくさん得ると、もう一方はまったく得られないというマーフィーの第二法則です。だから、わたしたちはシンクレア一家については動機がわかっているけれど、サンダーズについては動機がわからない。シンクレアが彼から金を盗んだことは証拠があるけれど、なぜかはわからない。彼はドラッグと金をサンダーズの家に残したけれど、痕跡証拠は残していない。シンクレア邸で痕跡証拠をたくさん得たけれど、照合すべきものがないのです」と言いながら、マディスンはブラウンの考えているのはそういうことではないと感じとった。

「後ろにさがって全体を見る必要がある」

「彼はずっと、わたしたちより二歩先を行っています」マディスンは言い返した。「わたしたちはあとどれだけ後ろにさがらなければならないんですか？」

「今、きみはあの子どもたちを殺した男を見つけるために、どこまでやる覚悟がある？」

「必要とあらばどこまでも。いったい何をおっしゃりたいんです？」

「彼に見えているものがわたしたちに見えたとき、彼を見つけられるだろう」

「いいかげんにしてください」マディスンは自分がそう言っているのを聞いた。脳と口の間のフィルターがふいに消えたのだ。「何を隠しているんです？ まったくもう、あなたときたら、レインコートを着たヨーダだわ。何を言ってるのかさっぱりわかりません」

一拍の沈黙があった。マディスンは言葉を失った。ブラウンが驚いているのと同じくらい、マディスン自身も驚いていた。それから、ゆっくりと、地殻変動のようにブラウンの顔がほころんだ。

「わたしだって、きみ以上に状況がわかっているわけじゃないんだよ」彼は静かに言った。

ブラウンの携帯電話が鳴った。フィンだった。ブラウンは報告しながら歩きだし、ふたりは車に乗りこんだ。話を聞かなければならない人たちは、朝にならないとシータック空港に戻って来ない。

マディスンはすわったまま前方を見ていた。次に口を開くとき何を言えばいいのかわからなかった。ブラウンは車を出し、科学捜査ラボに急いだ。携帯電話を閉じたあとも、彼はまだ微笑んでいた。

ラボでは夜のシフトの人たちが忙しく働いていて、〝ビジター〟のバッジをコートにつけて静かな廊下を歩いているブラウンとマディスンに一度は視線を向けても、じろじろ見ることはない。

　飲み物とスナックの自動販売機があり、機械の上のネオンサインは容赦なくぎらついていて、マディスンはレンガの壁にぶちあたったように、どっと疲れを感じた。マディスンはコカ・コーラを選んだ。立ったまま眠りこけてしまう前にカフェインが効いてくれることを期待した。落ちてきた缶を取って、歩きながら飲んだ。

　ブラウンは水のペットボトルを買って飲んでいた。ソレンスンのオフィスのドアは開いていて、彼女の机の上にニューヨーク・タイムズがあった。ブラウンはそれを手に取って、廊下のベンチにすわり、眼鏡の位置を調整して読みはじめた。マディスンが廊下を行ったり来たりしはじめて二、三分経った頃、ブラウンが顔を上げた。

「そろそろすわったらどうだい？」

　マディスンは言われたとおりにした。彼は新聞に目を戻した。

「さっき言ったことですけど」とマディスンは話しだした。

「ヨーダの話かい？」ブラウンはあっさりと言った。目はまだ新聞を読んでいる。

「そうです」

「おもしろかったよ」とブラウンは言った。

　ふたりはそのあとしばらく黙ってすわっていた。ブラウンが時折新聞のページをめくる音を聞きながら、マディスンは冷え冷えとした壁に頭をもたせかけて目をつぶっていた。十一時を過ぎた頃、ブラウンの携帯電話が鳴った。ふたりは顔を見合わせた。いいニュースであるはずがない。

長い通話で、その大半、ブラウンは耳を傾けていた。電話が終わると、自動販売機の小さな機械音がふたりの周りの唯一の音になった。

「ロサンゼルス市警殺人課のフィンチ刑事からだった。彼らは今日、ある犯罪現場に呼ばれた。そこは警察によく知られたドラッグの売人の家だった。風俗取締課がずっと捕まえたいと願っていたが、立件できるような証拠が見つけられないでいた、そういう男だ。とにかく彼らはその売人の家に行って、三つの死体を見つけた。その売人本人とふたりのボディーガードのだ。一種の制裁のようだった。よりよき世界の実現にとってはよいニュースだが、警察としては捜査しないわけにはいかない。そこで、売人の友人や同業仲間を調べ、彼の死を望んでいたかもしれない人間を見つけ出そうとしている」

ブラウンはひと息入れた。

「ボディーガードたちは首をナイフで刺されて失血死した。売人本人は自分の銃で撃たれて死んだ。右目を撃ち抜かれている。ロサンゼルス検死局は、死亡したのは火曜日だと推定している。指紋はない。目撃者もいない。今のところ、いかなる痕跡証拠も見つかっていない。だが、シアトルに同業仲間がいることがわかった。名前はエロル・サンダーズ」

ブラウンはその名がマディスンの頭にしみこむのを待った。

「それで、彼らがその男のことを調べると――」

「ロサンゼルス市警はキャメロンがやったと考えているんでしょうか？」マディスンが遮った。

「彼らは死んだ男とキャメロンを関連づける材料をもっていない。サンダーズの件とボディーガードの殺され方以外にはな。ケリーにメールで、ナイフの傷についての詳細を送り、サンダーズの傷との照合を依頼するそうだ」

「それが起こったのは火曜日なんですね」マディスンは言った。

「ああ」

「サンダーズが殺される前ですね」

ブラウンはうなずいた。マディスンはそのことを考えてみた。時系列で整理してみよう。

「キャメロンは土曜日にはシアトルにいた。シンクレアの死亡推定時刻によって、それは裏づけられている。キャメロンは二日待った。月曜の午後にクインに会った。火曜にはロサンゼルスにいて、仕事をした。水曜の未明に戻ってきて、サンダーズを片づけた。初めての審問のあと、クインと話し、きのうの午後二時二十分にエクスプローラーを空港に置いた」

「忙しいことだな」とブラウン。

しばらくして、ソレンスンが姿を現した。「トランクの内部から親指の部分指紋がとれたわ。でも、ぼやけている。手全体で触れたあとを拭ったみたいな感じ。いずれにせよ、証拠としては弱すぎて、法廷では通用しないかも。外側と下側には指紋はなかった。当然だけど」ソレンスンは紙コップから一口飲んだ。「後部座席から二本の毛髪が採取できた。あ、でも喜ぶのは早いわよ。自然に抜けたもので引き抜いたものじゃないから、毛根がなくて、DNAはわからない。後部座席からは、微量の繊維もとれたわ。木綿か羊毛。黒よ。でも、一番よかったのは、ハンドルの真下の内装に微量の血液がついていたこと。彼の右の掌からのものかも。シンクレア一家の現場から出たDNAと比較しているところ。ということだから、あなたたちはもう、うちに帰りなさい」

マディスンとブラウンは外の闇の中に出た。遠くにそびえるビル群の空っぽのオフィスにともる灯りが煌々と輝いている。マディスンは早く車で家路をたどりたかった。自分の車の中でひとりきりになって、骨にしみとおるほどの音量で音楽をかけたかった。

ビリー・レインはその水曜日の終業時まで、修理工場で働きながら、タリーの記事や刑務所の洗濯場のコンクリートの床に死んで横たわっていたジョージ・パシューンのことを考えて過ごした。考えるというよりはむしろ、再体験をくり返しているかのようだった。そのせいで脳から手にうまく連絡がいかなくて、二度、怪我をした。そんなことはかつてないことだった。それが義兄の目にとまった。

「シートを血で汚すなよ」と義兄は言った。

そう言われても、ビリーは上の空だった。時間の経つのがとても遅かった。ようやくシフトが終わって修理工場を立ち去るとき、ビリーは新聞を細かく折ってコートのポケットに入れていた。誰も自分を知らず、自分も誰も知らないバーに行く必要があった。フェアーヴュー街から脇に入ったところにそういうバーを見つけた。地元の客を相手にひっそりとやっている薄暗い店だ。床におが屑が敷いてある類の店と大差ない。

隅のボックス席にすわり、ピーナッツの小鉢の横に新聞を置いたまま、一杯目のビールを飲み終えた。二杯目を頼んで、ちびちび飲みながらワシントン・スター紙を開いた。タリーの記事を二回読んだ。何度読んでも、冷たい恐怖に襲われるのは変わらない。だが、我慢して終わりまで読んだ。

三杯目のビールにとりかかるころには、少し気持ちが落ち着いてきた。ちゃんと考えたいなら、そろそろジンジャーエールに切り替えないといけないと気づいた。

仮釈放になってから、あの日の出来事を思い出すことはなかった。その記憶は監房に置いてきた。知っている者はいない。誰にも話さなかったから。話す必要がなかったのだ。ジョージ・パシューンの死体は、非公式にエドワード・モーガン・ラビノーという囚人の殺した人数に加えられた。ラビノーはすでにふたりを殺して服役中で、彼が三人に記録を伸ばしたとしても誰も驚かなかった。

ビリー・レインは安全なボックス席に身を置きながら、心の中で三年前のあの日の刑務所の洗濯室を訪れた。まっ正直に言うならば、自分が見た男がラビノーかどうか確信がもてなかった。もちろんラビノーは見知っていた。だが、言葉を交わしたことはなかった。一緒に動く仲間が違っていた。同じ種類の囚人ではあったが、囚人社会の階級でははるかに隔たっていた。そして今、ラビノーと自分との大きな違いは、ラビノーは今も服役しているということだ。それは確かだ。

タリーの記事によれば、ジョン・キャメロンという男が第一容疑者だという。それは、ビリー・レインが久しぶりに見聞きする名前であり、もう二度と見聞きすることがないように真剣に願っていた名前だった。

ジンジャーエールを飲み干した。ビリー・レインがかなり確信をもっていることがもうひとつある。パシューンが殺されたとき、キャメロンは刑務所に入っていなかったということだ。つまり、タリーが間違っているのかもしれないのだ。もちろん、そんなことはビリーには何のかかわりもない。今もかつても。

食べ物を注文し、ケーブルテレビのスポーツ番組を見ながら食べた。そして、収納式のベッドやテーブルがついたワンルームの住まいに帰った。彼はまだ、妻子のいる家に帰って一緒に住むのに十分なほど、ちゃんとやれることを証明できていない。今は週に二度、夕食を一緒にとることしか許されていない。彼は椅子にすわってテレビを見た。そしてそのまま眠りこんだ。

木曜の朝、ネイスン・クインの報奨金のニュースがすべての主要紙に載った。

第二十四章

　サリンジャー家のマイケルとハリーにとって、つらい冬だった。雨の日が多く、そうでなくても早く暗くなる。その上、父親はずっと機嫌が悪かった。ふたごの少年たちは、数えきれない午後を囚人のように家で過ごした。学校では七年生としての毎日に何とか耐えていた。早く春になり、早く夏休みが来るように祈っていた。

　ある土曜日の午後、ふたりが食料品店から戻ってくると、父親がキッチンで彼らを待っているのが見えた。マイケルが先に気づき、一歩さがって窓から離れた。父親はふたりに気づかなかった。マイケルはハリーについてくるように合図して裏木戸のところに行った。

「父さんがぼくらを待ってる」

「おれ、何もしてないよ」ハリーは反射的に言った。

「行こう」マイケルが言った。「どっちみち逃げきれないんだ。早いとこ、すませちゃおう」

　ふたりはキッチンに入っていき、食料品の袋をテーブルに置いた。

　リチャード・サリンジャーが息子たちを見た。「おまえら、『バック・トゥ・ザ・フューチャー』を観にいきたくないか？」

ふたりは言葉を失った。映画は封切られたばかりで、学校ではその話でもちきりだ。彼らは行列に並んで切符を買い、ポップコーンを買った。ふたりの少年はあっけにとられたまま、人ごみの中を進んだ。

映画を観ている最中、父親が声を立てて笑うのを聞くと、何とも言えない不思議な感じがした。父親は映画のあと、ピザを食べさせてくれた。ふたりはサラミとチーズの大きなピザを分け合い、チェリーコークを飲んだ。そこは親子連れでいっぱいだった。その晩、ハリーが眠りに落ちる間際に考えたのは、ほかの子たちにはこれが普通なんだろうな、ということだった。

リチャード・サリンジャーの上機嫌は一週間しか続かず、ある日、マイケルの「はい(イエス)、サー」がきびきびしていなかったという理由で、ハリーが後頭部をぴしゃりと叩かれた。ここで暮らしていかなくてもいいんだったら、ぼくらは何をしてるんだろうね、とあとでマイケルが言った。

ふたりは家の勝手口の段々にすわっていた。夏の一日が終わろうとしていて、頭上の空が茜(あかね)色に変わりはじめていた。裏庭の境界に沿って高い木々が並んでいて、父親が仕事に出たあとは、誰にも見られるおそれがなかった。

一本の紙巻き煙草をやりとりして、交替に吸った。もし父親に知られたら、この一服がどんなに高くつくかは承知している。

「家出したっていいんだ」とマイケルは続けた。「できないことじゃないよ」

父親がまだ警察にもっているコネをすべてフルに使って探すに違いないとふたりとも知っていた。幹線道路に出て五分と経たないうちに捕まってしまうだろう。

まだ煙草の残っているパッケージとマッチを小さなビニール袋に入れて、家から一番離れた木の下に埋め、その隣に吸殻を埋めた。

マイケルが拳銃を見つけたのは、その二日後だった。

ふたりはテニスボールをかわるがわる投げ上げながら階段をおりていた。マイケルが取り損ない、ボールは父の部屋のドアの隙間から、中に転がっていった。ふたりは顔を見合わせた。ちゃんとした理由なく、父の部屋に入るのはまずいことだった。テニスボールでは、とてもちゃんとした理由とは言えない。だが、父は出かけている。マイケルはそっとドアを押しあけた。

「きっとベッドの下だよ。さっと取ってさっと出てこいよ」ハリーが言った。

マイケルは入ったところで立ち止まり、部屋の中を見回した。ベッドは、あわただしく毛布を引っ張り上げた状態で部屋の隅にあり、傍らの椅子にジャケットとシャツが無造作にかけられていた。部屋は長い間換気がされておらず、咳止め薬のにおいがした。

「早くしろよ」ハリーは叫んだ。マイケルが父の部屋にいると思うだけで、うなじの毛が逆立った。

「わかってる」マイケルは手と膝をつき、ベッドスプレッドをもちあげて、ベッドの下の暗がりを覗きこんだ。

革の古靴が二足、ばらばらな角度に置いてあり、色がわからないぐらい厚く埃が積もっている。紐で結わえた靴箱がひとつあり、それと壁との間に、テニスボールが挟まっていた。この埃だらけの中に手を突っこむのはいやだったが、どうしようもなかった。ちょっとの我慢だ、と自分に言い聞かせた。

腹這いになり、顔を壁からできるだけ離したまま、靴箱に手を伸ばした。指の先が靴箱に触れるのを感じ、それをつかんだ。邪魔な靴箱を引き出してから、ボールに手を伸ばした。両目をしっかりと閉じた。息をするたびに、鼻に埃が吸いこまれるのを感じる。ボールをつかんで体を起こした。床にすわったまま、白いTシャツの前面を手で払った。

マイケルは靴箱をベッドの下に、足で押し戻そうとした。何かとても重いものが入っているようだった。

「どうしてそんなに長くかかっているんだ?」

「これ、見たことある?」マイケルは箱を指さした。

ハリーは部屋の中を覗きこんで、首をふった。

マイケルは箱を両手でもちあげた。ずっしりと重い。

この家の数多い秘密の中で、リチャード・サリンジャーによってもっとも堅く守られているのは、少年たちの母親の死についての秘密だ。彼らは母親の記憶がまったくない。リチャード・サリンジャーは何も語らず、彼らも問わない。けれどふたりだけの間では、母のことを話して、あれこれ思いを巡らすときがある。

　マイケルはおもむろに、紐をほどきはじめた。何が入っているのか見当もつかなかった。切り抜きとか、写真とかだろうか。

　ハリーはその場に立ちつくして見つめていた。

　マイケルは紐を脇に置き、蓋をもちあげると、口をぽかんとあけ、そのままハリーを見上げた。

「何だ？」

「こっちに来て」マイケルは緊張に張り詰めた声で言った。

「いやだ」

「ハリー」

　ハリーは部屋に足を踏み入れ、それを見た。白いハンカチに包まれたリボルバーと弾丸の入った小さな箱。布に包まれていてもそれが何なのかは疑問の余地がなかった。

　マイケルは箱を、ハリーとの間の床に置いた。そしてふたりはそれを見つめた。父親がまだ警察官だった幼い頃、仕事用の拳銃を何度も見せられた。それは父親の腰のホルスターに収まっていて、子どもの手の届かないところにあった。

　マイケルはハンカチの角をひとつずつもちあげた。手がもう少しで拳銃の金属に触れそうだ。

　拳銃はぴかぴかに磨かれていた。

長い間、ふたりはただ拳銃に見入っていた。やがてマイケルが握りをもってもちあげた。ハリーはみじろぎもしなかった。父がまだ拳銃を家の中に置いているとは、ふたりとも考えたことがなかった。木の下に煙草を隠すのは、子どもっぽいいたずらだが、これは越えてならない一線を越えている。今までにしたどんなルール破りもはるかにひどいことをしてしまった。

ハリーは寒気がした。「片づけなよ」と彼は言った。

マイケルは立ち上がって、腕を伸ばし、拳銃を窓に向けた。片方の目を閉じ、狙いを定める。「もうちょっとだけ」と彼は答えた。

どうして気持ちが悪くなるほど怖いのか、ハリーにはわからなかった。父はあと数時間は帰らないから、見つかるはずがない。マイケルがシリンダーを振り出し、覗きこんでいるのがわかった。弾丸は入っていなかった。マイケルが拳銃を気楽に扱っているのが気になった。どうしてあんなに物慣れた仕種で、握りを掌に収めていられるんだろう。

「片づけなよ」

「もうちょっとだけ」マイケルはハリーに拳銃を差し出した。銃口は床を向いている。「もってみない？」

ハリー・サリンジャーは三八口径の拳銃を受け取った。その重みに驚き、喜んだ。それは今まで出会ったことのない不思議なものだった。ハリーは腕を伸ばし、夕日を狙った。すごく気分がよかった。そうすることが、自分の心にぴったり添う感じだった。

ふたりとも膝をついて、箱に拳銃を戻した。注意深く布で包むのを忘れなかった。マイケルが元の場所に箱を押しやり、ふたりは部屋を出た。何も言わなくても同じ気持ちなのがわかっていた。ふたりはあの木のところに行き、煙草を掘り出した。一本ずつ取ると、勝手口の段々にすわって吸った。これまで感じたことがないぐらい怖くて、同時にわくわくしていた。

「できないことじゃないよ」とマイケルが静かに言った。

その夏の残りの日々は、ふたりとも拳銃のことで頭がいっぱいだった。どうして父がそれをもっているのか。なぜ隠しているのか？　この貴重な見つけ物を自分たちはどのように使おうか？　父親がそばにいるときには、ハツカネズミのようにおとなしくしていたが、ふたりきりになればすぐ、その同じ会話をくり返すのだった。

「新学期が始まる前に家出するのがいいと思う」ある日、マイケルが言った。ふたりで洗濯物を畳んでいるときだった。「もうひと冬ここで過ごすなんて、ぼくには我慢できそうにない」

ハリーはうなずいた。マイケルがもっぱらしゃべり、自分は聞く側になることに慣れていた。だが、今日のマイケルの話はいつもと違って、具体的だった。彼は日取りの候補をあげ、町を出る方法を口にした。大都市がいいと言った。子どもふたりが紛れこんだら、誰も見つけられなくなるような大都市。どこか暖かいところ。そういうところなら、ちょっとした仕事をすれば暮らしていける。何より大事なのは、あの拳銃をもっていくことだ、とマイケルは言った。そうしたら、それ以上、望めないぐらい安全でいられる、と。ハリーはうなずいた。

　ハリーは夜中に目が覚めることが多くなった。そんなときには、ベッドに横たわったまま、古い家がきしんで鳴る小さな音に耳を傾けた。父親と、家出についてのマイケルの固い意志との板挟みになり、潰されてしまいそうな気がした。

　拳銃の金属が掌に触れる感じは、目の前にすがすがしい青色を投げかける。そして、銃(gun)という言葉そのものに含まれるGは濃い紫をもたらす。目を閉じると黒を背景にその色が輝くのが見える。その感覚は、彼が好もうと好むまいと、受けとめる用意ができていようといまいと、彼のところにやってくる。

　日曜の朝。父はまだ眠っていた。夏の終わりによくある爽やかな晴天だった。キッチンのテーブルで、マイケルがハリーに言った。

「ワシントン湖のマウント・ベーカー・ビーチに行こうよ」

　ふたりはバスに乗った。家から離れるほど、気分がよくなった。労働者の日(レイバー・デー)（九月第一月曜）のウィークエンドだったので、ビーチは家族連れで賑(にぎ)わっていて、子どもたちがいたるところで水しぶきを上げていた。マイケルとハリーは二本のチェリーコークを買い、水際にすわった。しばらくしてハリーが立ち上がった。

「泳いでくる」

　日射しで肩が熱くなっていた。ワシントン湖の水はくらくらするほど冷たかった。ハリーは頭から水の中に飛びこみ、顔を出すと、首をふって水をはらった。

「気持ちいい。泳ごうよ」ハリーは手刀で水面を切り、マイケルに盛んに水しぶきをかけた。

　ふたりは水をかけ合い、それから潜水して足の届かないところまで行った。浮かび上がって空気を吸い、手足はぱたぱたさせ、お互いめがけて、口から水を噴き出した。ひとしきり泳ぐと、仰向けに浮かび、水に身を任せて漂った。
　二、三時間後、ハリーは岸に向かって泳ぎだした。
「ぼくはもうちょっとここにいるよ」マイケルはそう言って、ハリーの足裏が魚の尾のように、青い水の下で銀色にきらめきながら遠ざかっていくのを眺めた。

　ビーチに戻ったハリーは、脱いだ服を見つけ、横になった。そよ風が気持ちよかった。いつしか眠りに落ち、目が覚めたときには、髪が乾いていた。マイケルはまだ戻っていなかった。ハリーは立ち上がった。日は低くなり、大勢いた人たちのほとんどがいなくなっていた。ハリーは周囲をぐるっと見回した。湖面は静かだった。ハリーは水に足を入れ、岸を見たり、湖面を見たりした。

「大丈夫かい？」ライフガードがハリーの肩に手を置いた。ハリーはびくっとした。マイケルの遺骸が岸に運ばれてきたのは、日が沈んですぐだった。

ハリーは震えが止まらなかった。家に向かうパトカーの後部座席にすわっていた。ふたりの警官が優しく話しかけてくれても、耳にはいらなかった。警察無線が雑音を立てたかと思うとすぐに静まり、パトカーは彼の父の車のそばに駐車した。警官たちがドアをノックした。父親が姿を現した。警官のひとりは足元に目を落とし、もうひとりは、父の腕に手をあてた。リチャード・サリンジャーは顔をそらせ、ゆっくりと向きを変えて、パトカーをにらみつけた。

ひと月後、ハリーがキッチンの窓から見ていると、父親が近所の人に喧嘩を売っていた。やがてその人の飼い猫が喉を切られて死んでいるのが発見されたとき、ハリーの手の引っかき傷に誰も気づかなかった。その日、ハリーの父は顔をほころばせて言った。「ときどき、世の中は正しいことをしてくれる。しょっちゅうじゃないがな。だから、そういうことが起こったときは祝わなくちゃな」

ハリー・サリンジャーは自分の地下室で、ガラスのかけらに針金を二度巻いた。それは透明なガラス塊で、シャンデリアについているような涙のしずくの形をしていた。光の射しかげんによって、そのガラス塊は彼の手やテーブルの小さな木箱に、さまざまな光を投げかけていた。マイケルがいたら気に入ってくれるだろうに。

この作業をしていると心が落ち着く。テレビモニターの音声は切ってある。サリンジャーはときどき目を上げて、ニュースが始まっていないかチェックする。

アリス・マディスンのインディゴブルーの声が、今も凍りついて、犯行現場にある。その声がこんなふうに自分の家の沈黙を満たしてくれたことが、彼には信じられない。

……犯人が侵入したとき、誰もそれに気づかなかったんだと思います……。

アリス・マディスンは彼の仕事を詳細に描写していた。肌と肌が触れ合うような親密さが感じられるぐらいに。計画はすでにできているが、捨ててもかまわない。今は即興でことを行なうとき、流れに乗るときだ。彼女が現れたのは、彼にとって、ありがたい恵みだった。

第二十五章

アリス・マディスンは暗闇の中で目を開いた。ふいに目覚め、あたりを意識した。天井に映しだされたプロジェクション・クロックが五時四十三分を示している。ベッドサイドに置いた携帯電話が再び鳴り、マディスンはそれに飛びついた。

「もしもし」

「わかったらすぐに電話をしろとブラウンが言ってたから、彼にかけたんだけど、出てこなくて。それであなたにかけたの」

「ソレンスン……」

「おはよう」

「ちょっと待って……」マディスンは電気スタンドをつけ、両脚をベッドからふりおろした。着ているのはTシャツ一枚なので、寒さではっきりと目が覚めた。暖房のタイマーはまだ入っていない。酸素を送りこみ、脳を活動させようと、二度深呼吸をした。

「お待たせしました」

ソレンスンは世間並の前置きをしない。

「繊維はカシミア。血液は人間のもの。指紋は五点の特徴点が一致したわ。法的な効力はないけど、考える上で参考にはなる」

マディスンはソレンスンの言うことを呑みこもうと、懸命に頭を働かせた。

「話についてきてる？」ツナギの下に生々しい盲腸手術の傷痕を隠して夜勤を終えたとは思えない元気な声だ。

「何とか」

「ここからがいいところよ。五点が一致したのは、キャメロンの指紋」

マディスンはメモを取りたかった。手帳はコートのポケットで、コートは居間の椅子にかけてある。急いで移動した。

「ＤＮＡの結果が出るのはこれから。五点の一致は、法廷で意味をもつには全然足りないけど……」

「でも、全然一致しないよりずっといいじゃないですか」

「おっ、前向きな子ね。悪くないわ」

マディスンは口元をほころばせて、覚えておきたいことを急いで書いた。「カシミアでしたっけ？」

「黒のカシミア。趣味は悪くないわね。照合するのによさそうなものを探して。セーターとか、マフラーとか」

「わかりました。ありがとうございます、ソレンスン」

「うん、ブラウンに伝えてね。わたしは帰って寝るわ。昼前には戻ってる」

また眠ろうとしても無理なのはわかっていた。マディスンはコーヒーメーカーをセットした。待っている間に、スウェットパンツをはき、暖かい上着を着た。コーヒーができると、マグカップをもってテラスに出た。霜がおりている。マグカップのおかげで手が温かい。まだ真っ暗で、ほとんど何も見えない。けれどマディスンはここの木々も藪も知り尽くしている。久しぶりにテラスでゆっくりできるのが嬉しかった。この小さな平安が今日一日続くことを願った。

シータック空港のメインターミナル。人々はブラウンとマディスンに目もくれず、忙しく行き来していた。ふたりが支払いやチケットの購入について調べていたとき、ブラウンの携帯電話が鳴りはじめた。電話をかけてきたのは、警察学校を出てまだ半年の若いパトロール警官だった。キング郡空港のタクシー運転手たちへの聞き込みをしていて、あなたがたが興味をもつかもしれないことが出てきた、とのことだった。マディスンはわくわくした。

ボーイング社との深いかかわりからボーイング・フィールドとも呼ばれるキング郡国際空港には、定期的な旅客便はないが、企業や個人、飛行クラブなどの小型機の利用が一日あたり平均八百三十三回ある。

「右手に、傷痕があったのを覚えています」ジョージ・モルデンという運転手がそう言ったという。

火曜日の午後遅く、モルデンは手荷物をひとつもった男のひとり客を乗せた。ヘレス巡査が写真を見せたときには、ピンとこなかったが、右手に傷痕があると聞いて、モルデンはその男に間違いないと言いだしたのだ。

キング国際空港へ急いで車を走らせながら、ブラウンは分署に連絡して、似顔絵画家を待機させるよう頼んだ。

そして再び、写真を見せられたモルデンは目を上げて彼らに言った。「おれが見た男はこの男と同じだけど違う、なんて言ったら、変なやつだと思われそうだな」

ブラウンはふっと微笑んで首をふった。「この写真はコンピューターで作ったんだ。二十年前の写真をもとにしてね」

「そうか。目の感じは合ってるよ。だが、その男はもっと痩せていた。顎の感じもちょっと違う。顎鬚があった。山羊鬚ってやつです。髪はブロンドだったけど、オキシドールで脱色したみたいに見えた」

「建物の中にはいって、ちょっとすわってゆっくりしよう」とブラウンが言った。マディスンは身が引き締まるのを感じた。見失っていた臭跡がまた見つかったのだ。

モルデンはキャメロンをフェアヴュー街のホテル、〈マリオット・レジデンス・イン〉でおろした。

二つのことがマディスンの心に引っかかっていた。ローレルハーストにあの家をもち、おそらくキング郡のどこかにもう一軒、家をもっているキャメロンに、どうしてホテルに行く必要があるのだろう? もうひとつは手のことだ。四日間に七つの死体を残した際には細部にわたって警戒し、注意を払ったキャメロンが、身元の割れる特徴を運転手に見られるような不手際をするだろうか。

キャメロンはエロル・サンダーズを殺しに戻ってくるところだったのだ。土曜の晩のシンクレア一家殺しに始まった仕事の仕上げをするために。それまでは手袋をしていたに違いないのに、手袋を荷物に入れなかったのだろうか。ロサンゼルスの日射しがとても暖かくて気持ちよかったので、手袋をもち帰るのを忘れたのだろうか。

そんな馬鹿な。マディスンはそれらの考えを、時折、思い出しては悩むほかの未解決問題が入っている心のファイルに加えた。

〈マリオット・レジデンス・イン〉はユニオン湖のほとりにある。出張者や観光客を相手に繁盛しているようだ。パステルカラーのまったく同じ部屋をどこでも提供するチェーンのホテルで、こういうところによく泊まる人なら慣れっこになっている標準的な設備がすべてそろっている。だが、ジョン・キャメロンはそういう設備をまったく利用しなかった。火曜の夜、キャメロンがチェックインしていないことを、ブラウンとマディスンが疑問の余地なく確認するのに、一時間もかからなかった。本名でも、ロジャー・ケイの名でもチェックインしていないだけでなく、彼の特徴があてはまる者は誰も、火曜と水曜の間の夜にチェックインしていなかった。マディスンが宿泊客リストのプリントアウトに目を通している間、ブラウンがスタッフから話を聞いたのだ。

キャメロンはバーで酒を飲んだかもしれない。バーテンダーは確答を避けた。だが、それはそれとして置いておくしかない。マディスンは正直、驚いてはいなかった。がっかりはしたが、ショックを受けたというのではなかった。

ふたりは歩いてホテルを出た。キャメロンが三日前にしたであろうように。彼はチャーターした飛行機で空港に着き、タクシーに乗り、ここでおりた。チェックインはせず、歩いて外へ出た。次は何をしたのだろう。マディスンは湖面を渡ってくるそよ風のにおいを嗅いだ。ユニオン湖は道路の向こう側に、暗く静かに広がっている。マディスンははっとした。そうだ。そうに決まっている。マディスンには自分の直感の正しさがわかっていた。

「船をもっているんだわ」

ブラウンはマディスンの目を見つめ、うなずいた。「そうか。クインが隠しているのはそれだな」

ふたりはそこに立った。チャンドラーズ・コーヴと呼ばれる入江が目の前に広がっている。潮の香りのする湿っぽい夕闇の中に、数えきれないほどの桟橋と船が見える。

「ちょっと歩こう」とブラウンが言った。

船が絡んできたのは厄介なことだ。それにしても、どうしてももっと早くその可能性に気づかなかったのか。マディスンはふいに自分自身に嫌気がさした。シアトルで船をもっているということは、どこにでも行け、どこにもいないということだ。水の上では、見えない存在になることができる。船の数の多さは容赦ない現実だ。シアトルのキング郡に登録されている船はものすごい数だろう。

まだしっかりした証拠は何もない。だが、ブラウンとマディスンには強い確信があった。キャメロンが、いったんホテルの中にはいってから、出てきて、乗ってきたタクシーが去ったのを確認し、足取り軽く自分の船が停泊している桟橋に歩いていくのを、わが目で見たかのようだった。それがどんな船だったかはわからない。チャンドラーズ・コーヴの燃料補給ドックは、二十四時間営業で、六十五フィートまでの船を受け入れる。キャメロンはユニオン湖からワシントン湖に行くこともできたし、ピュージェット湾に出れば、そのあとどこにでも行けただろう。カナダのバンクーバー島への船旅で、すばらしい景色を楽しむことだって、やろうと思えばできただろう。

マディスンはあたりを見回した。たくさん並んでいる桟橋の上にはほとんど人影がなかった。ということは、目撃者を探すのに難儀するかもしれない。フォード・エクスプローラーはロジャー・ケイという別の名前で登録されていた。それがキャメロンが常にとっている方法である可能性が高い。つまり、船はまったくの別人のものとして登録されているだろう。ばらばらにしておくほうが安全だから。注意深くなければ、キャメロンがこんなに長く捕まらないでやってこれたはずがない。おそらく、彼はたくさんの身元をキープしていて、運転免許、船、不動産、飛行機の切符など、目的ごとに使い分けているのだろう。考えに浸っていたマディスンがふと気づくと、ブラウンがしゃべっていた。

「船のことを何か知っているかね？」

「カヤックを一艘もっています。あれが船のうちに入れば、ですが」

「そうか。こういうふうに考えてみようか。船をもっていたら、つないでおかないといけない。維持しないといけない。燃料を入れないといけない、雨の多い九か月の間、どう保管するか考えないといけない。ここにある四十フィート級のを一艘もっていたら、それだけで、金が燃えていくようなもんじゃないか」ブラウンの視線は、優美な帆船や設備のよいキャビンを備えたずっしりしたモーターボートの上をさまよっていた。「キャメロンはそんなことに金や時間を使わないと思う。彼が船をもっているとしたら、性能のいい小さなものだろう。どこかで誰かがそれに乗っている彼を見たはずだ。髪の毛がどうなっていたかは知らんがね」

マディスンはハーフコートのポケットに両手をつっこんで、茜色の空を見上げた。

「シアトル市の陸地は二百十七平方キロメートル、水面は百五十二平方キロメートルですね」

ブラウンは何か言いたげにマディスンをふり返ったが、何も言わなかった。船が小さく上下し、お互いに軽くぶつかっていた。

分署に戻ると、マディスンは娯楽室の冷蔵庫をあけ、中味を調べた。こういうときに備えて、自分の机か、この冷蔵庫に何か食べ物をしまっておこうといつも思うのだが、いつも忘れる。

冷蔵庫は空に近く、手早く掃除ができそうだった。二段目の棚の奥には、マディスンが殺人課に加わったときから、ずっと同じチキンスープの箱が鎮座している。その隣には半欠けのベーグル。ベーグルに挟まっている緑色のものは、サラダであってほしいが、正体はわからない。冷蔵庫の内部の底面には、かつて液体だったらしい黄色いものが、こぼれてこびりついている。ソフトドリンクだろうか。スープだろうか。OPRなんか気にすることはない、とマディスンは思った。世界保健機関（WHO）がこれを見たら、十億分の一秒で殺人課の閉鎖を命じるだろう。

アンドルー・ダンが近づいてきた。ネクタイを緩め、一番上のボタンをはずしたワイシャツ姿だ。彼はマディスンの傍に立ち、ふたりはお互いのよれよれぶりをしみじみと見つめた。彼の赤毛はぼさぼさで後ろに突き出しているし、顔色が悪く、そばかすがきわだっている。

「船のことで苦労しているんだってね」とダンが言った。

「そうなの」

「免許を出す役所に友だちがいる。役に立つなら紹介するよ」

「ありがとう。でも、機械にどんどんプリントアウトを出してもらって、確認していくしかないみたい」

「幸運を祈る」

「シータックから何か出てきた？」

「いや。ただ、ケリーが怒っている。あんたたちと一緒にボーイング・フィールドに行けなかったんで。すぐ戻ってきて、似顔絵画家のところからタクシー運転手を引っ張ってきてたよ」

そのことについては、マディスンとしては返事のしようがなかった。両眉を上げ、目を丸くしながら、適切なリアクションだと考えた。ケリーがそういう刑事だからこそ、ブラウンは運転手のことを聞いたとき、分署に電話を入れて直行し、ケリーを連れてはいかなかったのだ。

ダンは人差し指の先でそっと冷蔵庫の扉を閉めた。

「今日は〈ジミーズ〉のミートローフの日だよ」

〈ジミーズ〉は分署から三ブロックのところにあるバーで、警官たちのたまり場だ。忙しくて手が足りない場合を除き、常連客が頼めば配達もしてくれる。ダンの携帯電話の短縮ダイヤルには、この店の電話番号が登録されている。二十分後、金曜の夜の特別料理六人前が届けられた。

マディスンは自分の分の箱をもって席に戻りたい、と一瞬思った。シータック空港の航空会社からのプリントアウトと、ワシントン州船舶免許許可局からのプリントアウトが、机の上に小山をつくって待っているから。けれども、マディスンはスペンサーの机の端にすわり、非社交的な態度をとらずに数分過ごすことにした。ケリーはマディスンを無視していた。ロザリオは新聞を読んでいる。ダンとスペンサーは刺青（タトゥー）の話をしている。ブラウンはひっそりとすわり、食べ物を口に運びながら、ロサンゼルス市警から届いたファックスを読み返していた。

マディスンはミートローフをひと口食べた。すばらしくおいしい。祖母だって同意見だろうと思う。

ほどなく、自分の机に戻った。書類はきちんと分けて置いてある。コーヒーのカップをもっていたマディスンは置き場所をつくるために、ファイルをひとつ手に取った。そのファイルに入っていたのは、図書館でホー川誘拐事件やキャメロン、シンクレア、クインのバックグラウンドについて調べたときのメモやコピーだった。マディスンはファイルを開き、自分自身が書いた文字に目を走らせた。これを書いてから、さらに四人が死んだのだ。

新聞記事にはデイヴィッド・クインの葬儀の写真が出ている。大勢が写っている写真とマディスンが見た覚えのないジョン・キャメロンの写真だ。その写真のキャメロンは片腕を吊っていて、もう一方の手でカメラマンの首からぶらさがったカメラをつかんでいる。彼の周りの大人たちは、ネイスン・クインを除いて、カメラマンが紛れこんだことに気づいていないようだ。カメラマンの顔に驚きが走っている。キャメロンの顔には純粋な憎悪がある。少年のキャメロンよりはるかに背が高く、はるかにがっしりとしたその男は、あわてて後ろにさがり、逃げようとしている。キャメロンには、恐れている様子がまったくない。彼の小さい体よりもはるかに強力な何かに突き動かされている。

マディスンは瞬きした。ファイルをどかせたときに、その下にあった別の新聞記事の切り抜きが目にとまっていた。マディスンはそれに手を伸ばした。それはアンドルー・ライリーがバーの裏手の路地で襲われた事件の報道だった。犯罪現場でシンクレア一家の遺体を撮ろうとした、あのふてぶてしい男だ。マディスンは、襲われたあとのライリーについて、担当刑事が言ったことを思い出した。ショックを受けて怯えている、ということだった。

マディスンはまた瞬きした。意識の片隅で、ブラウンがスペンサーと一緒にドアのそばに立っているのを感じた。マディスンは顔を上げて彼を見たが、何も聞こえなかった。ブラウンはマディスンと目を合わせた。スペンサーはまだ、ブラウンに向かって話し続けている。マディスンは手元に目を落とした。片手にキャメロンの写真、もう一方の手にライリーの記事。そのとき、ある考えが閃いた。明確で、否定しようがなく、圧倒的な説得力をもつ考えだった。一瞬前にはわからなかったことが、今やはっきりとわかった。

再び目を上げると、見つめていたブラウンの目に捉えられた。ブラウンはスペンサーに何か言い、スペンサーは立ち去った。ブラウンはマディスンとともに使っている部屋のドアを閉め、そのドアにもたれた。

「ライリーを襲ったのはキャメロンです」まだ驚きに打たれたまま、マディスンは言った。

「そうだ」ブラウンはあっさりと言った。

「『そうだ』ですって？」

彼はうなずいた。

「ライリーが死んだ友人たちの写真を撮ろうとしたから、襲ったのですね」

マディスンは口をつぐんだ。知っていることのすべてが形を変え、名前を変えていく。

マディスンは片手を上げた。「一分ください」マディスンの目はひとところに留まっていられなかった。シンクレアの犯罪現場の報告書、写真、ネイスン・クインに対する聞き込みのメモ、ソレンスンのエクスプローラーについての予備鑑定。自分が見たすべてのこと。自分のしたすべてのこと。

「なんてこと！」マディスンは自分の後ろの壁を掌でぴしゃりと叩いた。げんこつで壁に穴をあけるぐらい簡単にできそうな気がした。だが、ブラウンに向き直ったとき、マディスンの声は制御され、怒りは抑制されていた。

「知ってたんですね？」

「ああ」

「で、その考えをわたしに打ち明けないことを選んだ？」

「わたしからきみに話してしまったら、きみにとって何の価値もない。きみが自力で同じ考えに至ると信じていた。わたしときみとで、フィンを——あるいはほかの誰でも——説得しなくてはならなくなったとき、きみがほんとうは半信半疑なんじゃないかと思いたくない。きみが自分の目で見つける必要があったんだ」

「もし、わたしが気づかなかったら？」

「パートナーを替えてくれと要請していただろうね」

ふたりは目と目を見交わした。

「筋道立てて考えてほしい」とブラウンが言った。

「わかりました」

「よし」

　ふたりは腰をおろした。

　マディスンがついさっき気づいたことの意味とその帰結の中で、飛び抜けて肝心な部分は、明確に口にすることがためらわれるといってよいものだった。〝どのようにして〟と〝なぜ〟にあれほど多くの時間を費やしたあとではなおさらだ。だが、それを今、声に出して言わなくてはならない。

「キャメロンが自分の友人たちの威厳に侮辱を加えたことでライリーを罰したのだとすると、その論理的な帰結は、キャメロンは彼らの死に責任がないということです」口にすると奇妙な感じがした。「もし、キャメロンが彼らの死について責任があるとしたら、露出を歓迎したでしょう。そうしていたら、犯罪現場をつくりこみ、遺体の配置に念を入れたことにもよく符合します。彼は世界じゅうに、自分のしたことを見てもらいたかったはずです」

「わたしはキャメロンがあれをやったとは思わない」

「いつから疑いはじめたのですか？」

「ペインがグラスのことで電話してきたときから」

「火曜日の朝の捜査会議の間でしたっけ？」

「そうだ」

「あの日からなんですね？」

「言いたいことはわかるさ」

「誰にも言っていないんですか？」

「フレッド・ケイマンには話した」

「その前からおかしいと思っていて、グラスのことが決定打になった？」

「そんなところだ。その時点で、われわれはサインの偽造された小切手の一部と革紐の結び目に挟まった体毛とを手に入れていた。幸運が重なり過ぎだよ。キャメロンのこれまでの仕事を見れば、シンクレア家の犯行現場は、犯行の性質がまったく異なるものだとわかる」

「あそこで出てきた証拠をひとつひとつ検証する仕事が残っています」マディスンは証拠が好きで、証拠を信じる。自分の信念を誰かが利用したこと、そして偶然とコーヒーのカップがなければ、それに気づかなかっただろうということに、マディスンのプライドが疼いた。

マディスンの心の中で、さまざまな要素がかちりと音を立てて、正しい場所に収まろうとしていた。

「キャメロンがシンクレア一家を殺していないとすれば、誰かほかの者が殺したわけです。ロサンゼルスのドラッグの売人やサンダーズが関係していて、キャメロンがそれに気づいた」

「あれがあの連中のスタイルだと本気で思っているのか？」

「ちょっと話を戻しましょう。あなたは火曜日にこのことを考えはじめた。そのときから、わたしたちは、キャメロンの逮捕令状を取ったり、クインにしゃべらせようしたり、書類をかきわけて進んだりしてきたわけです。ただひとつの目的——キャメロンを見つけるという目的のために。そこへこのどんでん返し——彼は犯人じゃなかった——ですか。どうしてまた、誰にも話さなかったんです？」

「証拠がゼロだから。これは勘なんだ。絶対正しいという確信はあるんだが。証明する方法はただひとつ、同時に両端を目指して捜査することだ。殺人者が残した手がかりをたどってキャメロンを追うことと、それを役立てて殺人者本人に到達することと。

これは土壇場ででっちあげられたことじゃない。そいつは警察が何を探すか知っていて、それを寄越した。そいつが罠をしかけ、舞台をつくりあげたやり方自体が、わたしたちにそいつのことを教えてくれる。そいつの考え方や、何がほしくてこんな手のこんだことをしたのかを。それから別なこともある。キャメロンはシンクレア一家は殺していないにせよ、ロサンゼルスの三人の男とシアトルのひとりの男が死んだのは、キャメロンが彼らは死ぬべきだと決めたからだ。もし、殺人者がキャメロンに近い人間だったら、キャメロンを銀の盆に載せて、はいどうぞとわれわれに差し出すこともできるだろう。そうなったらわたしは、いらないとは言わないよ」

マディスンはブラウンが言ったことについて考えた。

「シンクレア一家にもう一度、目を向けてみよう」とブラウンが言った。「まず、〝死に方〟から」

「妻と子どもたちは射殺。夫は縛り上げられたうえ、クロロホルムを吸いこんだことによって引き起こされた心臓発作で死亡。その違いは、家族が殺されていることをジェイムズ・シンクレアに知らしめるのを、殺人者が望んだことを意味する、とわたしたちは結論づけました。金を盗んだことをキャメロンが罰したのだと」

「あの犯行現場から、キャメロンという要素を取り除いたら、どうなる？」

「殺人者はシンクレアが、家族全員が死んだあとに死ぬことを望んだ。殺人者は、シンクレアがゆっくりと苦しみながら死に、家族に何が起こっているか知っていたことを、キャメロンに知らせたかった」マディスンは答えながら、第一の結論よりさらにひどいような気がした。

「そうだね。そして、それはロサンゼルスのあの連中のやりそうなことではない」

マディスンは椅子の背にもたれた。「《十三日》というのは、キャメロンへの警告なんですね。そしてその男はまだ何かやる気でいる」

ブラウンは一度だけうなずいた。マディスンには彼の考えの正しいことがわかった。背筋に冷たいものが走った。エロル・サンダーズが活動していた世界では、報復は速やかに行なわれる。そしてその世界では、細部まで気を配った仕事より、銃器の使用が目立つ。シンクレア一家の身に起こったこととはそれとは別物だ。

ブラウンは鑑識課の報告書を手に取ってめくった。

「グラスにキャメロンの指紋がついていたとペインが言った瞬間から、証拠がすべてになった。殺人者は証拠を通して、自分の姿を見せる。そいつはＤＮＡと指紋を使って、自分の標的を現場に結びつけ、偽造と横領という材料で動機をつくりあげた」

「ああ。サルツマンは税金の記録を調べ終えましたか？」

「ああ。シンクレアが不適切な行為をしたことを示すものは何も見つからなかった」

「口座に小切手と金が出入りしています」

「別名で口座を開くのはごく簡単で、すぐにできることだよ。きみはシンクレアの家にしばらくいたが、どう感じた？　シンクレアは余分な金を必要としていたか？」

「いいえ」

「きみの直感はどういうものだった？」

マディスンは首をふった。シンクレアの家にいる間はずっとホームムービーを見ていたのだ。直感はあったが、むしろそれを無視しようとしていた。だが、今ふいに、あることが閃いた。

「あの革紐。革紐についた血液と細胞の量が、シンクレアの受けた傷に合致しないと、おっしゃってましたね。もがき方から考えて、もっと多量についていていいはずだと。そこで、なぜ、殺人者が彼の手首を縛り直したのか、という疑問が出てきた」

「その答えはもうわかっている」

「結び目に体毛を挟むために縛り直した。シンクレアが生きていてもがいている間は、そういうことはできなかった」

マディスンの心に殺人者の姿がおぼろげに浮かびはじめた。彼を見つけるには、まず彼を理解する必要がある。彼と戦うには、それ以上のことが必要になるだろう。そして、それは警察学校では習わなかったことかもしれない。

マディスンの携帯電話が鳴った。ふいをつかれてマディスンはぎくっとした。小さな画面で時刻を確認した。午後十時四十五分。知らない電話番号だ。

「もしもし」

「もしもし。マディスン刑事ですか?」

成人男性。二十歳と五十歳の間。地元の人だ。

「はい。どなたですか?」

「グレッグ・フィリップスと言います。二、三日前、ローレルハーストで、父のクライドがあなたと話しました。父はジョン・キャメロンの家の向かいに住んでいます」

買い物袋をもっていた年配の人だ。

「はい。もちろん覚えています。お父様はお元気ですか?」

「ありがとう。大丈夫です。父がいただいた名刺を見て電話しています。実は今、九一一番に通報したところなんです。キャメロンの家に何者かが押し入ろうとしているのです。あなたが関心をもたれるかもしれないから、お電話するように、と父が申しました」

「ご連絡、とてもありがたいです。すぐにそちらに向かいます」

マディスンは携帯電話を閉じて立ち上がり、ハーフコートに手を伸ばした。「何者かが、キャメロンの家に押し入ろうとしています」
ブラウンもコートをつかんだ。

第二十六章

　ふたりは署内を駆け抜けた。ほかの刑事たちは外に出ていたり、非番だったりで、誰もいなかった。道は空いていて、ローレルハーストに早く着けそうだった。冷えこんでいるので、分別のある人は皆、家にとじこもっているのだろう。

「ケイマンは何と言っていましたか？」二十三番街に入るとすぐ、マディスンは尋ねた。

「ＤＮＡと指紋の利用に注目していた。警察の仕事に親近感をもっている者に当たれと言っていたよ。警察学校に志願したが、はねられたやつとか、警官のたまり場のバーによく行って、警官と雑談をするやつとか。そういった類のことをする連中だ」

「警察学校に志願して、はねられなかった者、という可能性はありませんか？」

「あの一家へのやり口をみると、心理学的テストでひっかかっただろうと思う。あれは最初の仕事じゃない。手慣らしをする時間をとっているよ」

「警察学校から記録をもらえるでしょうか？」

「明日頼もう。ところで、ペインにグラスをもう一度調べるように頼んだ。とくに、何らかの化学的処理が行なわれていないかどうか。ソレンスンは体毛を調べている、そいつが体毛をどのように手に入れ、どのように保管していたかわかるかもしれん」

　マディスンはいまだ、自分の立ち位置をつかめきれていなかった。ここにいたかと思うと、別の場所にいる。足元がぐらぐらする。ブラウンはマディスンがどう感じているか正確にわかっていた。「今、この瞬間、フィン警部補にきみの見解を訊かれたら、どう答える？」

　マディスンは頬をふくらまし、ふーっと息を吐いた。「ほら、二つの像の組み合わせになっている絵がありますよね。騙し絵みたいな。ポイントは、二つの像を同時に見ることはできないってことです。一方を見ているときは、もう一方は見えなくなる。逆も同じです。今ではライリーを殴ったのはキャメロンだとわかっていますが、そこに目を向けると、全体像がわからなくなるんです」

　ブラウンはうなずいた。

「わたしはまだ、〝なぜ〟がわかりません」とマディスンはつけ加えた。

「一週間ずっと〝なぜ〟を扱ってきたが、その結果ははかばかしくない。今日は、〝どのようにして〟と〝誰が〟がわかれば、それで満足しようと思う」

　マディスンはホルスターの位置を少しずらして、座席の背にもたれた。「ローレルハーストの家には見張りがいましたよね」

「人手が足りなくて、その人員は聞き込みに回された。今は、パトカーが一時間に一度かそこら、様子を見にいっているはずだ」

「これが単なる住居侵入である可能性は低いでしょうね。何か盗んで、インターネットオークションに出すつもりじゃないでしょうか」

「近づきすぎた報道関係者かもしれんな。住居侵入も昔と違って多様化している」

「フィン警部補に話をしなくてはいけませんね。近いうちに」とマディスンは言った。

「あした、しよう。朝早く」

「警部補が一杯目のコーヒーを飲んだあとに」

「それがいいな」


ローレルハーストは静まり返っていた。住宅街はすでに寝静まっていて、薄い霧が立ちはじめていた。ブラウンは右に曲がってキャメロンの家の通りに入り、速度を落とした。左右の家々の私道に車が停まっている。

シアトル市警の制服巡査がひとり、通りの中ほど、キャメロンの家の向かいに立っていた。彼は左手に懐中電灯をもち、ふたりの車が近づくのを見ていた。ブラウンは駐車すると、自分とマディスンの名前を言って、外に出た。警官の懐中電灯がふたりの足元を照らした。夜気が刺すように冷たかった。

キャメロンの家は前に見たときと変わらず、荒涼とした感じがした。向かいのフィリップス家の窓の二つばかりに、まだ灯りがともっていることにマディスンは気づいた。

「九一一番への通報に対応して、パートナーとともにここに来ました。所有者は不在です」

メイスンと名乗った巡査は背が高く、痩せてはいるが強靱そうな体つきで、帽子の下の顔は平凡だった。

「それは予想どおりだ」とブラウンが言った。

「正面のドアと窓はわたしが見張っています。パートナーは裏手から誰か出てきたときに備えて、車でそちらに回りました」キャメロンの裏庭は、並行する通りに面した別の家の敷地に接している。

警官の携帯無線機に雑音が生じ、じきに消えた。そのとき、ガラスの割れる音がした。彼らは拳銃を手に、私道をガレージのほうへと走った。

メイスン巡査が無線機に呼びかけているのを、マディスンは背後に聞いた。

ガラスが割れる音は裏庭の奥から聞こえた。そこへ行く唯一の方法は家の脇を通ることだ。木々の枝や藪が邪魔をし、深く入れば入るほど暗くなる。マディスンは前にもそこに行ったことがある。心臓が激しく打った。だが、それは体内の化学反応の結果に過ぎない。マディスンは気にしなかった。

「先に行きます」とマディスンは言った。「昼間歩いて入ったことがあります。結構、窮屈なんです」

「いや、わたしが行く」とブラウンが言った。「背後を守ってくれ」マディスンに何か言う暇を与えず、ブラウンは動きだした。マディスンは急いでブラウンのあとを追った。その後ろを二、三歩遅れて制服巡査が続く。数秒で彼らは街灯の薄明りから暗がりの中に入った。

マディスンは顔の前に左腕の肘を掲げて、ブラウンが通ったあと、反動で戻ってくる木の枝から目を守った。足元の地面は堅くて乾いていた。一分で、フェンスのところに着くだろう。あそこまで行けば、少し空間があって、動きやすくなる。あと二、三歩だ。マディスンは前方のブラウンの気配を感じ取った。小枝の折れる音、服がこすれる音。ふいにマディスンの背後で、無線機が大きな雑音を立てた。マディスンは立ち止まって、メイスンが来るのを待った。

「音量を絞って」穏やかに、だが、きっぱりと言った。

「すみません」彼は小声で言った。

マディスンはまた前を向いて歩きだした。左腕を掲げ、右手を下げ、グロックの銃口を地面に向けて。また、あの死んだ猫のにおいがした。あと少しでフェンスに着く。ずっと耳を澄ましていたが、ガラスが割れたあとは、妙な物音はしなかった。まもなく原因がわかるだろう。たぶんドアだ。ドアにガラスのパネルがはまっていた。フェンスを乗り越え、数秒でドアまで行けるはずだ。

猫のにおいが近くなった。そしてそのにおいの下から、微かに別のにおいがした。クロロホルムだ。マディスンはふり返ろうとした。だが、遅すぎた。グロックを握っている右手を背後からしっかりとつかまれた。相手の男はマディスンの手から銃を奪おうとしていた。クロロホルムが顔のすぐ近くに来ていた。マディスンは自分の体がもちあげられて、ほとんど地面から離れるのを感じた。体が半周ふり回され、壁に額をうちつけられた。そして相手はマディスンの顔に布をかぶせようとした。

いけない。こんな展開を許しちゃだめ。息をしなきゃ。空気を取り入れなきゃ。わめくのよ。ブラウンに警告しなきゃ。早く。

ほんの数秒の間だったが、それは、これまでのマディスンの人生でもっとも長く感じられた数秒間だった。

マディスンは足を後ろに思いきり蹴り上げた。顔に布が近づく。壁にぶつけられたところから、温かいものが頬を伝っていく。マディスンは左の肘を鋭く、高く背後に突き上げた。相手が悲鳴をあげた。クロロホルムが意味しているもの。それはベッドの上の四つの死体だ。

ここで一発発砲すれば、ブラウンは異状に気づき、警戒するだろう。だが、たぶん壁に撃ちこむことしかできないだろうし、腕をへし折られる可能性もある。えい、どうとでもなれ。マディスンはできるだけ腕を引き抜き、発砲した。どこかがぐきっと音を立て、灼けるような痛みを感じた。顔が布で覆われた。男が罵り声をあげた。

マディスンはもう一度発砲した。拳銃が地面に落ちた。息をしちゃ、だめ。マディスンは心の中で自分に向かって叫んだ。吸いこんじゃ、だめ。

ブラウンが藪をかきわけてこちらに駆け寄る気配が遠く背後からした。彼の声がマディスンの名を呼んでいる。マディスンの片方の目は見えない。眉の切り傷から流れ出た血が顔じゅうを覆っている。マディスンは朦朧としながら、地面に膝をつき、両手で拳銃を探した。

「伏せて！」マディスンの声が肺の中で燃えた。

連続して発射された三発の弾丸が夜を引き裂いた。マディスンは二メートル足らず先の暗闇で銃口が閃光を発するのを見た。

ブラウン。ブラウンを見つけなくちゃ。マディスンは立ち上がろうとしたが、膝に力が入らなかった。耳にまだ自分の射撃の反響が残っていて、周囲の物音がよく聞こえなかったが、いずれにせよ、周りで物が動く気配は感じられなかった。男はいなくなっていた。

マディスンは声をふりしぼってブラウンに呼びかけた。だが、返事はなく、静まり返っている。片手を壁について不完全ながら立ち上がり、壁伝いに移動しながら、名前を呼び続けた。ブラウンはフェンスのすぐ手前に倒れていた。薄暗い光の中で、彼の胸にぬらぬらと光る血が見えた。

嘘でしょ、と心の中で叫びながら、マディスンは訓練されたとおりのことをした。ブラウンの脇に膝をつき、意識を確かめるために名前を呼んだ。二本の指で脈を探した。微かだが、拍動が感じられた。マディスンの手は自分自身の血で濡れていた。身を屈めて、ブラウンの呼吸を聞いた。その音の弱々しさこそが、この晩のほかの何にも増して、マディスンを怯えさせたものだった。マディスンは彼に絶えず話しかけながら、傷を圧迫した。すでに遠くでサイレンの音がしていた。早く救急車が来て、藪の中の自分たちを見つけてくれるようにと、マディスンは一心に願った。

数分後、ふたりのパトロール警官とひとりの救急隊員が彼らのもとに着いた。制服を着たハリー・サリンジャーが刑事たちを迎えているのを窓から見ていた女性がいた。彼女は銃声を聞くと九一一番に電話して、警官が銃撃されていると通報した。それに対して迅速な対応がなされたのだ。

「撃たれましたか？」

「いいえ、撃たれていないと思います」

「歩けますか？」

「わたしよりあの人を。酸素が必要なんです」

「わかっています」

救急隊員はブラウンに酸素マスクをつけ、マディスンを通りに出そうとしたが、マディスンはブラウンが担架に載せられ、救急車に運ばれるのを見届けるまで、動こうとしなかった。

家の前の通りに出ると、さらに二台のパトカーがライトを明々（あかあか）とつけて停まっており、その周りに人だかりができはじめていた。街灯の下で、マディスンはブラウンを見た。死んでいるように見えた。

「助かりますか？」

「車に乗ってください。パートナーには病院で会えます」

「息をしていますか？」

「していますよ。さあ、早くパトカーに」救急隊員たちは迅速に動いた。もちろん、救急車は赤信号で止まらない。マディスンは頭がずきずきした。周りの警官たちの表情から、自分もかなり具合が悪そうに見えているのだとわかった。マディスンは、最初に到着したふたりの警官のひとりに顔を向けた。彼の名は思い出せなかった。自分の名前すら思い出せるか怪しいものだった。

「現場を保存して、鑑識課のソレンスンに電話してください。いいですね？　ソレンスンです」

このとき、立っているのが難しくなり、マディスンはパトカーにもたれた。うっかり右手をついてしまい、激痛に襲われて、もう少しで気を失うところだった。

マディスンが何とか後部座席にすわると、パトカーは救急車に続いて出発した。

「大丈夫ですか、後ろの人？」アスファルトにタイヤのゴムの痕をつけて、猛スピードで角を曲がったあと、制服巡査がマディスンに訊いた。

「大丈夫」とマディスンは答えた。毛布にくるまり、悪寒に襲われながら、話すことで何とか嘔吐をこらえた。「お願いしたいことがあるのだけれど」

「何です？」彼はバックミラーで、マディスンを見た。

「至急、わたしの上司に連絡してください。殺人課のフィン警部補に。何が起こったか知らせてほしいんです」

「お安いご用です」しばらくの間、彼は無線で話していた。「あなたがたは待ち伏せされたんですか？」と彼はマディスンに確認した。

マディスンは服にしみついたクロロホルムのにおいを感じとった。

「そんなところです」

ホルスターを手で探ると、なんとグロックが収まっていた。勝手に戻ったかのようだ。しかも安全ラッチがかかっていた。マディスンはほんの一秒のつもりで目を閉じた。そして次に気がついたときは、ノースウェスト病院の緊急処置室のまぶしい照明を浴びて、誰かに呼びかけられていた。


「お名前は？」

「アリス・マディスンです。わたしのパートナーはどこですか？　わたしより数分早く運びこまれたはずです」

マディスンはストレッチャーの上にすわっていた。緑色の手術着を着た医師が、小さな懐中電灯で、マディスンの無傷なほうの目、右目を照らした。その一方で、看護師が左の眉の傷を洗浄していた。傷は深く、耐えがたい痛みがあった。

「上を見てください。彼はちゃんと手当てを受けています。ご心配には及びません」

「お言葉ですが、彼の容態を教えていただけないなら、自分で様子を見にいきます」

床に足をおろすだけでもめまいがしそうなくせに、ずいぶん偉そうな口をきいたものだ。だが、マディスンは本気だったし、医師もそれを感じとった。

「アダム、頼む」医師は看護師に言った。

看護師はブラウンの容態を調べるために立ち去った。脇のテーブルにマディスンのレントゲン写真が載っている。マディスンは清潔な患者衣を着せられていた。マディスンが身につけていた服、ホルスター、拳銃はビニール袋に入れられ、数分前に鑑識課員がもち去った。その鑑識課員は痕跡証拠を求めて、マディスンの爪の下をかき出していった。着々と捜査手順が踏まれていた。

医師はレントゲン写真をライトボックスにかけた。マディスンの頭を左右の側面から撮ったものと、右腕の写真だ。

「頭は異常なしでした。しばらく気持ちが悪いかもしれませんが、それはクロロホルムと打撃のせいです。脳に、あとに残るような損傷はありません」彼はマディスンにちょっと微笑みかけた。そして、右腕の写真を指さした。「手首を捻挫しています。それから肘関節を伸ばす筋肉が損傷を受けています。あなたは右利きですか？」

「はい」

「そうですか。添え木を取らないように。コーヒーカップより重いものをもちあげてはいけません。二、三日は肩が痛むでしょう。運転は困難だし、非常な痛みを伴います。試しに運転するのはやめておいたほうがいいですよ。眉の傷は二、三針縫えば十分でしょう。傷痕は時とともに薄くなり、消えます」その医師はいつもそう言うことにしていた。というのは、患者が必ず知りたがるからだ。もっともアリス・マディスンは傷痕が残るかどうかなんて気にしそうには見えなかった。

「冷凍の豆の袋を使うといいですよ」と彼は言った。「腫れを抑えるのに便利です」

マディスンはうなずいた。看護師が戻ってきた。頭を急に動かすと強い痛みが走り、もっと慎重にしなければならないことをマディスンに思い知らせた。「容態は安定しています。今、手術室に運ばれるところです。ドクター・テイラーが執刀します」

「ドクター・テイラーはこの病院の最高の神経外科医です。あなたのパートナーはもっとも熟練した腕に委ねられました」

「神経外科医って、どういうことです？　ブラウンは胸を撃たれたのに」

「二つ目の銃創です」医師はマディスンがその言葉を理解するのを待った。「一発は貫通しました。幸い、肺は傷つけなかった。ドクター・テイラーが手術するのは、もう一発のほうの傷です」

すわっていてよかったと思いながら、マディスンはうなずいた。

「ちょっと休んでいてください。じきに専門医学実習生が来て、縫合をします」

マディスンはひとりになった。マディスンは鎮痛剤を投与されていた。まもなくフィンがやってくる。カップから水を飲んだ。だが、唯一大事なことは、ブラウンが上の階にいるということだ。

マディスンのいるところは、患者の治療優先順位を決めるエリアの近くにあり、狭いが、プライバシーの保てる部屋だった。マディスンは医師が使っていた電気スタンドの向きを変えて、顔に光が当たらないようにしたが、それでもまだ明るすぎたので、スイッチを切った。どこか近いところで、声が高くなったり、低くなったりしている。閉じたドアの前を、忍び足で小走りに通る足音。マディスンはひとりきりのひとときとライトボックスの柔らかい光を歓迎した。

このくすんだ色合いの機能的な部屋は、人々が自分の人生を左右する知らせを受け取る場所だ。その場所で、マディスンは心を落ち着け、しなければならないとわかっていることをするための強さと明断さを取り戻そうとした。あまり時間はない。そしてチャンスは一度きりだ。フィン警部補がまもなくここに来る。そして当然、マディスンに会おうとするだろう。

こういう展開になるとは思っていなかった。フィン警部補に話すのは明日のはずだった。朝早く、オフィスにひとりでいるところをつかまえるはずだった。ブラウンが主に話し、自分は援護をすればいいと思っていた。だが、現実には、ブラウンは生き延びるために闘っており、マディスンはひとりで、分別豊かな大人、優秀で堅実な警察官を相手に、真っ黒に見えるものがほんとうは白なのだと説得してなくてはならない。

レジデントは若い中国系の女性で、マディスンの眉の傷を二針縫った。傷は左の眉を横断して、真下におりていた。

「あと二、三センチ下だったら、はるかに深刻なことになっていたでしょう。運が良かったですね」と医師は言った。

マディスンはカップの水をひと口飲んだ。立ち上がった医師が、去り際に言った。「外がすごいことになっていますよ」

ドアが閉まったあと、マディスンは足を床におろした。二、三歩歩いてみた。大丈夫そうだった。だるいけれど、もうめまいはしない。ドアのところに行って、五センチほど開いてみた。まばゆい光に目を細めて見た待合エリアは、ブルー一色だった。数えきれない数の制服警官、マディスンの分署やほかの分署の私服刑事であふれていた。みんな、仲間ふたりの無事を確かめたくて、そこに来ているのだ。

マディスンはドアがゆっくりと戻って閉まるのに任せた。二回深呼吸をした。みんなはブラウンのために来ているのだ。今、闘っているブラウンがそのことを知っていてくれるように、と願った。

五分後、フィン警部補がノックして入ってきた。マディスンはライトボックスの脇に立ち、天井灯もついていた。フィンがマディスンの負傷の程度を見ているのがわかった。彼はタートルネックのセーターの上に黒っぽいコートを着ている。急いで身支度をしたのだろう。

「マディスン」と彼は言った。

右手首の添え木は掌の真ん中あたりまで来ている。フィンは左手を差し出し、ふたりは握手を交わした。

「サー」

「大丈夫か？」

「わたしは大丈夫です。ブラウンの容態をご存じですね」

「一番腕のいい医者が手術をしてくれた。ブラウンは、バンクーバーに妹がいる。おれがその人に電話した。現場にはスペンサーが行っている。彼が主任捜査官になる」

「そうですか」マディスンは言った。ブラウンの身内のことは何も知らなかった。恥ずかしく思うべきことが、またできてしまった。

「すわったほうが楽なんじゃないか？」

「いいえ、サー。立っているほうがいいです」

「そうか。では、何が起こったか話してくれ」

「わたしたちは分署にいて、空港から来た書類に目を通していました。わたしの携帯に電話が来ました。相手の男性は、キャメロンの近所の人の息子だと名乗りました。その近所の人というのは、わたしが聞き込みをして、名刺を渡した人でした。息子だという男は、今、キャメロンの家に何者かが侵入しようとしているので、九一一番に通報したところだと告げました。わたしが知りたがるだろうと思ったので、と言っていました。とにかくそういうわけで、ブラウンとわたしは、車でローレルハーストに急行しました。そこに着くと、家の前の通りの真ん中に制服巡査がひとり立っていました」

「そいつをよく見たか？」

「ええ。会ってすぐのときに。家の横手に入ったあとは、暗すぎて見えませんでしたが」

「似顔絵画家に描いてもらえそうか？」

「はい。白人男性で、身長は一メートル八十センチを越えていて、おそらく一メートル八十五センチぐらいありました。特徴的な傷痕、痣などはありません。北分署のメイスン巡査だと名乗りました。パートナーは車でキャメロン家の裏の家が面している通りに行って、不審者がそちらから逃げた場合に備えている、と言いました。ドアにも窓にも異状はありません、と。そのとき、ガラスが割れる音がして、わたしたちは駆けだしました」

ブラウンが先に立ったこと、制服の男の無線機が雑音を発して、自分がそちらに気を取られたため、ブラウンと離れてしまったことをマディスンは話した。そして、クロロホルムのしみた布のことも。

フィンはうなずいた。これまでの数週間、フィンには、アリス・マディスンがどういうタイプの刑事になりそうか、知る機会がほとんどなかった。まさかこんなふうにして知ることになるとは思っていなかった。とはいえ、袖の短い患者衣があらわにしている肩から手首にかけての赤黒い痣は、彼女が精一杯奮闘したことを示していた。

「サー、申し訳ありません。もしわたしが、ブラウン部長刑事にもっと早く警告していたら――」

「それは違うな、マディスン。おまえはどのように腕に負傷した？」

「壁に向けて拳銃を発砲しました。腕をつかまえられ、自分の背中の後ろに押さえつけられていたので」

「ブラウンのために発砲したんだろう」

マディスンは答えなかった。

「そうだったんだよ。相手は三発撃った。銃撃されたとき、ブラウンはすでに逃れる体勢に入っていた。一発目が当たり、二発目が当たった。だが、三発目は完全にはずれた。おまえが発砲によって警告しなければ、ブラウンは三発とも心臓に食らっていて、今頃、おれたちはまったく違う会話をしていただろう」

それに対して、マディスンは何も言わなかった。

「サー。襲撃者はクロロホルムを用いました。家族を殺す前に、ジェイムズ・シンクレアの体の自由を奪ったのに使ったのと同じ手です。そして確信をもって言えますが、鑑識の銃器係の分析によって、ローレルハーストの薬莢はブルーリッジの薬莢と同じだとわかるでしょう。二二口径です。アン・シンクレアと子どもたちに使われたのと同じ拳銃です」

「キャメロンか」

マディスンはフィン警部補を見た。黒だと思っていたものは白だったと言わなければ。

「違います」

「待ち伏せしたのはキャメロンではないのか？」

マディスンは警部補の目をじっと見つめた。

「言ってみろ」と彼は言った。

マディスンはブラウンとともに行なったシンクレア一家殺害の捜査を数行の言葉にまとめた。証拠、動機、機会の点から、ロサンゼルスの殺人事件やサンダーズ殺害と比較した。

「こういうふうに想像してみていただけますか」とマディスンは言った。「先週の土曜日に誰かほかの者がシンクレアの家に侵入した。その誰かは、キャメロンが友人夫妻と子どもたちを殺したと、警察に思わせたかったのだと。そしてその人物は、指紋のついたグラスや体毛のような物理的証拠を手に入れられるぐらいキャメロンに近くて、現場にそのグラスを置き、シンクレアの死後、革紐の結び目に体毛を挟みこんだのだと。その人物はシンクレアを縛った革紐をいったんほどいて、また縛り直したのです。その仮説は、革紐に付着していた組織の分析結果と一致します」

フィン警部補はわずかに顎を引いただけで、何も言わなかった。

マディスンはみんなで捜査してきた事件をぶちこわそうとしていた。キャメロンを逮捕するために地道に積み重ねてきた努力の成果をひっくり返そうとしていた。このような会話が交わされていることをネイスン・クインが知れば、それだけで逮捕令状に異議を申し立てるのに十分だろう。

マディスンが話し終えたあと、ふたりはじっと見つめ合った。

「正気か？」とフィン警部補が言った。

「わたしも最初はそう思いました。自分はどうかしてるんじゃないかって。でも違います。正気を失ってはいません。わたしがその結論に達したのは今日です。それもたまたま。でも、ブラウンは何日も前から気づいていました」

「彼は両端を目指して捜査している、と言ったな」

「ええ。ＦＢＩのフレッド・ケイマンもそのことを知っています。よかったら、確認してみてください」

「まあ、落ち着け。このことについては、ケイマンともほかの誰とも話すつもりはない」

「サー」

「マディスン。おまえはたった今、捜査をゴミ箱にぶちこんだんだ。ブラウンはおれのところに来なくて正解だったよ。その仮説を裏づける材料を何も見つけていないじゃないか」

「でも、筋の通る考え方はそれしかないんです」

フィンはストレッチャーのふちに腰をおろした。アリス・マディスンがどのようなタイプの刑事になるか、わかった気がした。

「おれがケイマンと話をして、同時に逮捕令状の正当性を主張することはできないんだよ」

フィンはポケットに手を入れて、ガムを取り出した。

マディスンはフィンの隣にすわった。怒りのあまり、脚が震えた。もっと何か言いたかった。ブラウンのこと。ふたりが過ごした一日のこと。だが、何も言わず、フィンが考えをまとめるのを待った。

そのとき、ある考えがマディスンの頭に浮かんだ。フィンがどのように事件の捜査を続けることを選ぶかについては、自分にはどうすることもできない。だが、自分がどうするかは自分で決められる。ブラウンの回転式名刺ホルダーは彼の机の上にある。そのKのところを探せば、フレッド・ケイマンの直通電話番号が見つかるはず。それが出発点だ。

「ひどく痛むのか？」フィンが尋ねた。

「鎮痛剤を投与されました。それほどひどくは痛みません」

「右利きだったな？」フィンはマディスンが銃を撃つほうの手に目をやった。半分以上添え木で覆われている手に。

「はい」自慢しているように聞こえないためにはどう言ったらいいのかわからなかったが、とにかく言った。「でも左手でも同じように撃てます」

フィンはわずかに微笑んだ。

「あの男はわたしを撃とうと思えば撃てました。すぐ近くにいたんですから」

「しかし、撃たなかった。だが、それでもおまえは、しばらく外の捜査には出られない」

「サー」

「終わりまで言わせろ。こういうふうにする。おれがブラウンからシンクレアの捜査を引き継ぐ。ブラウンは頑固者だから、明日、おれがじかに話をする。スペンサーがローレルハーストの捜査を受けもつ。おそらくこちらに向かっているところだろう。サンダーズは引き続き、ケリーが担当する」

「わたしは？」

「捜査からはずす。身体能力テストに少なくとも半分合格するぐらいにならなければ、シフトに戻すわけにはいかない。今のままじゃ、銃器も扱えないし、キーボードすら打てない」

マディスンは抗議しようと口をあけた。

「内密で独自に動け」とフィンは続けた。「ブラウンがとっかかりをつかんだことを続けろ。おれとしては、それはもう捨てておけと言いたいが、そうも言えん。おまえには何もない。ゼロからの、いや、マイナスからの出発だ。自分が何をやっているか誰にも言えないんだから」

　マディスンはうなずいた。

「事件についての自分のメモを整理し、電話をかけ、聞き込みをするんだ。できるか？」

「はい、サー」

「おれの言っていることがわかっているか？」

「はい、サー」

「わかっていると言ってくれ」

「わかっています」

「次に正式の報告をするときは、確かな証拠をもってくるんだぞ。というのは、おれはキャメロンを探し続けるし、見つければしょっぴかねばならないからな。おまけにあの男は手強い相手だ」

「わかっています」

「よし」

「ありがとうございます。サー」

　フィンは首をふった。「外にはおまえを元気づけたい連中がひしめいてるぞ。覚悟はいいか？」

　フィンとマディスンは一緒に部屋の外に出た。たちまち、集まっている警察官たちから声があがった。マディスンの知っている人もたくさんいたが、知らない人も多かった。フィンが先に立ち、マディスンが続いて、エレベーターのほうへゆっくりと進んだ。ブラウンのいる上の階へ行くためだ。みんな、マディスンに声をかけたり、うなずいたり、背中を叩いたりした。マディスンは一刻も早く逃れたかった。みんなに悪気がないのはわかっているけれど、自分の職歴上最大の過ちをはやしたてられているような気がしてならなかった。

ブラウンはまだ手術中だった。すわって待て、としか言ってもらえなかった。待合エリアにはソファーや椅子があり、隅の小さなテーブルには雑誌も置かれていた。フィンは椅子に深くすわった。マディスンは浅く腰かけて、医師や看護師が通るたびに目で追った。

午前二時過ぎに、スペンサーとダンが加わった。靴に泥をつけ、ネクタイをはずしてジャケットのポケットに突っこんだ恰好だった。

「やあ」スペンサーがマディスンに言った。穏やかな声が、静まり返った広い空間に響いた。「がんばったな。ラボの連中が、現場から集めたものからあらゆる種類の証拠を採取している。こちらはどうだい？」

「まだ、何もわからないんです」

「今でなくともよいが、いずれ、やらなきゃいけないことがある」

「今、やりましょう」

「いいのかい？」

「わたしはかまいません」

「よし、やろう」

マディスンはできる限り、話をした。フィンは黙って見守っていた。スペンサーとダンが午前三時に立ち去ったときも、まだ何の知らせもなかった。病院の廊下はがらんとしていた。マディスンは椅子の背にもたれ、天井の灰色のタイルを数えはじめた。ちょっとまどろんだに違いない。というのは、はっと目が覚めたから。ひとりの医師が静かな足取りで近づいてくる。壁の時計は午前五時五十五分だ。フィンとマディスンは立ち上がった。

ドクター・テイラーは五十代と見える女性で、小さな青い目をもち、白髪まじりの髪をショートカットにしていた。

「ブラウンの容態はどうですか？」

「あなたのパートナーは今、回復室に移っているわ」

「よかった」

「とても体力のある人ね。そして、技術面から言うと、手術は成功しました。胸部の損傷のほとんどが修復できました。頭部については、外傷による腫れがあったにもかかわらず、奇跡的に、弾丸は脳を傷つけていませんでした。しかし、手術中に心臓が停止し、少しの間、その状態が続きました」ドクターはマディスンたちが説明を呑みこむのを待った。「蘇生が成功し、今、彼は呼吸を助ける人工呼吸装置につながれています。まだ予断を許さない状態です」

「いつ意識が戻りますか？」マディスンが尋ねた。

「わかりません。今後は、様子を見ながら、人工呼吸装置を一度に一時間だけはずします」

ドクターはマディスンを見た。灰色の顔の中で、眉の傷の赤さが目立っている。「あなたは早くうちに帰って休むといいですよ。何かあったら、看護師に電話させます」そう言って、ドクターは立ち去った。

「ブラウンの妹が着くまで、おれはここにいるよ」とフィンが言った。「誰かにおまえを送らせよう」フィンが携帯電話で分署に連絡し、ほどなくふたりの制服巡査が来た。

「午前中に電話する」

マディスンは動かなかった。

「さっさと行け」とフィンが言った。


午前六時半。ヘッドライトに照らされて、道路の上を舞う雪が見える。その向こうのスリーオークスの家々はまだ眠っている。マディスンはパトカーの助手席にすわっていた。ふたりの巡査の片方がマディスンの車を運転して後ろについてくる。

マディスンは持ち帰りたいものがあるから、分署に寄ってくれと頼んでいた。分署の廊下では誰にも足を止められることがなかった。そもそもほとんど人が見当たらなかった。

マディスンはブラウンと共用している部屋のドアをあけた。すべて、八時間前に出たときのままだった。ピザの箱がまだ机の上に残っていた。

椅子の背にかけてあったリュックサックをつかみ、手早くファスナーを開いた。あちこちにある書類の山から、図書館で取ったメモや新聞の切り抜きを探しだし、メモ帳とともに詰めこんだ。シンクレア家の子どもの誕生パーティーの映像から得たキャメロンの写真が壁に張ってあったが、それも取った。

　ブラウンの机の上の電話の隣に、あの黒い回転式名刺ホルダーがある。ケイマンの電話番号があるはずだ。マディスンはリュックサックをよいほうの腕にかけたまま、名刺をめくったが、ケイマンの名刺は見つからなかった。リュックサックが床に落ちた。手が震え、目が急にかすんできた。

　マディスンは回転式名刺ホルダーそのものをつかんで、リュックサックに押しこみ、手の甲で目をこすった。

　最後にもう一度部屋を見回して机を離れ、電気を消してドアを閉めた。

　クリスマス前の最後の土曜日の朝だった。


　マディスンの家の私道に入ると、玄関ドアのそばに一台のパトカーが停まっていて、その車からジョルダーノ巡査が出てきた。シンクレア家の現場にまっ先に駆けつけた巡査だ。

「パトカーがずっといるのは嬉しくないだろうと上司が言っていました。それで、ときどき様子を見にきますんで、何か頼みたいことがあったら言ってください」制服巡査たちはマディスンが家の中に入るまで見守った。それから彼らはパトカーを出し、滑りやすくなっている道路にゆっくりと戻っていった。

　マディスンは家の中に入るとすぐ、リュックサックを床に落とした。靴を脱ぎ捨て、キッチンに入っていった。オレンジジュースをつぎ、鎮痛剤を二錠飲んだ。二、三時間後に、ケイマンに電話しよう。

誰も来る当てはなかった。あの男はあのときにあの場でマディスンを撃つこともできたが、撃たなかった。その理由はおそらくまもなく明らかになるだろう、とマディスンは思った。それればかりでなく、今は闇に包まれ、こんがらかっていることが皆、いずれ明らかになるだろう。

変わらぬ日常の安心感がほしくて、マディスンはベッドの下の金庫に手を伸ばし、中から、勤務時間外の武器を取り出した。自由に動く片手だけで、拳銃を掃除し、オイルを塗り、二、三回、空撃ちした。左手でもつといつもよりも重く感じられ、腕が疲労のために痙攣した。射撃練習場に行かなくては。

キルトにくるまってソファーにすわり、大きく目を見開いたまま、眠りが訪れるのを待った。

（下巻につづく）

凍える墓

ハンナ・ケント

加藤洋子・訳

殺人罪で死刑宣告を受けたアグネスは、刑執行までの間、行政官ヨウンの農場で働くことになった。心を閉ざした彼女に、恐怖心を抱くヨウン一家だったが……。実在したアイスランド最後の女性死刑囚を描いた衝撃の物語。

渚の忘れ物

犯罪報道記者ジムの事件簿

コリン・コッタリル　中井京子・訳

失業し、母が経営する寂れたリゾートの手伝いをする30代女性、ジム・ジュリー。ビーチで生首を発見して通報するも、警察の対応に不満を感じて独自に調査を始める。タイの暗部を描き出す社会派ユーモア・ミステリー。

死線の向こうに

サンドラ・ブラウン　林　啓恵・訳

PTSDを抱える記者、ドーソン・スコット。名付け親ゲイリーの依頼で姿をくらましている過激派の男の行方を追ううちに、男の元義娘アメリアに惹かれていくのだが、やがて殺人が起き……。サスペンスの女王の真骨頂。

集英社文庫

闇(やみ)からの贈(おく)り物(もの) 上(じょう)

2015年5月25日　第1刷　　定価はカバーに表示してあります。

著　者　V(ヴイ)・M(エム)・ジャンバンコ
訳　者　谷垣暁美(たにがきあけみ)
発行者　加藤　潤
発行所　株式会社 集英社
東京都千代田区一ツ橋2-5-10　〒101-8050
電話　【編集部】03-3230-6094
【読者係】03-3230-6080
【販売部】03-3230-6393(書店専用)
印　刷　中央精版印刷株式会社　株式会社美松堂
製　本　中央精版印刷株式会社

フォーマットデザイン　アリヤマデザインストア　　マークデザイン　居山浩二

ISBN978-4-08-760704-8 C0197